TAIDHGÍN

TAIDHGÍN

Tomás Ó Duinnshléibhe

Cló Iar-Chonnachta
Indreabhán
Conamara.

An Chéad Chló 1995
© Cló Iar-Chonnachta Teo., 1995

ISBN 1 874700 14 1

Clúdach
Mairéad Ní Nuadháin

Dearadh Clúdaigh
Johan Hofsteenge

Faigheann Cló Iar-Chonnachta Teo. cabhair airgid ón g**Comhairle Ealaíon.**

Clóchur: Cló Iar-Chonnachta, Indreabhán, Conamara.
Fón: 091-593307   Fax: 091-593362
Priontáil: Clódóirí Lurgan Teo., Indreabhán, Conamara.
Fón: 091-593251 / 593157   Fax: 091-593159

4

Taidhgín

Is beag duine a chuireann suim in athbheochan na teanga nár chuala trácht ar an mbaile stairiúil Gaelach ar a dtugtar Tuar Mhic Éadaigh. Cuirfidh mé in aithne duit duine a rinne cion fir le clú sin na staire a tharraingt ar an áit, ach b'fhéidir nár mhiste leat suáilce na foighde a chleachtadh ar feadh cúpla nóiméid go gcuirfidh mé ar an eolas tú maidir le cuid de na háiteacha atá cóngarach don bhaile álainn seo, agus ar bhronn Dia áilneacht thar an gcoitiantacht orthu, mar cá bhfios dom ar leag tú cos ariamh ar an gceantar.

Cuireann fiú amháin tagairt d'ainm na háite draíocht ar dhaoine a chaith tréimhse ag an gColáiste Gaeilge ansin, áit ar fhoghlaim na mílte teanga uasal na Banban. Ach cér mhilleán ar na daoine ar cuireadh draíocht orthu le fiántas na sléibhte, na gcoillte and na ngleannta fíorghaelacha atá in aice Loch Measca, loch fada fairsing fíorálainn a chuirfeadh an sáile i gcuimhne duit. Agus nach iomaí duine ó na bailte móra amach ar cuireadh aoibhneas ar a chroí ag iascaireacht nó ag bádóireacht dó sa loch céanna.

Ruainne beag le ceathrú míle taobh amuigh den bhaile agus sa gcomharsanacht réamhluaite a rugadh Taidhgín Ó Domhnaill.

Bhí Tadhg Mór Ó Domhnaill ar dhuine de na fir ba láidre sa dúiche sin, agus m'anam go raibh fir láidre ann. Bhí gal, gaisce agus gníomh ann, ach is féidir go raibh cuma dhea-chroíoch air, agus san am céanna bhí cuma shaighdiúra air, agus ba bhreá dána staidéarach an dá shúil ghlasa a bhí aige, srón fhada air, (ach gan í rófhada) agus croiméal donn.

Duine stuama intleachtúil a bhí ann chomh maith céanna, cé go ndúradh nach ndeachaigh sé ariamh thar an tríú rang. Agus ba bheag lá, fiú amháin i lár an gheimhridh, nach mbíodh a chasóg caite i leataobh aige, muinchillí a léine carnaithe suas, agus é chomh cruógach agus a d'fhéadfadh sé a bheith.

Gabháltas beag talún tuairim is seacht n-acra déag (acraí Gallda) a bhí ag Tadhg Mór, agus m'anam nach raibh mianach na talún céanna le moladh. Is fíor go raibh an fheilm róbheag d'fhear mhuirín mhóir, agus bhí sé ag dul rite leis greim agus blogam agus ciomacha éadaí a sholáthar don chlann. Ach ba mhór an chúis mhisnigh dó ina dhiaidh sin is uile an feabhas mór a bhí tagtha ar an áit ó tháinig sé ann agus dá ndéantaí tagairt don dul chun cinn a bhí déanta aige is éard a bheadh le rá ag Tadhg Mór nárbh i ngan fhios dá chnámha é.

Is fada ó casadh Bríd Ní Bhriain leis istigh i mBaile an Róba lá aonaigh, agus pósadh iad cúpla mí ina dhiaidh sin. Ní mó ná sásta a bhí Máire Rua leis an gcleamhnas a bhí déanta ag Bríd; ach bhí an talamh tugtha uaithi do Bhríd le bliain roimhe sin ag súil go ndéanfadh sí cleamhnas maith. Ina dhiaidh sin is uile bhí Máire réchúiseach go leor agus níor mhaith léi trasnaíocht a chur ar Bhríd anois; ach b'fhearr léi go mór fada a mhalairt de chleamhnas a dhéanamh di, agus fear ba dheisiúla a fháil di.

"Féach an chaoi ar éirigh le Máirín Shéamais spré mhaith a fháil," ar sise. "Feictear dhom féin gur fearr an cleamhnas a dhéanfadh duine de na comharsana dhuit – ó thaobh an airgid de ar a laghad – ná an cleamhnas a dhéanfá dhuit féin."

"Ba é Seáinín Pháraic a rinne an cleamhnas do Mháirín, agus m'anam nach ndearna sí dearmad ar bith Seáinín a thoghadh don chineál sin gnaithe, mar 'sé atá deas ar chleamhnas a dhéanamh."

"Ach cén cineál fir atá faighte aici?" arsa Bríd. "M'anam nár mhaith liomsa a bheith pósta le fear a ligfeadh do Sheáinín Pháraic bean a thoghadh dhó."

"Is minic cheana a chualamar an cineál sin cainte ó chailíní óga nach raibh fadaraíonach ar chúrsaí an tsaoil," arsa Máire, "agus b'fhurasta iad a shásamh sa deireadh."

Bhí Tadhg Mór tuairim is cúig bliana níos sine ná Bríd, agus maidir leis an airgead a bhí aige ba é a locht a laghad. Má bhí Máire Rua míshásta cér mhilleán sin uirthi? Ba mhian léi na fiacha a bhí ar an áit a ghlanadh, agus d'fhéadfá a rá nárbh i ngan fhios dá máthair go raibh Bríd dathúil nuair a smaoinítear gur 'geal leis an bhfiach dubh a ghearrcach féin,' agus is minic a dúirt sí go raibh díol fear ar bith sa seacht bparóiste inti. Ach bhí sé de shásamh acu araon go raibh fear acu le curaíocht a dhéanamh agus ní bheadh gá dóibh féin a bheith ag sclábhaíocht ar an talamh feasta, agus mar a dúirt siad féin go minic: Ní fhéadfadh sé a bheith ina ghruth is ina mheadhg acu.

Ní raibh an bhliain is fiche scoite faoin am sin ag Bríd, agus bhí súile gorma aici, béilín den chineál a mholadh na filí ina gcuid amhrán, gruaig fhionnrua ina nduala le fána agus idir dhreach, dhealbh agus déanamh ní raibh a sárú ann.

Ba é Tadhg a rinne an cur síos uirthi do dhuine de chuid na comharsana ag tíocht ó Bhaile an Róba lá, agus ba chóir go mbeadh a fhios aige, mar bhí staidéar maith déanta aige uirthi faoi seo. B'fhéidir go raibh braoinín ólta aige, ach sceitheann fíon fírinne. Bhí sé d'acmhainn aici obair a dhéanamh ar an talamh chomh maith le fear, agus theip ar an máistir rince a sárú mar rinceoir.

Cailín intleachtúil thar an gcoitiantacht a bhí inti, agus ba mhinic a dúirt Máire: "Is mór an feall nach bhfuil sé d'acmhainn agam ardoideachas a sholáthar di." Nuair a bhí bliain caite sa séú rang aici bhí sí réidh leis an scoil náisiúnta; ach cé is moite den am a mbeadh sí cruógach ar an talamh bhí gach arbh fhéidir léi á dhéanamh aici le cur leis an oideachas a fuair sí sa scoil.

Bhí an áit ionann is báite i bhfiacha sular pósadh Bríd, mar b'fhada ó fágadh Máire Rua ina baintreach nuair a fuair Micheál bás i Sasana, agus d'imigh na buachaillí le fán agus le seachrán an tsaoil nuair a bhaineadar an tír sin amach. Ba é Séamas a bhí ceaptha acu don fheilm, ach bhí sé in arm Shasana le suim achair bhlianta faoi seo agus maidir le Seán ní raibh a fhios acu beirthe ná beo cá raibh sé. Fiú amháin litir nó clúdach folamh féin ní bhfuair a máthair uathu le cúig bliana roimhe sin. Ní raibh dul as aici ach an talamh a thabhairt do Bhríd, cé go mba í an chloch dheireanach i bpaidrín Mháire í dá mbeadh Séamas ag déanamh don áit.

Níorbh fhada go raibh taobh eile de scéal an chleamhnais: dúradh an chéad lá go raibh Máire Rua an-mhíshásta. Ach foighde ort, a léitheoir. Ná tabhair do bhreith ar an gcéad scéal go mbéarfaidh an dara scéal ort. Bhí an scéal eile imithe ina loscadh sléibhe ar fud an bhaile faoi seo: ní raibh an oiread is duine amháin sásta leis an gcleamhnas cé is moite de Thadhg Mór. Is éard a dúirt a mháthair leis nach bhféadfadh sé a bheith ag súil le mórán maitheasa ó Mháire Rua nó duine ar bith dá muintir. "Nár mhinic a chualamar," ar sise, "gurb iad na daoine ba shuaraí sa mbaile iad agus a dhonacht is atá a bhformhór sa mbaile céanna."

I ndeireadh na naoú haoise déag ní bhíodh caint ar bith ag lánúin nuaphósta ar imeacht don Eilvéis, nó fiú amháin go Bleá Cliath, mar d'fhanadh a bhformhór sa mbaile, agus níorbh eisceacht ar bith Tadhg Mór. D'fhan sé i dTuar Mhic Éadaigh agus ná tógtar air é má d'fhan. Ach m'anam nach raibh sé réidh go fóill le lucht an bhiadáin bhréagaigh, nó i ngiorracht dó.

An raibh bainis acu, an ea? B'fhéidir nár mhiste le duine caidéiseach amháin as céad fuascailt na ceiste sin a bheith aige. Má cheapann duine ar bith nach raibh bainis acu is mór atá sé meallta, agus is léir dúinn go bhfuil sé ar bheagán eolais ar nósanna agus ar bhéasa na Fódla le linn na haimsire sin; mar bíodh siad saibhir nó daibhir, deisiúil nó a mhalairt, bheadh bainis acu.

Bhí an gorta mór deireanach ligthe chun dearmaid ag formhór na ndaoine faoi seo, agus bainis an ghorta: fataí agus scadáin á ligint chun dearmaid acu chomh maith céanna – cé is moite de na seanfhondúirí nach bhféadfadh dearmad a dhéanamh ar an gcaoi ar fhulaing siad an fhad is a bheadh uisce ag dul le fána, nó féar ag fás ar bhánta Fáil.

Bhí bainis ag Tadhg Mór, agus mura raibh ceol agus rince, scéalta agus amhránaíocht, togha gach bia, agus rogha gach dí acu, ní lá go fóill é. Bhí daoine ar an mbaile sin nach bhfuair cuireadh chun na bainise, agus bhí cuid acu ag cur i gcéill go raibh siad gaolmhar leis na Brianaigh, ach ma bhí, gaol fada amach a bhí ann.

Tharla go raibh cuid de na mná tugtha don bhiadán, mar a bhíonn clann Éabha go minic ina leithéid de bhaile agus bhí cuid acu ag ceapadh nárbh fhada, nó b'fhéidir go mba chóra dhom a rá ag súil go mbeadh Tadhg Mór agus Máire Rua i gcírín a chéile go luath, ach ba súil dóibh agus nárbh fháil. Bhí geanúlacht, agus géar-chneastacht ar chuid de na tréithe a bhí ag siúl le Tadhg, agus níorbh i ngan fhios do mhuintir an tí, agus go mór mór do mháthair a chéile a bhí an scéal amhlaidh.

Bhí Peigí Ní Cheallaigh ar dhuine de na daoine ba chontúirtí de lucht an bhiadáin bhréagaigh. Seanbhean chaidéiseach a mbíodh cúram gan chion go minic uirthi! Col seisir le Máire Rua a bhí inti, ach cuireadh ní bhfuair sí chun na bainise pé ar bith mí-ádh a bhí ar Bhríd nár thug cuireadh di.

Mhol Peigí do Pháraic (a mac) a bhí i Sasana le tamall anuas a dhul ag tóraíocht Shéamais Uí Bhriain (mar ní raibh sé san arm anois), agus a rá leis gur mór an náire dó ligint d'oidhreacht a athar sleamhnú chomh réidh sin.

Amadán ceart críochnaithe a bhí i Séimín chuile lá ariamh ó rinneadh slat cóta dó, agus bhí a shliocht air, mar chreid sé ar chuala sé an babhta seo, ach má chreid, ba é féin agus a mhuintir mar aon le Tadhg Mór a bhí thíos leis.

Scéal eile a chuir Peigí go Sasana go raibh spré faighte anois acu sa mbaile, agus gur beag duine sa dúiche ba dheisiúla ná iad. Mhol sí do Shéamas dlí a bhagairt orthu, agus céad punt a iarraidh orthu, agus go raibh chuile sheans go ndéanfadh siad socrú ó tharla go raibh siad dall ar chúrsaí dlí. An té nach bhfaigheann an fheoil, is mór an só leis an t-anraith.

"Tá mé cinnte go bhfaighidh tú leathchéad punt ar a laghad, agus bí sásta má fhaigheann, mar is fearr leath ná meath," ar sise.

Chuir Séimín litir abhaile sa deireadh, (an chéad cheann le blianta) agus d'iarr céad punt orthu. Rinne sé cur síos leadránach ar dhúiche a shean agus a shinsir, agus dearmad ní dhearna sé a lua go mba leis féin an áit ó cheart.

"Mura bhfaighidh mé a bhfuilim ag iarraidh go deonach, agus le toil mhaith," ar seisean, "cuirfidh mé as seilbh ar fad sibh. Ach bhéarfaidh mé cairde míosa daoibh, ach má tharlaíonn díomua orm i ndeireadh na haimsire sin caithfidh sibh an doras amach a thabhairt oraibh féin. Sin a bhfuil le rá agam an babhta seo – ach go mba mhaith an mhaise dúinn dá bhféadfaí socrú a dhéanamh."

Má bhí díomua ar Bhríd an litir sin a fháil ní nárbh ionadh é. Ach bhí a fhios aici le tamall anuas go raibh an chloch sa mhuinchille ag Peigí Ní Cheallaigh di.

Níorbh fhada pósta dóibh nuair a bhíodar ag tíocht amach ón Aifreann Domhnach amháin, agus cé a bhuailfeadh bleid orthu ach Seán Ó Dálaigh. B'as an ceann ab fhaide as láthair den pharóiste Seán, áit a raibh gaolta ag Máire Rua.

"Go maire sibh beirt bhur nuaíocht," arsa Seán.

"Go maire tú do shláinte," arsa Tadhg.

Chuir bean Sheáin a ladar isteach sa scéal ansin, agus nuair a bheannaigh sí dóibh mar a rinne Seán dhírigh sí a méar chuig

Bríd nuair a shíl sí imeacht uaithi;

"Cogar mé seo leat, a Bhríd," ar sise, "ar thug tú cuireadh chun na bainise do Pheigí Ní Cheallaigh?"

"M'anam nár thug," arsa Bríd. "Bhí mé a cheapadh nár thug," ar sise, "leis an gcaoi a raibh sí ag tromaíocht oraibh."

D'imigh léi ansin de sciotán i ndiaidh a fir a raibh céad slat den bhóthar curtha de faoi seo aige.

Nuair a léigh Tadhg an litir ó Shasana cheap sé nach raibh ann ach gaofaireacht i dtosach ach ba air a bhí an dul amú mar rinne Séimín iarracht gach ar bhagair sé a dhéanamh a chur i gceann.

Níorbh fhada ina dhiaidh sin go ndeachaigh Tadhg i gcomhairle le dlíodóir i dtaobh na ceiste a bhí a crá a chroí mar ba mhaith a bhí a fhios aige faoi seo nárbh ag magadh a bhí mo dhuine, agus go raibh lomchlár na fírinne inar chuala sé le déanaí ó dhuine a bhí tar éis tíocht anall. Facthas dó anois go raibh cairde ag Séimín thall, agus go ndearnadar bailiúchán airgid dó le cuid de chostas an dlí a ghlanadh. Mhol an dlíodóir dó gan socrú a dhéanamh pé ar bith rud eile a dhéanfadh sé, mar ba é féin úinéir dleathach na talún sin. Téann an dlí do na daoine bochta mar a théann an bháisteach do na cearca, agus is beag duine a thuig brí an tseanfhocail sin níos fearr ná Tadhg sula raibh Séimín réidh leis.

Bhí Baile an Róba bainte amach ag Séimín faoin am seo, agus lóistín curtha in áirithe aige i gceann de na cúlsráideanna ann. "Ní fear saibhir go fóill mé," ar seisean, "cé go mbeidh airgead cuid mhaith agam ach a bhfaighidh mé a bheas ag dul dhom nuair a bheas mé réidh leis an gcúis dlí seo."

Cúpla lá ina dhiaidh sin bhí Peigí Ní Cheallaigh agus beirt nó triúr eile a chuir suim sa gcúis dlí sin ag spaisteoireacht thart taobh amuigh de Theach na Cúirte le dhá uair an chloig sular tháinig na dlíodóirí ná an breitheamh. Dúradh gur cheap an bhean bhocht go mbeadh an teach idir áras agus talamh ag

Séimín i gceann seachtaine, ach má cheap, m'anam go raibh dul amú uirthi.

Bhí an mí-ádh ar Pheigí agus a raibh de chomhluadar léi an mhaidin chéanna, mar thug siad an bóthar fada ó Thuar Mhic Éadaigh isteach orthu féin, agus ó tharla nach raibh clog nó uaireadóir ag ceachtar acu bhíodar ar a mbonna ar feadh na hoíche cé is moite d'uair an chloig a chodail siad timpeall is meán oíche.

Chuir Séimín an dubh ina gheal an lá sin ach sin a raibh dá bharr aige mar bheadh sé chomh maith dó a bheith ag caitheamh cloch leis an ngealach. Nuair a cloiseadh an taobh eile den scéal ní bhfuair sé creidiúint ar bith. Slám airgid le caitheamh ar dheochanna meisciúla a bhí uaidh, agus bhí sé i gcónaí ag ceapadh go mbeadh Tadhg toilteanach socrú a dhéanamh i ndeireadh na dála taobh amuigh de na cúirteanna. Sin a raibh ón mbithiúnach, ach ní dheachaigh leis an babhta seo.

Thaispeáin Tadhg Mór na páipéirí a bhí faighte ón dlíodóir aige, agus mhínigh an dlíodóir an scéal tríd síos. Cruthaíodh gurb é Tadhg úinéir dleathach na talún sin agus sin a raibh uathu. Ach pingin de chostas an dlí ní fhéadfadh sé a fháil mar ghlan Séimín leis an lá céanna agus seoladh níor fhág sé.

In imeacht míosa bhí bainis bhaiste acu. Rugadh páiste fir dóibh, agus baisteadh Tadhg mar ainm ar an leanbh. Seandaoine agus mná as an gcomharsanacht ba mhó a bhí i láthair ag an mbainis bhaiste, agus dá bhoichte dá raibh siad bhí uisce beatha ar cheann de na deochanna meisciúla a bhí acu, mar ní raibh déanamh dá uireasa ina leithéid d'áit faoin am sin.

Is fíor nach raibh duine ar bith ar meisce an babhta seo nó baol air, agus ghlan siad leo taobh istigh de dhá uair an chloig nó timpeall is mar sin – cé is moite de bhean óg amháin a bhí gaolmhar le Bríd a d'fhan ar feadh na seachtaine sin. Bhí gaolta an fhir óig níos líonmhaire i measc an chomhluadair ná mar a bhí siad nuair a pósadh é, agus má bhí féin bhí fáilte agus fiche rompu.

Lá amháin i lár na seú seachtaine sin nuair a bhí Tadhg agus Máire Rua imithe go Baile an Róba cé a chuirfeadh a ceann thar a leathdhoras isteach ach Peigí Ní Cheallaigh!

"Buail isteach, agus bí ar do chompord," arsa an cailín óg a bhí ag cumhdach an tí.

M'anam nár theastaigh an dara cuireadh ó Pheigí. Tháinig sí isteach, agus bhuail fúithi ar stól i lár an urláir. Shocraigh an cailín cathaoir in aice na tine di.

"Buail fút anseo," ar sise, "agus déan do ghoradh."

Bhí agallamh ag Peigí le Bríd sular imigh sí, agus níor fhág sí fuíoll molta ar an leanbh. Ná tráchtar liomsa air, mura raibh an mianach maith ann ó thaobh na dtaobhanna.

"Ní fhéadfadh sé gan a bheith go maith," ar sise, mar bhí a thuismitheoirí ar fheabhas, agus ar ndóigh bhí a dhálta de scéal maidir le chuile dhuine a bhain dóibh. Mhol sí go cranna na gréine chuile dhuine díobh a d'fhéadfadh sí áireamh.

Bhí díomua ar Pheigí bhocht an babhta seo, mar bhí uirthi an doras amach a thabhairt uirthi féin sa deireadh gan an oiread is deoir amhain d'uisce beatha a fháil, fiú amháin fliuchadh a teanga ní bhfuair sí. Rinne an cailín cupán tae, ach ar ndóigh fuair sí tae go díreach nuair a bhí sí ag fágáil a tí féin.

Ní raibh an dochtúir ná an dlíodóir íoctha go fóill ag Tadhg, agus bhí sé ag dul rite leis cuid de na hearraí a bhí uaidh le déanaí a fháil ar cairde. Bhí siopadóir amháin a thug eiteach dó, agus mhaslaigh bean an fhir sin é, ach bhí siopadóir gnaíúil eile i mbaile an Róba a thug dó a raibh uaidh.

Bó ionlao amháin a bhí aige sa bhfeilm, agus ar ndóigh bhí asal aige. Níorbh fhada ina dhiaidh sin go bhfuair sé cúpla caora óna athair, agus bhí laoidín agus loilíoch aige anois chomh maith céanna, agus ba í sin an bhó a tháladh an bainne dóibh. Ní raibh céacht nó capall, nó fiú amháin cairrín asail ag

Tadhg, ach ghlac sé ina mhisneach é.

"Beidh an saol níos fearr agam ina dhiaidh sin is uile ná mar a bhí sé ag m'athair," ar seisean le Bríd, ina suí dóibh cois na tine oíche gheimhridh ag cur chúrsaí agus chruatan an tsaoil trí chéile mar a bhídís go minic.

Seanchas Cois Teallaigh

"Níl ort ach ainm an diabhail a lua," arsa Bríd, "agus tá sé ar an láthair sin agat."

"Go mbeannaí Dia anseo," arsa an seanduine a bhí ag déanamh ar an doras nuair a labhair Bríd.

"Fáilte agus fiche romhat," arsa Tadhg.

"Buail fút in aice na tine," arsa Bríd ag croitheadh láimhe leis an seanfhear.

Tharraing sé chuige cathaoir agus bhuail faoi in aice an chliabháin mar a raibh Taidhgín ina chodladh, agus chuir caint ar an leanbh, ach freagra ní bhfuair sé.

Ná tráchtar liomsa ar fhad na féasóige a bhí ar an seanfhear sin! Shílfeá nár bearradh ó aimsir an ghorta é, agus tharla an gorta leath-chéad bliain roimhe sin. Bhí casóg stróicthe air agus hata dubh a bhí tuairim agus comhaois leis an bhféasóg, ach nuair a thabharfá faoi deara an aghaidh shoineanta a bhí air dhéanfá dearmad ar chuile rud eile ar feadh cúpla nóiméid, agus cá bhfios dúinn, a léitheoir, nach ndéarfá i d'intinn féin: 'Is iomaí croí fial faoi chasóg stróicthe!' Bhí tréithe ag siúl leis an seanfhear a thaithneodh leat, agus ba mhian leat bleid a bhualadh air. Dhúisigh Taidhgín agus bhreathnaigh ar Aodh Ó Domhnaill. Baineadh geit as ach focal ní fhéadfadh sé a rá lena sheanathair go fóill.

Thóg an seanfhear bonn airgid óna phóca aníos, agus thug don leanbh é. Níorbh fhada gur thit a chodladh ar Thaidhgín arís, agus thosnaigh an seanfhear ag scéalaíocht. Ba mhaith uaidh scéalta a inseacht. D'fhéadfá a rá nach raibh a shárú ann mar sheanchaí. Scéalta béaloideasa ba mhó a bhí aige, ach dar ndóigh bhí eolas ar stair na tíre aige chomh maith céanna.

17

"Bíodh cupán tae agat," arsa Bríd, "agus ansin tig leat scéal a inseacht dúinn. Mar a deirtear sa taobh seo tíre, is túisce deoch na scéal. Is amhlaidh is fearr a bheas tú in ann craiceann a chur ar scéal ansin."

Bhí an t-uisce ag geonaíl sa túlán ar feadh cúpla nóiméid roimhe sin, agus thóg Bríd ón tine é, agus nuair a bhí an tae fliuchta aici, dearmad ní dhearna sí scaraoid a chur ar an mbord, agus níorbh fhada go raibh togha gach bia agus rogha gach dí leagtha os comhair na bhfear aici.

Níor túisce a bhí an tae ólta acu ná thosnaigh an seanfhear ag smaoineamh ar na scéalta móra a chuala sé le trí scór bliain anuas, agus nuair a rinne sé tagairt d'eachtraí na bhFiann agus Chú Chulainn is éard a dúirt sé go raibh scéalta na bhfear sin an-fhada ach nár mhiste leis tabhairt fúthu. "Ná bac leis na scéalta fada sin," arsa Bríd, "ach déan cur síos achomair ar chuid de na rudaí a chonaic tú le súile do chinn féin."

"Is beag is ionann an saol sonasach séanmhar a bhí ag fir Éireann le linn na ngaiscíoch sin," arsa an seanfhear, "agus an saol crua anróiteach a bhí acu le céad bliain anuas. B'fhéidir go gceapann sibhse go bhfuil an saol go dona agaibh ach chonaic mise seacht n-uaire níos measa é."

"Is dócha go bhfaca," arsa Bríd, "agus bhí a dhálta de scéal ag mo mháthair, i bFlaitheas Dé go raibh a hanam!"

Le méadú ar an mí-ádh a bhí ar Bhríd agus a fear, fuair Máire Rua bás de bhriseadh croí nuair a chuir Séimín dlí orthu, agus nuair a d'éagaoin na comharsana a lear le Bríd, is éard a dúirt an bhean bhocht, go gcaithfidís glacadh le toil Dé.

Bhainfeadh sé na deora as an gcloch ghlas a bheith ag éisteacht leis an seanfhear ag cur síos ar an gcaoi ar cuireadh a mhuintir féin as seilbh nuair a bhí sé ina stócach de bhrí nach raibh d'acmhainn acu an cíos ard a bhí ar an ngabháltas suarach a bhí acu a íoc.

Shílfeá go bhfaca tú an báille, na píléirí, na saighdiúirí, agus an teach leagtha ansin os do chomhair! Shílfeá go raibh tú ag tórramh a athar sa bhothán cois claí a rinne na comharsana dóibh, nó ag éisteacht leis na páistí ag caoineadh nuair a bhí an mháthair imithe ar shlí na fírinne seachtain ina dhiaidh sin. D'fhéadfadh sé cur síos a dhéanamh ar an gcaoi a mbíodh na daoine ag fáil bháis den ocras aimsir an ghorta chomh maith céanna.

"Cuireadh na céadta díobh mar ar thit siad," ar seisean, "sna páirceanna, i mbailte iargúlta, mar a mbíodh siad ag iarraidh a bheith ag obair nuair nach raibh tarraingt na gcos iontu nó ag imeacht ó bhaile go baile ag tóraíocht bia."

"Nár thaga aon cheo a bheas chomh dona leis arís!" arsa Bríd.

"Nár thaga," arsa an seanfhear, "nó leath chomh dona leis níor mhaith linn arís é."

Tháinig gruaim ar aghaidh an tseanfhir, agus rinne sé a mhachtnamh ar feadh cúpla nóiméid.

"Bhí na daoine ag fáil báis chomh tiubh sin," ar seisean, "nárbh fhéidir iad a thabhairt don reilig, agus chuirtí sna páirceanna iad mar a chuirfeá beithíoch anois. Fuair cuid acu bás ina dtithe féin nuair a theip orthu min bhuí a fháil sa gcomharsanacht, cuid eile cois claí i dtithe na mbocht nó ar na bóithre."

Dúirt an seanfhear go raibh an t-ádh orthu féin, mar tharla nár díoladh an mála deireanach den choirce a bhí acu leis an cíos a íoc. Ní bhfuair sé ariamh béile ba mhilse leis na béilí fataí a fuair sé maidin Domhnach Cásca nuair a bhí an chuid ba mheasa den ghorta thart sa taobh sin tíre, (fataí a bhí sa gcreafóg ón mbliain roimhe sin). Béile amháin sa ló a bhíodh acu an bhliain sin, agus m'anam nach mbíodh an béile céanna le moladh, ach ní raibh níos fearr le fáil, agus ní raibh an oiread sin féin ag formhór na ndaoine sa gcomharsanacht. Meacain ráibe a bhíodh ag Séamas Ó Ceallaigh agus a chlann. B'as an gceann eile den bhaile Séamas.

An Fómhar ina dhiaidh sin, bhíodh fataí acu san oíche agus

fataí sa ló, agus bainne géar chomh maith céanna lena gcoinneáil beo. Bhí an gorta mór deireanach a chuir na sluaite chun báis ionann is thart ansin, agus bhí an daonra ag dul i laghad in Éirinn chuile bhliain ó shin. Ní nárbh ionadh má bhí na Sasanaigh ag maíomh go mbeadh na hÉireannaigh chomh gann ar bhruach na Sionainne agus a bhí na fir dhearga ar bhruach na Mississippi.

"Ba é an rud ba mhó a scrúd croí na mná óige ag éisteacht le scéalta an tseanfhir di, an cur síos a rinne sé ar Eoin Ó Dálaigh a bhí imithe ar feadh an lae ag tóraíocht mine buí tar éis triúr de na páistí a chur an tseachtain sin, agus nuair a tháinig sé ar ais le leathchloch mine a bhí geallta dó le tamall anuas, fuair an bhean bhocht marbh cois na tine agus naíonán trí mhí mar a bheadh sé ag iarraidh a mháthair a dhúiseacht a bhí básaithe le leathlá faoin am sin.

"Dia idir sin agus an anachain!" arsa Bríd.

"Nuair a pósadh m'athair is mo mháthair," arsa an seanfhear, "d'fhéadfá a rá nach mórán le cois na sláinte de thaisce a bhí acu; gabháltas suarach talún a bhí acu sa ghleann inar tógadh mé. Fiú amháin teach ná áras ní raibh acu ann. Cé nár mhaith leat fear ceirde a thabhairt ar m'athair ba é a rinne a theach féin, obair chloiche, shiúinéireachta agus uile. D'fhan sé féin – agus mo mháthair, i bhFlaitheas Dé go raibh a hanam – sea, d'fhan siad i scioból Pháraic Shéamais go ndearna m'athair teach dó féin, agus d'iompair an chuid is mó de na clocha atá sa teach sin ar a ndroim, ón sliabh isteach ceathrú míle bealaigh.

"Sea," arsa Tadhg, "agus b'olc an mianach talún a bhí aige!"

"Talamh phortaigh a bhí i chuile acra den chúig acra déag a bhí aige," arsa an seanfhear, píosa a fuair sé ar bheagán cíosa ar dtús, ach bhíodh meastúchán nua dá dhéanamh, agus an cíos dá ardú de réir mar a bhíodh an talamh dá thógáil isteach aige, agus níl orlach den talamh sin nár chuir sé aol ann, tar éis a rómhar dó lena láí, agus an t-uisce a ligint le fána. Ba é a bhí deas ar na barraí a d'fhaightí sa taobh sin tíre a sholáthar; fataí, coirce, eorna, seagal, meacain ráibe agus glasraí ba choitianta faoin am sin, agus m'anam gur bhain sé slí bheatha amach, a dhonacht is a bhí an saol.

"Maidir leis na hoirnéisí talún a bhí acu faoin am sin, agus an córas iompair nó na bóithre, is dócha nach raibh ceachtar acu le moladh ach oiread," arsa Bríd.

"M'anam nach raibh siad go maith," arsa Tadhg.

Bhí Bríd ag obair ar fud an tí nuair a thosnaigh an seanfhear ag caint ar eachtraí a óige féin, ach bhí an obair ligthe chun dearmaid aici faoi seo agus iarracht á déanamh aici féachaint siar ar na blianta a shleamhnaigh chun bealaigh ón lá ar bhain sí teach na scoile amach den chéad uair, agus roimhe sin freisin.

"Inis leat," ar sise, "agus déan cur síos ar dhuine de na seanfhondúirí as an ngleann inar tógadh tú féin."

"Ó tharla go dtáinig sé i m'intinn isteach," ar seisean, "níor mhiste liom a inseacht daoibh scéal a d'inis Tomás Rua dom féin ag cur síos dó ar an gcaoi ar imigh sé féin go Baile an Róba den chéad uair.

"Croí dhuit!" arsa Tadhg, "is iomaí scéal greannmhar a d'inis Tomás!"

Chuir athair Thaidhg deis shuite air féin, agus ghealaigh a aghaidh.

"D'fhéadfadh sé cuimhneamh ar rudaí a tharla nuair a bhí sé trí bliana d'aois," ar seisean, "agus m'anam gur mac barrúil a bhí ann! Deir sé liom gur cuimhin leis go soiléir go mbíodh seanbhean ón teach béal dorais leis ag tíocht ar cuairt chucu, agus d'fhéadfadh sí Tomás a shásamh go breá nuair nach mbíodh sé d'am ag a mháthair a dhéanamh. Agus ba mhinic a athair ar iarraidh, mar b'iondúil go dtéadh sé go Sasana chuile bhliain. Ba mhinicí ná a mhalairt a bhíodh Máire Ní hUiginn (b'in é a hainm) ag tromaíocht ar a muintir féin, agus ag

21

gearán faoi nach raibh siad ag tabhairt chothrom na Féinne di."

"Agus b'fhéidir nach raibh fear an tí ina cheann maith di ach oiread," arsa Bríd.

"Tús na breithe ag Mac Dé," arsa Tadhg. "Cá bhfios dúinn an raibh nó nach raibh cothrom na Féinne á fháil aici? Ach nuair a thuigtear," ar seisean, "a bhoicthe is a bhíodar, tig linn an chuid eile den scéal a shamhlú dúinn féin, mar ní bhíonn fhios ag leath an tsaoil, cá mbíonn an bhróg ag luí ar an leath eile."

Lean an seanfhear le scéal Thomáis, agus dúirt gurb iomaí rud a thug a mháthair in aisce do Mháire, ach b'fhéidir gur shaothraigh an bhean bhocht a bhfuair sí, mar ba mhinic a bhí sí ag obair do mhuintir Thomáis, ag cumhdach an tí dóibh, agus na páistí faoina cúram aici, nuair a bheadh obair eile idir lámha ag a máthair. Rud ar bith a fuair Máire is dócha gur shaothraigh sí go cneasta é, ach is minic a bhí sí i ngéarchall mar ní raibh caint ar bith ar phinsean na sean le linn na haimsire sin.

"Thug an tseanbhean léi Tomas go dtí a teach féin lá amháin," ar seisean, "agus má thug féin bhí sé thar a bheith sásta ina baclainn gur thosnaigh na strainséirí i dteach Mháire ag cur ceisteanna seafóideacha air. Chaoin sé a raibh ina cheann ansin, agus dá bhfaigheadh siad Éire agus a bhfuil inti ní fhéadfaidís é a shásamh go dtáinig a mháthair ón mbaile mór ar ais. Ón lá sin amach níor fágadh an páiste i dteach comharsan nuair a bheadh gnaithe i mBaile an Róba ag a mháthair."

"D'fhéadfadh sé a bheith ina pheata lá den saol," arsa Bríd. "Seo é an scéilín go díreach mar a d'inis Tomás Rua dhom féin é," arsa an seanfhear, "gan barr cleite isteach ná bun cleite amach."

"An chéad Satharn eile," ar seisean, "a thug mo mháthair an bóthar do Bhaile an Róba isteach uirthi féin, thug sí léi an t-asal, agus srathair agus péire cliabh buailte ar dhroim an asail

sin, Tomás Rua istigh i gceann acu agus cloch sa cheann eile
lena mheá. Bhí an t-asal bocht ciúin, an t-ocras agus an aois le
chéile a chiúnaigh é agus bhí anró a sáith dá fháil ag mo
mháthair é a thiomáint ar chor ar bith."

"Níl a fhios agam go barainneach," arsa Tadhg, "nárbh
amhlaidh a bhí Tomás Rua ag iarraidh a bheith ag magadh fút,
'ach an té a bhíonn ag magadh, bíonn a leath faoi féin.' Tá a
fhios agam go rímhaith gurbh ar dhroim an asail a iompraítí an
mála coirce don bhaile mór isteach, agus an mála plúir ón
mbaile mór amach, sa taobh seo tíre ar chaoi ar bith, mar a
dhéantar fós féin in áiteacha é ach ní fhéadfainnse a bheith
cinnte faoi scéal Thomáis ina dhiaidh sin is uile. Cá bhfios
dúinn nár tharla sé nuair a bhí Tomás Rua ina stócach mar sin
féin?"

Bhí gléas iompair den chineál a ndearna Tomás Rua tagairt
dó ag athair Thaidhg, ach bhí buntáiste amháin a dhul leis go
raibh sé d'acmhainn aige caoladóireacht a dhéanamh dó féin,
agus níor chiotach uaidh a dhéanamh ach oiread. Ba é a
bhíodh toilteanach gar comharsan a dhéanamh agus nuair a
bheadh sé cruógach bheadh duine nó beirt acu i gcónaí le
cabhair agus cúnamh a thabhairt dó, ach m'anam gur
shaothraigh sé a bhfuair sé de chúnamh uathu, agus tuilleadh
dá bhfaigheadh sé é.

"Is iomaí cor sa saol," arsa Bríd, "agus is mór mar a
tháinig an tír i gcáilíocht thar mar a bhí sí, mar, a dhonacht
agus atá sí i láthair na huaire, bhíodh sí seacht n-uaire níos
measa lá den tsaol. Laghdaíodh an cíos do na feilméaraí, agus
ní chuirtear as seilbh mar a chuirtí, agus is mór an gar sin
dóibh."

"Má tá feabhas beag tagtha ar an saol comhdhaonnachais,"
arsa an seanfhear, "bídís buíoch do na Fíníní, mar ba iad a
d'oibrigh go dúthrachtach le deireadh a chur le dlíthe Gall in
Éirinn, agus cothrom na Féinne a fháil do mhuintir na
hÉireann. Is iomaí oíche fhuar fhada agus is iomaí maidin

ghrianmhar a chaith mé féin amuigh leo, agus cé nár éirigh linn fós an cuspóir a chuireamar romhainn a thabhairt chun críche is léir dúinn nach raibh ár gcuid saothair in aisce ar fad againn."

Bhog an seanfhear chun imeachta faoi seo, agus nuair a d'fhág sé slán agus beannacht acu, thug sé an doras amach air féin.

"Ná bíodh sé rófhada go dtaga tú arís," arsa Bríd.

"Dheamhan i bhfad," ar seisean.

Thíolaic Tadhg píosa den bhealach é, agus ó bhí an oíche chomh breá geal sin go gcuirfeadh sé aoibhneas fiú amháin ar sheanduine, níorbh fhada go raibh an gleann inar tógadh é bainte amach aige, agus thug sé a leaba air féin gan mórán moille. Ní fhacas féin é, ach tá a fhios agam go maith go ndearna sé amhlaidh, mar céard eile a dhéanfadh seanduine tar éis an oiread sin cainte agus siúl fada a dhéanamh?

An chéad oíche eile a rinne Tadhg tagairt do scéalta an tseanfhir dúirt sé gur chuimhin leis an táilliúir a bheith sa teach acu nuair a bhí sé féin ina ghasúr, ag déanamh éadaí dóibh. Ba mhinic a ghoid Tadhg an siosúr, miosúr, agus méaracán uaidh. Seanfhear de na Dochartaigh a bhí ann, agus ní móide go raibh an goile go rómhaith ag an bhfear bocht, mar ba é a bhí crosta leis na páistí.

Bhíodh an-tóir ar athair Thaidhg ar léann, cé nach raibh aon mheas aige ariamh ar na Scoileanna Náisiúnta ó tharla gurbh iad na Sasanaigh a chuir ar bun den chéad uair iad, agus ní raibh sé de chead ag na múinteoirí rud ar bith a bhain leis an gcreideamh a mhúineadh an uair sin iontu. Bhí an-mheas aige ar na múinteoirí taistil a bhíodh ann faoin am sin, mar is uathu a fuair sé an chuid ba mhó den oideachas a bhí aige. Ba mhinic é ag cur síos ar dhuine díobh a bhíodh ag múineadh i scioból sa gcomharsanacht le linn a óige féin.

"Bhí mé féin tuairim is dhá bhliain déag d'aois," arsa Tadhg, "nuair a bhí an máistir gairid, mar a thugtaí air, a dhul

thart sa taobh tíre s'againne, agus cé go raibh mé chomh
léannta leis na buachaillí áitiúla a bhí ar comhaois liom féin,
caithfidh mé a admháil go raibh mé ar bheagán eolais ar
leabhra mar ní raibh de léann agam ach an méid beag a
d'fhoghlaim mé ó m'athair ó am go chéile, le cúpla bliain
roimhe sin. Ba é lomchlár na fírinne nach raibh sé d'acmhainn
agam an chéad leabhar a léamh go soiléir faoin am sin, nó a
thuiscint go maith ach oiread."

Dúradh go raibh riar maith oideachais ag a athair d'fhear
nár leag cos taobh istigh de dhoras na scoile an fad is a mhair
sé. Chuir sé suim an-mhór i gcónaí in oideachas Gaelach, agus
cá bhfios dúinn nár thuig sé chomh maith le duine nach
mbeadh seans maireachtála ag an Náisiún Gaelach dá gcaillfí
an t-eolas a bhí ag na sinsearaigh churata chalma a chuaigh
romhainn?

"Nuair a bhí Seán Ó Murchú sa mbaile s'againne," arsa
Tadhg, "cuireadh fios air go teach m'athar, agus níorbh fhada
gur bhuail sé chugainn isteach lá. D'aithneofá ar a aghaidh,
gan breathnú faoi dhó air, gur duine géarchúiseach léannta a
bhí ann, cé nárbh fhiú scilling na ciomacha éadaí a bhí caite ar
a chraiceann, dá mbeadh a dhá oiread den chineál céanna air.
Cuireadh na múrtha fáilte roimhe, agus d'fhan sé linn ar feadh
geimhreadh amháin ag múineadh sa scioból.

Bhí cuid de na mic léinn a bhí ag freastal ar an scoil sin
tugtha d'amlóireacht, agus ní fhéadfadh múinteoir ar bith – dá
fheabhas – aon cheo a chur isteach ina gcloigeann, ach níorbh
amhlaidh a bhí an scéal ag na daoine a raibh a ndíol léinn acu
leis na léachtaí a leanacht, agus a thuiscint go maith, ach a
mhalairt ar fad, mar bhí a gcroí san obair acu agus iad a dhul ar
aghaidh go seolta.

Is éard a dúirt seanfhondúir na háite nach raibh Seán Ó
Murchú – cé go raibh sé go maith – inchurtha leis na
múinteoirí a bhíodh a dhul thart leathchéad bliain roimhe sin,
mar bhíodh an Ghaeilge, Béarla, ríomhaireacht, agus Laidin ar

fheabhas acu sin agus ní raibh a sárú le fáil mar fhilí."

"Ach tuigeann an té is fearr a thuigeanns an sceal," arsa Bríd, a bhí ag dul don "máistir gairid," mar rinne sé cion fir, (agus ní ar mhaithe leis an tuarastal suarach a bhí a dhul dó) le dóchas a choinneáil beo i gcroíthe Gael nuair a bhí an náisiún ársa Gaelach a dhul le fána, agus gar a bheith ar an dé deiridh le linn na bPéindlíthe agus is fearr a thuigfeas fir Éireann uaisleacht a chuid oibre lá is faide anonn ná inniu. D'imigh lá, bliain is trí ráithe agus bhí chuile chosúlacht go raibh Tadhg Mór agus a bhean a dhul ar aghaidh go seolta d'ainneoin na ndeacrachtaí go léir, cé gur cheap na comharsana tamall ó shin, gur a mhalairt de scéal a bheadh acu, is beag is ionann é agus an teach stairiúil a bhí acu cúpla bliain roimhe sin. Ní fada go mbeadh na fiacha glanta acu, agus saol níos fearr acu. Tá Taidhgín ag bualadh thart anois, agus chuile chosúlacht go mbeidh sé intleachtúil, agus deisbhéalach go leor nuair a thiocfas ann dó. Tá an-tóir aige ar a   bheith ag bogadh an chliabháin mar a bhfuil páiste eile faoi seo.

Maidir leis an gcaighdeán maireachtála atá ag an muirín sin, tig linn a shamhlú dúinn féin nach bhfuil sé ar fheabhas go fóill, nó i ngiorracht ar bith dó. Ba mhinic a dúirt siad go mb'fhearr leo maireachtáil ar bhéile amháin sa lá ná a dhul níos doimhne i bhfiacha. Ní mórán feola a bhíodh ag Tadhg Mór, cé go mbíodh sé ar a bhonna le fáinne na fuiseoige, agus ag obair go dian go mbeadh an ghrian imithe as amharc tráthnóna. Tuairim is punt amháin bagún Meiriceánach a cheannaítí in aghaidh na seachtaine don mhuirín sin, ach ar ndóigh bhí go leor uibheacha agus ime agus bainne cuid mhaith dá gcuid féin acu.

Ní mórán curadóireachta a rinne Tadhg an bhliain ar pósadh é, mar bhí cró eallaigh, agus cró muice le déanamh aige, agus cé go raibh na clocha ar fheabhas, gan gá le snoíodóireacht ach le linn dó a bheith ag ceapadh coirnéal, ba mhór an obair iad a sholáthar ina dhiaidh sin is uile. Maidir le gaineamh bhí sé cóngarach, agus cloch aoil, an mhóin, agus an t-uisce go fairsing sa dúiche.

Le cúpla bliain tar éis tíocht don áit do Thadhg b'amhlaidh a rinne sé áit na bhfataí a rómhar le láí, agus nuair a bhí an síol curtha agus an t-aoileach scartha ar na hiomairí aige, bhí na claiseanna le rómhar agus le cartadh ansin aige. Ní mó ná sásta a bhí an fear bocht leis an gcaoi a raibh an scéal, ach mar a dúirt sé féin go minic, nuair is crua don chailleach caithfidh sí rith.

"Déanfaidh mé níos mó curadóireachta," ar seisean, "agus déanfaidh mé níos éasca é, ach a dtige mí an Aibreáin arís. Mo léan nach bhféadfainn capall a cheannach!"

Bhí sé ceaptha aige capall a cheannach agus a dhul i gcomhair le Séamas Ó Máille. Bhí capall breá cumasach ag Séamas. Feilméara deisiúil dea-labhartha, agus comharsa bhéal dorais le Tadhg a bhí ann, ach bhí tonn mhaith aoise faoi seo air. Is minic a chonaic sé Tadhg óg – nach raibh na ceithre bliana déag scoite go fóill aige – agus é ag cinnireacht an chapaill sin ar na bóithre, agus ba mhinic é ag déanamh iontais de. Bhí an capall céanna níos ciúine ná an t-asal agus staidéarach i gcónaí.

Mhol Séamas dó cheana an capall agus an céachta a thabhairt leis, agus treabhadh a dhéanamh, go mb'fhearr dó é ná a bheith ag rómhar. "Tá mé buíoch díot," a deireadh Tadhg, "agus is maith an fear a dhéanfadh an tairiscint, ach ní bhacfaidh mé leis an babhta seo."

Ba é lomchlár na fírinne go raibh an fear bocht ar bheagán eolais ar chúrsaí talmhaíochta mar a chleachtaítí i dtalamh séasúrach é, ach ná tógtar air é má bhí sé ag iarraidh an scéal sin a cheilt ar na comharsana, mar níorbh i ngan fhios do Thadhg a bhí siad tugtha don bhiadán, agus b'fhearr le cuid acu a bheith ag spochadh as nó ag séideadh faoi ná treabhadh a mhúineadh dó.

B'amhlaidh a rinne sé an chéad bhliain eile glanadh leis ar

feadh cúpla lá do dhuine muinteartha leis a raibh cónaí air seacht míle ón áit, agus a bhí ag cinnireacht a chapaill dó, agus ag treabhadh gach re seal, go bhfuair sé eolas ar an gcaoi lena dhéanamh go héifeachtach. "Is fearr," ar seisean, "roinnt bheag eolais ná an t-aineolas ar fad," agus táthar ag ceapadh go raibh cuid mhaith den cheart aige.

Ar ais leis abhaile ansin, agus d'iarr an capall agus an céachta ar Shéamas agus fuair gan stró dá laghad iad is míle fáilte. Rinne sé an treabhadh dó féin chuile bhliain as sin amach, cé is moite de na háiteacha a bheadh róchnocach, nó róchlochach, agus dhéantaí na háiteacha sin a rómhar le láí. Ach ar chuma ar bith, ba mhór an sásamh intinne dó go raibh sé d'acmhainn aige an céachta a oibriú agus ba é a bhí deas air.

Bhí Séamas Ó Máille róshean le spealadóireacht a dhéanamh dó féin, cé go mbíodh féar cuid mhaith aige, agus ar ndóigh, ní raibh caint ar bith ar inneall bainte ar an taobh sin tíre go fóill, agus facthas do Thadhg ó tharla faoi chomaoin anois ag Séamas é, go mba é a dhualgas an spealadóireacht a dhéanamh dó.

Ba mhinic i mí Lúnasa a bhíodh Tadhg Mór ina shuí tuairim is a trí a chlog ar maidin ag dul amach ag spealadóireacht do Shéamas Ó Máille, agus ba mhinic leathacra féir bainte aige sula mbeadh deatach le feiceáil as simléar ar bith sa mbaile. Ba bheag lá a theastaigh capall uaidh nach mbeadh sé le fáil aige, agus fáilte, ach ba é a chúitigh go maith le Seamas é, mar bheadh Tadhg i láthair i gcónaí an t-am ba chruógaí Séamas Ó Máille le móin, le féar, nó obair ar bith eile agus b'iondúil go mbíodh an ceann ba throime den obair i gcónaí air.

"B'fhearr liom oibriú mar sin in Éirinn," ar seisean, "dá dhonacht é, agus is fearr dom é ná glanadh liom go Sasana chuile bhliain le fir an pharóiste seo. Feictear dom nach mórán a théann sé chun tairbhe do mhuintir na háite seo an saol a bhíonn acu ann. Cos ní leagfaidh mé ar thalamh na tíre sin arís an fad is a bheas fuil Ghaelach ag rith i mo chuisleacha, mar ní mó ná go maith a   thaithnigh sé liom nuair a bhí mé ann cúpla babhta sular pósadh mé. An té a théann ann as an taobh seo tíre is minic gur mó dochar ná leas a dhéanann sé dó, mar is fánach an churadóireacht a d'fhéadfadh sé a dhéanamh mura mbeadh cúnamh sa mbaile aige. Ní thig leis an ngobadán an dá thrá a fhreastal."

Taidhgín ar Scoil

Tá na blianta ag sleamhnú chun bealaigh, agus tá cuma na maitheasa ar an mac is sine le Tadhg Mór. Tá Taidhgín ag plé le leabhra cheana féin, agus beirt níos óige ná eisean sa teach, Úna sa gcliabhán fós, agus Aodh ag bualadh thart. Tá an aibítir de ghlanmheabhair ag Taidhgín, agus tig leis cúpla leathanach den leabhairín a cheannaigh a mháthair dó a léamh, agus dearmad ní dhéanann sé ar a chuid paidreacha maidin is tráthnóna, ach fuair sé a bhfuil d'oideachas fós aige sa scoil is mó in Éirinn: glúin mháthar Gaelaí.

Ní bhíodh caint ar bith ag Bríd ar na pictúirí reatha, mar ní fhaca sí fós ariamh iad, agus rud eile, ní bheadh sé d'am aici a dhul chucu dá mbeadh siad béal dorais léi. Ba í féin a níodh léinte agus stocaí do Thadhg agus do na páistí agus chomh minic is tá méar orm rinne sí brístí agus casóga dóibh freisin.

Is éard a dúirt Tomás Rua – agus is beag a tharlódh sa dúiche i ngan fhios dó – dúirt sé go mbíodh dhá bhó blite aici chuile mhaidin sa samhradh ag a seacht a chlog, agus bainne tugtha do na laonna aici. Bheadh na cearca agus na muca le beathú ansin aici, an teach le glanadh agus cócaireacht a dhéanamh. Ba mhinic a chuala sé ag bualadh maistriú í nuair a bheadh sé ag dul thar an teach go Baile an Róba lá aonaigh, agus Tadhg sa bportach nó ag an aonach b'fhéidir. Is beag duine a bhuailfeadh isteach nuair a bheadh bean an tí ag déanamh maistriú nach dtabharfadh lámh chúnta uaidh, mar baineann sé leis na nósanna atá acu sa taobh sin tíre.

Ní raibh na ceithre bliana scoite ag Taidhgín nuair a bhí iarracht dá déanamh aige obair a mháthar a laghdú, mar ba é a thugadh isteach an t-uisce agus an mhóin. Bhí canna beag faoi leith ag a mháthair dó, agus ó tharla nach raibh an tobar thar chéad slat ón doras d'fhéadfadh sí a bheith ag breathnú air an fhad is a bheadh an t-uisce dá thabhairt isteach aige, i riocht is nach raibh baol a bháite ann.

Cuireadh chuig an siopa áitiúil lá amháin é le tae is siúcra a fháil, agus bhí beirt bhan de chuid na gcomharsan ag siopadóireacht ann, agus bhí bean chaidéiseach amháin díobh nach raibh aithne aici ar Thaidhgín.

"Cé leis an buachaillín?" ar sise.

"Buachaillín le Bríd Ní Bhriain," arsa an bhean eile, "agus is é atá cliste cheana féin."

"Ba dual athar dó," arsa bean an tsiopa.

Nuair a tháinig Taidhgín abhaile agus d'inis an scéal do Bhríd, ní fhéadfadh sí gan gáirí a dhéanamh nuair a dúirt sé go raibh dul amú orthu nuair a cheap siad go raibh a fhios acu cérbh é féin.

"M'anam nach raibh a fhios acu cérbh as dom ach oiread," ar seisean, "agus dúirt siad gur buachaillín le Bríd Ní Bhriain mé."

Níor chuala Taidhgín ainm a mháthar ariamh go dtí an lá sin, agus ba mhinic a mhuintir féin ag spochadh as, agus ag séideadh faoi i dtaobh an scéil chéanna na blianta ina dhiaidh sin. Tá Tadhg Mór ag obair go crua chuile lá, ach is beag an baol go bhfuil sé ag cur maoil ar charnán airgid, agus is ar éigean go bhfuil riar a cháis go fóill aige. Ní fada anois go mbeidh stócach giotamála aige ar chuma ar bith. Cuirtear Taidhgín i ndiaidh na mbó agus na gcaorach anois, agus fágtar a athair ag obair sna páirceanna.

Tá mí na Samhna tagtha, agus an geimhreadh goimhiúil buailte linn, ach má tá féin, níl na fataí bainte go fóill ag Tadhg Mór, mar chaith sé tamall ag obair do Shéamas Ó Máille, agus daoine eile a raibh sé faoi chomaoin acu, agus tá thiar air anois lena chuid oibre féin, ach 'an rud nach bhfuil leigheas air, foighde is fearr,' agus bheadh na fataí bainte aige roimh

31

dheireadh na míosa nó rachadh sé rite leis.

Má tá Tadhg Mór thiar lena chuid oibre, Taidhgín bocht atá
thíos leis, agus cé go bhfuil sé ag cur seaca, agus nimhneach
fuar, agus fliuch ó am go chéile caithfidh sé na fataí a
bhaineann a athair a phiocadh agus tá acra go leith le baint leis
an láí go fóill. Tá Tadhg ag luí rómhór air fein le blianta beaga
anuas, é ag dul chun deiridh go millteach agus tá chuile
chontúirt go ngabhfaidh sé faoina shláinte. An mbeidh sé
d'acmhainn ag Taidhgín an t-anró agus an cruatan atá air féin a
sheasamh? Lá fuar feannta dá raibh Taidhgín ag piocadh fataí,
bhí Tadhg Mór chomh driopásach sin go ndearna sé dearmad
cothrom na Féinne a thabhairt do Thaidhgín, agus b'aibhéil an
lán oibre a rinneadar an lá céanna, ach ní inmholta an mhaise
do dhuine a bheith róshantach. B'éigean don bhuachaillín
bocht a leaba a thabhairt air féin tar éis an lae sin, agus cos nó
lámh leis ní fhéadfadh sé corraí ar feadh tréimhse. Ba mhinic
a mháthair os cionn na leapa ag caoineadh, ach níor cuireadh
fios ar dhochtúir, nó ní raibh caint ar bith air, agus dá gcuirtí,
ba é a bheadh maslach is dócha, agus ba mhinic amhlaidh iad
mar dhochtúirí faoin am sin.

Bhí Taidhgín bocht i ndeireadh na preibe, agus cheap a
mháthair go raibh a chnaipe déanta, ach bhí anró cruatan, agus
géar-fhulaingt i ndán dó ag Dia le tamall eile i ngleann seo na
ndeor. Bhí ardeolas ag Máire Rua ar rudaí a bhain le leigheas,
agus bhí eolas cuid mhaith ag Bríd ina diaidh chomh maith
céanna, agus níorbh fhada go raibh Taidhgín ar a bhonna arís
aici, agus in imeacht míosa bhí sé ina sheanléim arís.

Tá srutháin na sléibhte ag dul i ndísc arís agus chuirfeadh
an aimsir aoibhinn agus ceol na n-éan le chéile áilneacht ar
dhuine. Tá Taidhgín ag bualadh thart – uair ar bith nach
mbíonn sé ag obair – le Séamas Ó Néill, buachaill ón gceann
eile den bhaile. Tá Séamas dhá bhliain níos sine na Taidhgín
agus an-tugtha d'á bhaillí le tamall anuas, mar tá a athair i
Sasana, agus é ag dul rite lena mháthair é a choinnéail faoi

smacht. Is mór an cúnamh dá mháthair Séamas, agus buachaill maith é ar a lán bealaí, ach níl saoi gan locht.

"An bhfuil tú i do dhúiseacht?" arsa an mháthair le Taidhgín maidin Dé Luain i mí na Bealtaine tuairim is a hocht a chlog, ach freagra ní bhfuair sí, mar bhí tromshuan ar an mbuachaillín tar éis a bheith ag rith agus ag léimneach le Séamas Ó Néill an tráthnóna roimhe sin. Dá gcaithtí an t-uisce fuar ar Thaidhgín is ar éigean go bhféadfadh sé corraí go fóill, ach tharraing a mháthair as an leaba amach é, agus réitigh sí béile dó.

Bhí duine éicint ag cnagadh ar an doras faoi seo, agus nuair a d'oscail Bríd é, tháinig Séamas Ó Néill isteach, agus bhuail faoi ar stól íseal in aice na leapa as ar tháinig Taidhgín fiche nóiméad roimhe sin, agus bhí an phluid agus an braillín bun os cionn ag ceann na leapa go fóill i gcruthúnas nach raibh Taidhgín i bhfad ina shuí.

"Nach bhfuil tú réidh go fóillín?" ar seisean le Taidhgín, agus bhreathnaigh go grinn is go géar ar a raibh sa teach.

"M'anam nach bhfuil," arsa Taidhgín, "ach ní fada go mbeidh," agus chuir boslach ar a éadan.

"Is maith le Tadhg codladh fada ar maidin," arsa Bríd, "ach bainfear as a chleachtadh go fóill é."

Níorbh fhada go raibh Taidhgín réidh chun imeachta, agus d'imigh sé in éineacht le Séamas, agus chuireadar an bóthar díobh go lúfar lánéasca gur bhaineadar teach mór ceann slinne amach a bhí suite ar thaobh an bhóthair tuairim is míle ón áit a d'fhág siad. Isteach leis an mbeirt acu, agus a Dhia na Glóire agus céard a dhéanfadh Taidhgín os comhair an oiread sin de pháistí fiáine? Bhéarfadh sé a bhfaca sé ariamh ach amharc amháin a fháil ar a mháthair arís, nárbh air a bhí an mí-ádh a theacht ar chor ar bith!

Bhí sé ag déanamh iontais de na fuinneoga móra nuair a bhí sé taobh amuigh, ach bhí na fuinneoga móra ligthe chun dearmaid anois aige, agus é ag breathnú ar an urlár go cúthail, a cheann íseal mí-aigeanta.

Bhuail an máistir bleid ar Thaidhgín, agus d'fhiafraigh de cén t-ainm a bhí air, agus cérbh as dó, agus ceisteanna eile. Freagra ní bhfuair sé ar a leath de na ceisteanna, ach d'fhreagair Séamas Ó Néill cuid acu dó.

Ní mó ná go maith a thaithnigh an máistir le Taidhgín, agus bhí slat ina lámh aige nuair a bhain Taidhgín doras an tí sin amach den chéad uair.

Reangartach de dhuine ard camshrónach a bhí ann, a raibh croiméal fada liath air, agus gan an oiread is ribe amháin gruaige idir bharr a chinn agus uachtar an tí, súile géara glasa a rachadh tríot nach mór, agus chuile chosúlacht air go raibh sé drochmhúinte freisin, ach má bhí sé beagáinín crosta cérbh ionadh é, is a fhiáine is a bhí na páistí sin! Ar ais leis tar eis Taidhgín a cheistiú, agus bhuail faoi ar chathaoir a bhí leagtha idir an bord agus an tine, ach níor thug Taidhgín faoi deara céard a bhí ar siúl aige ansin, mar bhí na páistí ba ghaire dó dá cheistiú faoi seo, ach má bhí sin a raibh ag cuid acu dá bharr.

Níor thúisce suíochán bainte amach ag Taidhgín ná tugadh píosa páipéir agus peann luaidhe dó, agus chaith sé bunáite an lae sin ag breathnú ar a raibh ar siúl ag na buachaillí eile, agus ag iarraidh a bheith ag scríobh, agus cheap sé nach raibh áilneacht go dtí é, an scríbhneoireacht a rinne sé, ach b'fhada leis ina dhiaidh sin go dtáinig an tráthnóna, go bhfaca sé a mhuintir féin arís.

Nuair a scaoileadh amach sa tráthnóna iad bhí buachaillí droch-mhúinte ag cur ceisteanna seafóideacha ar Thaidhgín, ach smachtaigh Séamas cuid acu, agus níor bhac siad leis níos mó gur bhain sé féin agus Séamas Ó Néill an baile amach arís, agus bhí lá amháin curtha isteach ag Taidhgín ar scoil. D'fhág Séamas Ó Néill ag comhla a dhorais féin é, agus d'fhág slán agus beannacht ansin aige, agus dúirt leis a bheith réidh go luath an chéad mhaidin eile.

"Cén chaoi ar thaithnigh an scoil leat?" arsa an mháthair leis nuair a bhí sé ag ithe béile fataí, cabáiste, agus ruainnín bagún Meiriceánach, agus m'anam go raibh faobhar ar a ghoile tar éis a raibh siúlta aige.

"Ní raibh an scoil le cáineadh ar bhealach," ar seisean, "ach ní chreidfeá ach a fhiáine is a bhí cuid de na buachaillí a bhí ann, a gcuid éadaí stróicthe, agus shílfeá le dearcadh orthu nár chuir cuid acu boslach ar a n-éadan ón lá a tháinig siad ar an saol."

Neadracha na nÉan

Bhí Tadhg Mór le móin an lá sin, agus nuair a bhí a bhéile ite ag Taidhgín, amach leis ag cuidiú lena athair ag scaradh na móna. Ar a bhealach don phortach do Thaidhgín fuair sé nead éin, an rud céanna a bhí dá thóraíocht aige le mí roimhe sin. Ar ndóigh, chonaic sé nead éin roimhe sin, ach Séamas Ó Néill a thaispeáin dó an ceann sin, agus ba é féin a fuair an nead an babhta seo.

Bhí Tadhg Mór chomh cruógach gurbh ar éigean go raibh sé d'am aige ceisteanna ar bith a chur faoi imeachtaí an lae go fóill, mar ba mhian leis a bheith réidh le hobair phortaigh an lá sin go ceann seachtaine. Bheadh sé le fataí an chéad lá eile, agus dúirt sé go raibh na gais ag gobadh aníos cheana, agus go raibh sé thar am aige na claiseanna a rómhar, agus a bheith ag cartadh. "An gad is gaire don scornach," ar seisean, "is cóir a réiteach ar dtús."

Cuireadh aoibhneas chomh mór sin ar chroí Thaidhgín nuair a chonaic sé go raibh ceithre cinn d'éanacha óga sa nead sin, go ndearna sé dearmad glan ar an scoil, agus a bhfaca sé ar feadh an lae go dtí sin. Nuair a chonaic a athair an nead ar an mbealach abhaile dóibh, dúirt sé gur nead fuiseoige a bhí faighte aige, agus shásaigh sin go mór é, mar ba mhinic é ag éisteacht leis na fuiseoga ag seinm ceoil agus ag rá leis féin gurbh bhreá an rud nead fuiseoige a fháil!

"Sea!" arsa Tadhg Mór, "ní bheidh tóir ar bith agat ar neadracha in imeacht aimsire mar beidh go leor díobh feicthe agat, agus dá mbeadh chuile shórt ar a mhian féin ag duine, bheadh an domhan folamh mar shíocháin na bhfásach." Ag comhrá cois na tine dóibh nuair a bhain siad an teach amach, d'fhiafraíodar de Thaidhgín cén chaoi ar thaithnigh an máistir leis, agus rinne seisean cur síos ar imeachtaí an lae sin sa scoil.

"Níl an máistir chomh dona agus atá a cháil," ar seisean, "nó leath chomh dona agus a cheap mise nuair a leag mé mo shúil air den chéad uair ar maidin, ach le lomchlár na fírinne a nochtadh daoibh – chomh fada le mo bharúil, níl sé le moladh ach oiread."

"Ar dhúirt duine ar bith leat," arsa Bríd, "nach raibh sé thar mholadh beirte?"

"Dúirt Séamas Ó Néill liom go mbíonn sé an-drochmhúinte corrlá."

"Tá Séamas tugtha don áibhéil," arsa Tadhg, "agus murach go bhfuil, b'fhéidir go mbeadh a mhalairt de scéal aige."

"Nuair a tháinig na scoláirí isteach tuairim is a haon a chlog inniu, " arsa Taidhgín, "tar éis a bheith ag imirt amuigh ar an mbán dóibh, d'fhan an máistir amuigh ar feadh cúpla nóiméid ag caint le fear a bhí ag dul ar an mbóthar, agus a bhuail bleid air. Suas le Séamas ar chathaoir, agus rinne iarracht ar shnáthaid an chloig a chasadh thart, ach níor thúisce ar an gcathaoir é ná an máistir sná sála air.

"Céard atá do do thabhairt ansin?" arsa an máistir leis.

"Ag iarraidh breith ar fhéileacán," ar seisean, agus tráthúil go maith, bhí féileacán cóngarach dó ag an nóiméad céanna!

"Tá lascadh i ndán duit," arsa an máistir, "ach a bhfaighidh mise greim ort ar an gcathaoir sin arís, mar tá mé ag ceapadh gur mó a bhí rud éicint eile ag déanamh imní duit ná an féileacán neamh-dhíobhálach sin.

"Is minic a chuala mé," arsa Bríd, "nach raibh cáilíocht ar bith ag an máistir céanna nuair a fuair sé an post sin, agus gurb amhlaidh a rinne a athair gar do dhuine éicint d'oifigigh an oideachais, ach bíodh sin mar atá, duine de na seanfhondúirí é pé scéal é."

'Is fearr focal sa gcúirt ná bonn sa sparán,' arsa Tadhg, "agus bhí an scéal amhlaidh chuile lá ariamh."

D'itheadar béile folláin a sholáthraigh Bríd dóibh ar bheagán costais, agus nuair a bhí an paidrín páirteach críochnaithe acu bhaineadar a gcuid leapacha amach i gcomhair na hoíche.

Ní mórán d'oíche a bhí ann an tráth sin den bhliain, agus níorbh fhada go raibh na héiníní ag seinm arís, ach níorbh fhada ag seinm dóibh go raibh Tadhg Mór ina shuí. Bhí a leathéanacha tofa ag formhór na gcearc le cúpla seachtain roimhe sin, agus cuid ag seadeachan, agus cuid acu ar gor faoi seo, ach bhí cuid eile nach raibh na huibheacha beirthe go fóill acu.

Bhíodh Taidhgín ag breathnú go grinn is go géar ar phéire gealbhan sciobóil ag bailiú soip don nead a bhí acu, ach ní fhéadfadh sé an nead a aimsiú, agus ní raibh a fhios aige go barainneach an raibh nead acu i mbun sop an tí nó istigh sa scioból. Bhí a dhálta de scéal aige maidir le smólach ceoil; bhí sé ag ceapadh go raibh an nead i gceann de na cranna sa ngarraí mar bhí smólach ceoil nó péire le feiceáil ansin chuile lá. An raibh sé de nós ag na héanacha céanna nead a dhéanamh ar bharr cranna, in aice na talún, nó ar an talamh? B'in ceist nach raibh se d'acmhainn ag Taidhgín a fhuascailt go fóill.

Bhí an-mheas ag Taidhgín ar dhuine amháin de na scoláirí a d'fhanadh leis chuile mhaidin go mbeadh sé réidh leis an bóthar chun na scoile a thabhairt air féin. Ba é Séamas Ó Néill a chosnaíodh ar na buachaillí fiáine é, a bhíodh ag bagairt ar Thaidhgín go ndéanfaidís é a shlogadh ina bheatha; ach thuig Taidhgín in imeacht aimsire gurb amhlaidh a bhídís ag magadh faoi.

Nuair a bhí tréimhse curtha isteach sa scoil sin ag Taidhgín bhí an máistir an-mhór leis, mar bhí eolas aige ar na ceachtanna i gcónaí, cé gur minic a choinnigh Tadhg Mór ón scoil é nuair a bheadh sé cruógach. Ba mhinic a dúirt Taidhgín ina dhiaidh sin gur fhoghlaim sé an oiread óna mháthair is a d'fhoghlaim sé ón múinteoir. Duine geanúil a bhí sa máistir, agus cé nach raibh sé tugtha don bhiadán ba mhinic é féin agus Taidhgín ag cur síos ar imeachtaí na gcomharsan.

Séimín Buí

Bhí duine amháin de sheanfhondúirí na háite a raibh suim faoi leith ag an máistir ann. Bhí an cháil amuigh ar Shéimín Buí, mar a thugtaí air sa dúiche, go raibh sé thar a bheith cliste, agus b'iomaí uair a thug sé ar ais ón aonach an craiceann agus a luach. Is éard a dúirt corrdhuine de mhuintir na háite gur chaimiléir ceart críochnaithe a bhí i Séimín Buí chuile lá ariamh, agus dúirt cuid eile nach raibh sé chomh dona is a bhí a cháil, mar ní fhéadfadh sé a bheith.

Nuair a rinne an máistir tagairt do Shéimín Buí cúpla babhta, agus cómhrá ar siúl aige le Taidhgín sula raibh na scoláirí eile tagtha ar maidin, cheap Taidhgín go raibh eolas ag Séamas Ó Néill ar chuile shórt, agus nach raibh gaiscíoch ar bith fiú amháin in aimsir na bhFiann, nó roimhe sin inchurtha leis; Oscar, Oisín, Diarmaid Ó Duibhne, agus Cónán Maol mallachtach san áireamh.

Bhí Séimín Buí ina chónaí in aice na háite inar rugadh Taidhgín, agus bhí eolas cuid mhaith ag a mháthair ar imeachtaí an fhir chéanna, agus an scéal nach mbeadh aicise, bheadh sé ag Séamas Ó Néill go cinnte.

"Cén cineál fir Séimín Buí?" arsa Taidhgín lena mháthair tráthnóna amháin tar éis tíocht abhaile ón scoil dó.

"Biadán atá ag déanamh imní duit?" ar sise. "Is breá luath a thosnaigh tú, is beag nach bhfuil tú chomh cabach le cailleach cheana féin."

Chuir Tadhg Mór a ladar isteach sa scéal in aice na tine, agus chuir ruainnín tobac ina phíopa tar éis a bhéile. B'fhurasta a aithint air go raibh suim aige sa gcomhrá a thosnaigh Taidhgín. Ag sluaistriú fataí a bhí Tadhg Mór an lá sin, agus níor lig teann fuadair dó fanacht le mórán a rá.

"Caithfidh mise tagairt a dhéanamh don duine céanna anocht, agus ar mhiste leat inseacht dom ach a dtige mé isteach arís, cén chaoi ar éirigh le Séimín Buí scaipeadh ál an mhadaidh a chur ar mhuintir Chnocán na Cuinneoige?"

"Níor mhiste," arsa Bríd, "agus ba chóir go mbeadh an scéal sin ar eolas agam thar scéalta an domhain."

Amach le Tadhg Mór de sciotán, mar bhí sé cruógach an lá sin, agus níor facthas arís sa teach é go ndeachaigh an ghrian faoi, agus gur thit an dorchadas ar thalamh na hÉireann.

Ní raibh ann ach go raibh Tadhg suite in aice na tine tar éis a bhéile an oíche sin, é ag spíonadh ruainnín tobac, agus Taidhgín ina shuí ar an mbac, leabhar ina ghlaic aige, nuair a bhuail seanfhear de chuid na gcomharsan isteach. Bhí a dhá lámh thar ar a chúl aige, agus é ag siúl go cromshlinneánach, aghaidh gheanúil air, má bhí sí rocach féin, féasóg fhada air, agus ceann liath, agus cérbh ionadh é agus na ceithre scór bliain scoite aige!

Cuireadh fáilte agus fiche roimhe, agus bhuail sé faoi in aice na tine, Taidhgín ag breathnú go grinn is go géar ar Éamann Dubh Ó Máille, ach nár mhaith leis bleid a bhualadh air go fóill ar chaoi ar bith, cé go mbeadh suim aige sna seanfhondúirí a mbeadh stair na haoise sin ar bharr a ngob acu lá is faide anonn ná an lá sin.

Níorbh fhada sa teach d'Éamonn Dubh nuair a tharraing siad chucu Séimín Buí, agus na heachtraí a bhain leis, agus níorbh í an chluas bhodhar a thug Taidhgín ar na scéalta a bhí acu an oíche sin.

"Chonaic mise an dá shaol," arsa Éamann Dubh, é ag breathnú go staidéarach ar an tine a raibh bladhaire croíúil ag dul in airde uaithi. "Chonaic mé an lá a raibh airgead cuid mhaith ag Séimín Buí le caitheamh go ragairneach, rud a rinne sé, agus tá sé níos boichte ná ceachtar againnn anois. Filleann an feall ar an bhfeallaire."

"B'amhlaidh a bhailigh Séimín Buí an cíos ó mhuintir

Chnocán na Cuinneoige don tiarna talún," arsa Bríd, "agus chaith sé le himirt agus le hól a bhfuair sé uathu. Ba é an scéal a chuir sé don tiarna talún nar íocadh cíos ar bith, agus cuireadh as seilbh gach mac máthar agus iníon athar den mhuirín déag a bhí ann, nuair a bhí talamh séasúrach déanta den áit nach raibh ann ach an criathrach acu."

"Ghlan cuid acu leo go Sasana," arsa Éamann, "cuid eile acu do na Stáit Aontaithe, agus beirt nó triúr do na hIndiacha Thiar, ach bhuail cuid acu tír agus talamh in áiteacha iargúlta i nDeisceart Mheiriceá, áit nach mairfeadh duine gealchraicneach faoin am sin ach an oiread is a mhairfeadh iasc ar leacracha na sráide."

"Tá sé ina scéal anois," arsa Tadhg "go bhfuil Bord na gCeantar Cúng leis an talamh sin a roinnt ar na tionóntaí is gaire dó. Measann tú céard a bhí ar siúl aréir ag cuid de na daoine atá cóngarach don áit, iad cois teallaigh i dteach Mháirtín Bhreathnaigh? Ag déanamh léarscáileanna le maidí, agus leis an tlú sa ghríosach, agus ag iarraidh a chur ina luí ar a chéile an chaoi ab fheiliúnaí leis an fheilm sin a roinnt."

"Tá ré na dTiarnaí Talún ionann agus caite," arsa Éamann Dubh, "ach tá corrdhuine de chlann na Stíobhard inár measc go fóill, agus sháraigh Séimín Buí a bhfuil ann díobh. Ní bhíodh a fhios ag daoine gurbh é a chuir in adhastar an anró iad go mbeadh an feall déanta le blianta aige."

"Chuir sé an dallamullóg ar an duine a cheannaigh an capall uaidh," arsa Bríd, "agus tá an capall, agus a luach anois aige. Dúirt Pádraic Éamoinn go raibh droim an chapaill briste, agus thit sé mar a bheadh sé mín marbh nuair a bhain sé ceann na páirce amach an lá a bhí an fear a cheannaigh é ag treabhadh leis – nó ag iarraidh a bheith. Tugadh ar ais an capall, mar bhí an ceannaitheoir ag súil go bhfaigheadh sé an t-airgead ar ais, ach ba shúil dó agus níorbh fháil, agus níl tada dá chuid féin ag Séimín Buí anois – cé is moite den chapall – gurbh fhiú cúig scilling, agus craiceann an chapaill an chéad

Taidhgín

rud eile a dhíolfadh sé is dócha."

D'inis Éamann Dubh cúpla scéal a chuala sé ó mhuintir Chonamara a casadh leis i Sasana, agus súil easóige ar Thaidhgín ag breathnú ar an bhféasóg fhada a bhí aige, ach nuair a bhreathnaíodh Éamann ar an mbac, bheadh Taidhgín ag breathnú ar an tine arís ar an toirt.

. . . Tá Taidhgín ag dul ar aghaidh go seolta le hobair scoile, agus is ar éigean gur tugadh faoi deara an t-am ag gluaiseacht chun siúil, é sa gcúigiú rang cheana féin, ardeolas ar an Teagasc Críostaí aige agus ar chuile shórt a bhaineann leis an gCreideamh. Fuair sé leabhairín staire ón máistir, agus bhí pictiúirí na laochra Gaelacha ann, iad in arm agus in éide, go díreach mar a bhí siad ag Cath Chluain Tairbh, agus bhain sé taitneamh as an leabhrán sin. Bhí a lán eolais aige ar Shasanaigh mhórchlú cheana, agus chuala sé ó dhaoine léannta nár chruthaigh Dia dream daoine ariamh inchurtha leo, ach bhíodh a mhalairt de scéal ag Éamann Dubh nuair a bheadh sé ag cur caoi ar imeachtaí Gall.

Gnaithe Aonaigh

Bhí sé de nós ag Tadhg Mór freastal a dhéanamh ar aonach Bhaile an Róba chuile mhí agus b'iomaí turas de shiúl cos a bhí déanta ag Taidhgín go Baile an Róba, agus don Fháirche, lena athair nuair a bhí na deich mbliana scoite aige. Ba mhinic a cheannaigh Tadhg bodóg a dhíol sé arís an lá céanna, agus fuair sé cúig nó deich scilling brabaigh uirthi.

An rud a fhaightear go bog caitear go bog é, agus ba é a fhearacht sin ag Tadhg é, agus ní mó ná sásta a bhíodh Bríd leis an ngnaithe sin, agus cheap sise go mb'fhearr dó fanacht glan ar na haontaí.

"Cén mhaith dó brabach a dhéanamh ar bheithíoch," a deireadh sí, "mar ní túisce faighte aige ná caite go fánach arís aige é, agus ceannaíonn sé bodóg ó am go chéile nach bhfaigheann sé pingin uirthi, ach is mó a chailleann sé léi."

Ní hamhlaidh go raibh Tadhg tugtha don ól, ach thaithnigh an comhluadar geanúil leis, agus ba rí-annamh ar meisce é, ach ba é Taidhgín a d'fhulaing an spídiúlacht go minic. B'iomaí maidin a bhíodh sé amuigh i lár an aonaigh, faoi shioc, faoi bháisteach, nó faoi shneachta, agus a cháir ag greadadh le fuacht. Ba mhinic a bhróg ag luí air lá brothallach i lár an tsamhraidh nuair a bhíodh beithígh dá seoladh deich míle nó níos faide ó aonach aige, agus bróga troma crua a bhíodh aige a rinne gréasaí a bhí gaolmhar lena mháthair, agus fear nach raibh le moladh mar ghréasaí an lá a b'fhearr a bhí sé.

Dá ndíoltaí an t-ál banbh a bheadh le díol ag Tadhg Mór, no dá ndéantaí brabach ar na beithígh a cheannaítí, bheadh chuile shórt i gceart an lá sin, agus b'fhéidir go mbeadh marcaíocht ar ais ón aonach acu i gcarr cliathánach ar scilling

nó ocht bpingin déag, ach ba mhinic a bhíodh díomá ar an
mbeirt acu. Nuair a bhíodh an rath ag rith le Tadhg bhí sé de
nós aige léacht a thabhairt do Thaidhgín ar ghnaithe aonaigh,
agus b'fhéidir gur i bhfoscadh a bheidís, agus an bháisteach ag
baint torainn agus cátha as clocha na sráide, nuair a thosódh sé
ar an léacht sin.

"Pioc maitheasa ní dhéanfaidh tusa – maidir le gnaithe
aonaigh – go gcuirfidh tú suim sa gcineál sin oibre nó mórán
brabaigh a dhéanfaidh tú ar bheithígh an fad is beo do cheann,
mura mbeidh tú eolach, stuama, agus cainteach thar mar atá tú,
agus ná ceannaigh an rud nach mbíonn tógáil air ó thús.
B'fhéidir nach bhfuil luí agat leis an gcineál seo gnaithe, agus
ní móide gur taitneamhach an mhaise duit a bheith ag éirí i lár
na hoíche le dul go Baile an Róba nó go Clár Chlainne
Mhuiris, ach is iomaí leanbh maith a bhaintear as a
chleachtadh, agus méadaíonn taithí toil."

"Tá mé ag ceapadh nach ceannaitheoir eallaigh a bheas
ionamsa," arsa Taidhgín, "nuair a thiocfas ann dom, nó maidir
le haontaí, tá mo dhíol agam cheana. Ba bheag nár thit an
t-anam asam an lá cheana nuair a bhí na ceannaitheoirí
eallaigh, agus muintir na tuaithe ag troid, agus ag bualadh a
chéile le maidí. Cheap mé go raibh mo ghreim deiridh
cangailte nuair a buaileadh fear díobh trasna a chlár éadain le
maide trom i bhfoisceacht go mbeannaí Dia dhuit don áit a
raibh mé i mo sheasamh, agus thit sé de thuairt go talamh.

Mhol Tadhg Mór dó misneach a ghlacadh, mar nár chaill
fear an mhisnigh ariamh é. Rinne sé tagairt do ríthe Chúige
Uladh, agus do na taoisigh ar shíolraigh a mhuintir féin uathu,
sular ruaigeadh go Connachta nó go hIfreann iad, agus dúirt go
raibh an t-ádh orthu nuair a ruaigeadh isteach sa bhfarraige iad,
mar go ndeachadar i bhfoisceacht urchair mhéaróige de nuair a
bhain siad an taobh seo tíre amach den chéad uair. "Ba dhual
athar duit a bheith misniúil," ar seisean, "agus tá mé ag
ceapadh go mbeidh tú misniúil leis an aimsir."

Nuair a bhí Tadhg ag caint lena bhean cois na tine an oíche sin, agus Taidhgín ag seoladh na mbó tar éis iad a bheith blite aige, thosnaigh sé ag cur caoi ar Thaidhgín. Ba é a thuairim láidir nárbh fhiú uisce na bhfataí an mac ba shine a bhí aige le margadh a dhéanamh ar aonach go fóill, agus bhí aithne aige ar bhuachaillí ó Bhaile an Róba a bhí ar comhaois le Taidhgín a chuirfeadh dallamullóg ar chuid de na seanfhondúirí.

"Tá siad sin déanta ar an gcineál sin gnaithe ó rinne slat cóta dóibh, agus is é an taithí a níonns an mháistreacht; má tá Taidhgín dall ar an gcineál caimiléireachta a bhíonns ar siúl ag cuid acu sin ní thógfá air é," arsa Bríd.

"Smid bhréige ní dhéanfaidh mé leat," arsa Tadhg, "ach shílfeá gur fonn codlata a bheadh air, é in a sheasamh ansin ar chlár an aonaigh gan gíog uaidh, tar éis a mbíonn de ghleo agus de bhéicíl ar aonach. Chuir mé fainic air chomh minic agus atá méar orm inniu ach ní mholfadh Taidhgín do dhuine an difríocht a scoilteadh ina dhá leath, agus bheadh sé fánach agat comhartha a dhéanamh dó."

Bhí Taidhgín ag fás ar nós na slaite saileoige, ach ná ceaptar gur buachaill caol ard a bhí ann, mar bhí sé níos gaire do bheith tromdhéanta ná sin. Bhí gruaig fhionnbhán chatach aige, ach bhí dath na gruaige sin ag éirí níos duibhe de réir mar a bhí sé ag teannadh le bliain is fiche, go raibh sí beagnach chomh dubh le gruaig a athar nuair a bhí seisean ina fhear óg. Bhí súile glasa aige, agus mar gheall ar na súile sin, is dócha, deirtí go raibh sé ag dul i gcosúlacht lena athair. Ag breathnú ar chlár a éadain do dhuine, ní fhéadfadh sé gan an tsoineantacht is dual do Ghael chneasta a thabhairt faoi deara. Buachaill intleachtúil, béasach, stuama, ba ea Taidhgín Thaidhg Mhóir mar a thugadh corrdhuine air, ach b'fhearr lena bhformhór ainm níos gaire.

Bhíodh cluichí ar siúl ag buachaillí móra na scoile a raibh Taidhgín ag dul chuici nuair a bhuaileadh an fonn iad, tráthnóna, nó tamall i lár an lae b'fhéidir. Bhídís ag rith agus

45

ag léim chuile lá, agus corr lá ag bualadh báire, ach maidir le himirt peile ní chleachtaítí an cluiche sin, mar ní fhéadfaidís luach na liathróide a sholáthar ar dtús, ach tar éis fáil 'na scoile dóibh rinneadar bailiúchán ó theach go teach agus cheannaíodar liathróid.

Maidir le Taidhgín, deirtí sa scoil go raibh luas na gcos ann nuair a bhíodh sé ag rith nó ag bualadh báire, agus ní raibh a shárú ann le léim ligint-reatha. Bhí sé láidir, lúfar, sláintiúil, agus thaithnigh na cluichí go mór leis, ach bhí suim faoi leith aige i leabhra maithe, cé nár fuasclaíodh suim sa léann i gceart ann go dtí ceithre bliana tar éis fágáil na scoile dó. Bhí an sceanartach, mar a thugtaí air i bpáirc an bháire, réidh leis an Scoil Náisiúnta nuair a bhí sé trí bliana déag d'aois.

Cé go raibh chuile chosúlacht go raibh ré na gcapall gar do bheith caite, bhí sé ceaptha ag Tadhg Mór le fada anuas capall a cheannach, ach a bhfaigheadh sé luach caiple agus na fiacha glanta aige. Is beag fear nach mbíodh capall aige ag dul chuig an aonach dó, chuig sochraid, chuig bainis, agus chuile áit a dtéadh sé nach mór. Bhí luach caiple ag Tadhg le suim achair bhlianta, agus é ag dul rite leis capall feiliúnach a thoghadh dó féin. Ba é Séamas Ó Máille a mhol dó capall óg cumasach le fear ó Chill Bhríde a cheannach agus bhí eolas thar an gcoitiantacht ag Séamas ar chuile shórt a bhain le capall.

Cheannaigh Tadhg an capall, agus bhí sé lánsásta leis ar dtús, agus dúirt sé leis an aimsir go raibh chuile shórt i gceart, go raibh an capall saor ó locht – cé is moite de rud amháin – bhí sé d'imní air gur cliobóg de chapall scáfar a bhí faighte aige sa deireadh. Ní nárbh ionadh má bhí an fear bocht roinnt imníoch, mar chuir an capall céanna ar bhealach a bhasctha i ndeireadh na dála é.

Slán leis an Scoil Náisiúnta

Ná ceaptar go raibh súile Thaidhgín ata ó bheith ag caoineadh nuair a d'fhág sé slán agus beannacht leis an Scoil Náisiúnta. Ba é a bhí gliondrach nuair a mhol an máistir dó a bheith ag plé leis na ceachtanna, leide a thabharfadh leithscéal dó fanacht glan ar an scoil ar fad. B'fhurasta dó rud ar bith a thogródh sé a fhoghlaim, ach bhíodh na buachaillí eile ag tromaíocht ar dhaoine a bheadh ródhúthrachtach, agus deirtí nach raibh fearúlacht ar bith ag baint leo. B'fhearr go mór fada le Taidhgín a bheith fearúil ná léannta, mar chuir cuid de na buachaillí fiáine ina luí air nach bhféadfadh sé a bheith fearúil agus léannta san am céanna, agus bhí a bhformhór ag cur i gcéill nach raibh suim dá laghad acu i léann nó iarracht dá laige dá déanamh acu oideachas a sholáthar dóibh féin.

"B'fhéidir go mb'fhearr dhúinn labhairt leis an múinteoir," arsa Bríd oíche amháin ina suí cois teallaigh dóibh, "agus iarrfaimid air Taidhgín a mhúineadh go ceann bliana eile. Cá bhfios dúinn nach rachadh sé chun tairbhe dó, nuair a dhéanfas sé an saol mór a thabhairt air féin amach anseo."

"Is beag a bheadh ar d'aire," arsa Tadhg. "Tá mé chomh cinnte agus atá mé in Éirinn go bhfuil a dhíol oideachais cheana aige le hobair láí a dhéanamh, agus theastódh a chúnamh go géar uaim lá ar bith feasta, dá mbeadh aon mhaith ann, ach is beag an mhaith go fóill é ar chuma ar bith."

"Nuair a bhíomar ag baint na móna an lá cheana," arsa Taidhgín, "ba bheag nár bhain mé an oiread leat féin, agus beidh a mhalairt de phort agat i gceann cúpla bliain eile."

"Sea!" arsa Tadhg, "comórtas an ghiolla dona lena mháthair! Tá a fhios agam go bhfuilim ag dul in aois, ach nuair nach raibh mé pioc níos sine ná mar atá tusa anois bhain mé díol bliana de mhóin, agus ní ag coimhlint le m'athair a bhínn, mar ní ligfinn dó fód móna a bhaint, ach ar ndóigh, bhí sé ag teannadh leis an trí scór bliain sular phós sé."

"Dá ndéantaí mar a rinne Máire Ní Ghrádaigh, gé a thabhairt dó nó cúpla ceann, b'fhéidir go mbeadh sé níos dúthrachtaí mar mhúinteoir," arsa Bríd.

"Beidh úlla ag fás ar chaorthann, nó iasc ag fás ar bharr an chrainn fuinseoige, sara bhfaighidh múinteoir nó sagart éanlaith uaimse. Tá airgead acu lena gceannach, rud nach bhfuil agamsa," arsa Tadhg agus é ag breathnú ar an tine.

"Dúirt Éamann Dubh an lá cheana go bhfuil ré na sclábhaíochta gar do bheith caite," arsa Taidhgín, "agus tá sé ag ceapadh go mbeidh rialtas dár gcuid féin i mBleá Cliath againn taobh istigh de chúpla bliain."

"Chonaic mé an lá cheana é i lár na sráide i mBaile an Róba," arsa Tadhg, "agus páipéar beag ina ghlaic aige, é ag baint lán na súl as pictiúr fir a bhí sa chéad leathanach ann. Shílfeá go raibh chuile shórt eile ligthe chun dearmaid aige leis an ngrinndearcadh, agus an dianstaidéar a bhí dá dhéanamh ar an bpáipéar sin aige. Ní móide gur cheap sé gur i mBaile an Róba a bhí sé, is dócha gur cheap sé go raibh sé i lár an urláir ina theach féin."

"Tá mé ag ceapadh go bhfuil dul amú ar an bhfear bocht," arsa Bríd, "má cheapann sé go bhfuil ré na sclábhaíochta chomh gar sin do bheith caite, nó go bhfuil saoirse i ndán dúinn chomh luath sin. Is mór m'fhaitíos gur fada uainn an tsaoirse go fóill mar tá mé ag éisteacht leis an bport sin ó rinne slat cóta dom, agus ní áibhéil dá laghad a rá go bhfaca mé mo dhíol sclábhaíochta, ach chonaic m'athair agus mo mháthair a dhá oiread sin, solas geal na bhFlaitheas go raibh acu araon."

Casadh Tadhg Mór agus Éamann Dubh ar a chéile ar an mbóthar in aice theach Éamainn cúpla lá ina dhiaidh sin. Chuaigh Éamann go bog is go crua air Taidhgín a chur chun na scoile go ceann bliana eile, ach ní fhéadfadh sé a chur ina luí ar Thadhg go mba inmholta an mhaise dó é sin a dhéanamh. "Sháraigh sé na scoláirí ab fhearr a bhí acu sa scoil sin," arsa Tadhg, "agus feictear dom go bhfuil a dhíol oideachais anois aige gan bacadh le scoil arís."

"Ní gaisce ar bith dó sin má sháraigh sé na scoláirí céanna, mar níl an oiread agus scoláire maith amháin ina measc uilig," arsa Éamann, agus é díomách go leor.

Bhí Tadhg ag ceapadh go mb'fhearr dó féin a bheith ag bogadh ar fhaitíos go mbeadh sé ina achrann ann, ach nuair a thug sé faoi deara go raibh siad ag ligint faoi beagán, d'fhan sé le tamall eile go gcloisfeadh sé níos mó.

"Ar mhiste leat bualadh isteach chuig an teach ar feadh cúpla nóiméid go dtabharfaidh mé leabhar duit a bheas freagrach don bhuachaillín a chuireann suim i stair na hÉireann," arsa Éamann, "leabhar ar bhain mé féin an-taitneamh as nuair a bhínn i mo bhall de na Fíníní fadó. Chuala mé go bhfuil ardeolas cheana aige ar an stair, agus gur taobh amuigh den scoil a fuair sé an chuid is mó den eolas sin."

"B'fhéidir go mb'fhearr dom gan bacadh leis an leabhar," arsa Tadhg, "mar feictear dom go bhfuil an iomarca ama curtha amú cheana féin aige le leabhra. Thug Seán Ó Ciaráin leabhra dó tuairim is seachtain ó shin, agus dúirt sé go dtabharfadh sé pé ar bith leabhra a bheadh uaidh dó, ach iad a iarraidh air. Tá Seán ar ais ón gColáiste ar laethanta saoire i láthair na huaire, agus chuir athair Sheáin fios ar Thaidhgín le cúpla lá nuair a bhíodar cruógach, agus b'áibhéil an lán oibre a dhéanadh sé dóibh nuair a bhídís le móin nó le féar."

"B'amhlaidh ab fhearr duit bualadh isteach ó tharla cóngarach don teach tú," arsa Éamann, "mar ní hionann na leabhra atá agamsa agus na leabhra atá faighte ó dhaoine eile aige, agus is beag is ionann na hoidim a chuirfeas siad ar fáil. Ní dearcadh iltíreach a bheadh ag an té a dhéanfadh rud ormsa, ach dearcadh fíornáisiúnta."

Isteach le Tadhg sa deireadh, agus bhuail faoi ar chathaoir, píopa ina bhéal aige, agus cos os cionn na coise eile ar a sháimhín só.

"Tá Seán (ba é Seán ainm a mhic) imithe chuig an bportach, agus bean an tí ag siopadóireacht. Tá chuile shórt ina chíor thuathail sa teach inniu!" arsa Éamann. "Tá mé ag ceapadh nach cnagbhruite atá na fataí seo!" Thóg sé an corcán fataí a bhí ag bruith go dian agus d'fhág ag ceann eile na cistine é ar feadh cúpla nóiméid.

Thóg Éamann anuas bosca a bhí leagtha ar bharr an drisiúir, agus bhí téada damhán alla ag cruinniú ar bharr an bhosca sin, i gcruthúnas nár léadh na leabhra a bhí istigh ann le tamall roimhe sin. Thóg Éamann as an mbosca amach cúpla ceann de na leabhra sin, agus shín chuig Tadhg iad. " 'Éire Óg' atá mar ainm ar cheann de na leabhra seo," arsa Éamann, "agus gheobhaidh sé sa cheann eile go leor óráidí a rinne laochra na tíre seo, tar éis a bheith daortha chun a gcrochta dóibh, solas na bhFlaitheas go raibh acu uilig!"

"Tá mé buíoch díot," arsa Tadhg, "agus bhéarfaidh sé ar ais duit iad, ach iad a bheith léite aige."

"Chuir an múinteoir scoile caint orm an lá cheana i mBaile an Róba," arsa Éamann, "agus déanta na fírinne duit, is éard a dúirt sé nár sheas ariamh taobh istigh de dhoras na scoile sin buachaill níos cliste ná Taidhgín, agus go raibh sé ag ceapadh go mbeadh cáil air taobh amuigh den taobh seo tíre lá is faide anonn ná inniu. Sílim nach raibh a fhios aige gur col seisir leatsa a bhí ionam!"

"Tá sé in am agam a bheith ag bogadh," arsa Tadhg, "mar tá na ba ag dul in anachain, agus b'fhéidir gur istigh sa gcoirce a bheidís faoi seo, ní rabhadar chomh bradach ariamh agam. Beannacht leat!"

"Go soirbhí Dia dhuit!" arsa Éamann, agus dhún sé an leath-dhoras ina dhiaidh leis na sicíní a choinneáil amach.

Nuair a bhíodh Taidhgín ag tógáil na móna an bhliain sin, b'iomaí comhrá a bhí ag Éamann leis, agus mura raibh an-mheas ag Taidhgín air ní lá go fóill é, nó má cheapann aon duine go raibh Taidhgín dall ar shaibhreacht intinne an tseanfhir sin, tá dul amú mór air.

"Cé hiad na laochra Gaelacha is mó a thaithníonn leat?" arsa Éamann leis lá.

"Ní móide go bhféadfainn an cheist sin a fhreagairt de dhoirte dhairte," arsa Taidhgín, "ach tá mé ag ceapadh go raibh Brian Bóramha inchurtha le ceachtar acu, mar ba é a d'athraigh Stair na hEorpa nuair a chuir sé le fána na Lochlannaigh ag Cath Chluain Tairbh. Tá meas agus ómós faoi leith agam ar Aodh Ó Néill, agus Emmet, agus ar ndóigh, ní fhéadfainn gan Aodh Rua Ó Domhnaill a mholadh, ach ní ar a shon gur shíolraigh mo mhuintir féin ó thaoiseach den ainm céanna."

"B'fhearr liom na hoidim a bhí ag Wolf Tone, agus rachaidh oidim an fhir uasail sin chun tairbhe go mór d'Éirinn go fóill nó is mór atá mise meallta," arsa Éamann, "agus nuair a bhí Séamas Ó Dálaigh ar cuairt againn ó na Stáit, dúirt sé nach raibh a shárú ann, agus chomh fada le mo bharúil bhí an ceart aige. Tá Séamas ina bhall de 'Chlann na nGael' i Meiriceá le suim achair bhlianta, agus eolas thar an gcoitiantacht aige ach, ar ndóigh, ní lia duine na barúil ina dhiaidh sin."

"Tá sé ag brath ar a thíocht fliuch!" arsa an guth taobh thiar dóibh, "agus bítear sa phortach ag comhrá, agus ag sioscadh bréag, is dócha, nuair a bhíos an ghrian ag scoilteadh na gcrann. Sea, agus ionadh dá laghad ní bheidh orm, má fheicim na daoine céanna ag creathadh le fuacht cheal móna ach a mbeidh mí na Nollag caite." Bhí Tadhg Mór ag déanamh orthu, agus fuadar an domhain faoi. Bhí náire an bháis ar Thaidhgín, ar fheiceáil a athar dó, mar ba chóir dó a bheith sa mbaile leis an ualach móna roimhe sin. Ghlan sé leis chomh sciobtha agus a d'fhéadfadh sé a dhul leis an gcairrín asail, ach bheadh sé ag gluaiseacht níos moille ach a mbeadh sé as amharc a athar.

Tá a fhios ag an saol Fódlach go moilleann Dia an deifir, agus ba é a fhearacht sin ag Taidhgín é, mar ní raibh ann ach go raibh sé as amharc a athar, nuair cé a bhuailfeadh leis ach Séamas Ó Néill.

"An bhfuil an mhóin gar do bheith tógtha agat?" ar seisean le Taidhgín. Agus a mhaisce! Ba é Taidhgín a bhí díomách nuair a b'éigean dó a admháil nach raibh sé ach ag tosnú go fóill, ach ina dhiaidh sin is uilig, tosach maith leath na hoibre.

Imeachtaí Shéamais agus Thaidhgín

Ar mhiste leat bualadh siar go dtí teach Mháirtín Bhriain anocht má bhíonn deis agat?" arsa Séamas. "Tá mé ag ceapadh go bhfuil sé chomh cantalach agus a bhí sé ariamh, agus rachaidh mise i mbannaí dhuit go mbeidh greann againn anocht."

"Níor mhiste liom bualadh siar," arsa Taidhgín; "nílim chomh cruógach nach bhféadfainn tamall gearr a chaitheamh libh, ach a mbeidh mé réidh le hobair an lae."

Bhí an t-asal ag dul le fána, agus ag gluaiseacht go sciobtha mar a bheadh deifir abhaile air, agus b'éigean do Thaidhgín é a leanacht go beo tapaidh.

Tháinig seachtar de bhuachaillí na háite le chéile an oíche sin, áfach, cois na sceiche gile i bhfoisceacht go mbeannaí dhuit don áit a raibh cónaí ar Mháirtín Bhriain. Cos ní chuirfeadh duine acu thar an gcos eile le dul isteach go mbeadh chuile dhuine den dream áitiúil tagtha. Ba é Séamas Ó Néill an duine deireanach a tháinig, agus ba air a bhíodar ag fanacht.

"Téanam ort, a Thaidhgín," arsa Séamas. "Isteach libh, a bhuachaillí, ó tharla an doras ar oscailt. Cá bhfios dúinn nach gcuirfeadh sé an glas ar an doras má fheiceann sé go bhfuil seachtar againn ann?"

Bhíodar istigh i lár an urláir le hiompó do bhoise. Tharraing cuid acu cathaoireacha chucu féin agus shuigh cuid eile acu ar ghlúine na bhfear a raibh na cathaoireacha faighte acu. Bhí Máirtín ina shuí ar an mbac, a cheann faoi aige, agus é ag cuimilt na féasóige fada, mar a bheadh go himníoch buartha. Ní mó ná go maith a thaithnigh béasa na mbuachaillí céanna leis, ach ina dhiaidh sin agus uile, ní fhéadfadh sé fáilte

53

an duine dhoicheallaigh a chur rompu, agus b'fhearr an t-imreas corruair ná an t-uaigneas síoraí.

"Teann isteach chuig an tine, agus déanaigí bhur gcuid féin den teach," ar seisean. " 'Bhfuil aon bharr nuaíochta agaibh?"

"Tá an oiread sin nuaíochta agamsa," arsa Séamas Ó Néill, "dheamhan a bhféadfainn cuimhneamh ar a leath, ach tá rud amháin ar a laghad nach bhféadfainn dearmad a dhéanamh air ach, ar ndóigh, d'imigh an scéal céanna ina loscadh sléibhe ar fud na háite inné, agus tá sé i mbéal gach duine nach mór."

"Tá mé ag ceapadh nar chuala mise é," arsa Máirtín. "Cén scéal é féin?"

"Ná bí ag iarraidh a bheith ag cur i gcéill nár chuala tú an scéal mór a bhaineas leat féin, agus gur beag duine sa mbaile nach bhfuil sé ar bharr a ghoib aige faoi seo. Ní scéal rúin é, nuair atá a fhios ag triúr é," arsa Séamas Ó Néill, agus é ag cur i gcéill go raibh fearg ag tíocht air.

"Rinne Tadhg Mór cleamhnas dhuit aréir," arsa Peadar Eoin. "Tá sé ina scéal go mbeidh tú pósta le Sinéad Ní Mhurchú i gceann seachtaine agus, a mhaisce, ní raibh dul amú dá laghad ort. Tá téagar beag dá cuid féin aicise, agus ní cailín mísciamhach ach oiread í. Tá sí bacach, ach ar ndóigh ní le bheith ag coimhlint ag rástaí, nó ag cleachtadh léim ligint reatha, a theastódh bean ó fhear ar bith. Ní dhéanfaidh an chlaonfhéachaint pioc dochair di, mar tig léi go leor a fheiceáil agus is fearr bail ná iomarca.

"Seachain an mbeidh bean rua ag tíocht aniar nuair a bheifeá ag dul siar an mhaidin sin, nó bheadh mí-ádh go deo na díleann ort," arsa Séamas Ó Néill, agus cuma eolach ealaíonta air.

"Má fhaighimse greim muiníl ortsa, cuirfidh mé i mullach do chinn thar an tairseach amach thú, agus dearmad ní dhéanfaidh tú ar an oíche anocht," arsa Máirtín, agus fearg ag tíocht air sa deireadh.

"Tá seacht n-inseacht ar scéal agus dhá rá déag ar

amhrán," arsa Taidhgín. "M'anam gur chuala mise go bhfuair Séamas Ó Néill cuireadh chun na bainise, agus go rabhadar le pósadh maidin amáireach, ach bhí dearmad éicint sa scéal sin chomh fada le mo bharúil. Dúradh go raibh an fear anoir agus an bhean aniar le bheith ann, agus bhí breacadh an lae ann nuair a chuala mé m'athair ag tíocht isteach inniu, pé ar bith áit a chaith sé an oíche, níorbh é a d'inis tada domsa."

"Cuairt ghearr an chuairt is fearr agus gan é a dhéanamh ach go hannamh," arsa Máirtín, ach 'minic a thig' ba cheart a thabhairt ar Thaidhgín Ó Domhnaill. Nílim ar fónamh anocht, agus b'fhéidir nár mhiste libh glanadh libh níos luaithe anocht ná oícheanta eile, agus dá luaithe is amhlaidh is fearr é. Tá mé go dona le slaghdán le cúpla lá anuas, agus tá sé ina fhaitíos cráite orm go mbeidh fiabhras cléibh ag goilleadh orm go gairid má fhanaim mórán níos faide gan mó leaba a thabhairt orm féin, ach is beag an baol go bhfanfad."

"Tá mé ag ceapadh," arsa Peadar Eoin, "go bhfuil an doras sin róchúng le . . . . ach tig linn na hursain a bhaint anuas má bhíonn gá leis.

"Céard atá i gceist agat?" arsa Máirtín.

"Deirimse leatsa, agus lena bhfuil i láthair agaibh, go bhfuil doras an tí seo róchúng le cónra a thabhairt amach ann."

"Níl sé róchúng le tusa a chur amach i mullach do chinn ann," arsa Máirtín, ag breith ar an tlú, agus ag cur scaipeadh ar na buachaillí. Níor fhanadar le torann a gcos agus bhí codladh maith agus gáirí fada ag chuile dhuine acu an oíche sin.

Níorbh fhada go dtáinig na daoine óga céanna ar cuairt chuig Máirtín arís, agus bhíodar chomh mór le chéile i gceann seachtaine agus a bhí an capall bán agus an coca féir. Ba mhinic iad ag iarraidh scéal chailleach an uafáis a dhéanamh de rud fánach, agus ba mhinic Máirtín bocht cráite acu. Tharla go dtáinig Peadar Eoin cúpla lá ina dhiaidh sin, agus nuair a chuala sé go raibh Máirtín i mBaile an Róba, isteach leis agus d'oscail doras an tseoimrín, agus amach leis go dtí an pháirc mar a raibh an gabhar bán, agus thug leis isteach chuig an seoimrín an gabhar. Níor thúisce istigh é ná dhún Peadar an doras go cúramach air, agus d'fhág ansin é go raibh Máirtín ag dul a chodladh an oíche sin.

"Tá an diabhal sa teach chomh cinnte agus atá gob ar phréachán," arsa Máirtín nuair a leag sé lámh ar an ngabhar ag útamáil dó sa seomra an oíche sin. Dia idir sinn agus an anachain! Is mór atá ag Dia faoi mo chomhair! Caithfidh sé gur coir uafásach éicint a rinne mé, no cén bhail a chuaigh orm i mo theach féin?"

Ba bheag nár thit an t-anam as an bhfear bocht, agus níor chreid sé gur gabhar a bhí ann go dtí gur las sé an lampa beag, nuair a tháinig sé chuige féin. B'fhurasta scanradh a chur ar Mháirtín, agus chonaic an oiread sin taibhsí gur cheap sé go raibh taibhse ansin os a chomhair chuile uair a d'fheicfeadh sé asal taobh thiar de chlaí san oíche agus na cluasa ar bior aige ag breathnú ar Mháirtín.

Tharla go raibh Taidhgín agus a athair ag dul ar an margadh i mBaile an Róba aimsir na Nollag, agus bhí Úna ina suí le béile a réiteach dóibh. Bhí na bóithre bán le sneachta, ach ní raibh aon doimhneacht ann. Bhuail Taidhgín amach le faobhar a chur ar a ghoile, agus cé a bheadh ag tíocht aniar an bóthar ach Máirtín. Is leor nod don eolach agus bhí a fhios ag Taidhgín nárbh ag creathadh le fuacht a bhí Máirtín ach ag cur allais le faitíos go mbeadh taibhse ina sheasamh le leataobh an bhóthair in áit éicint. Isteach le Taidhgín go sciobtha.

"Amach leat," ar seisean le hÚna, "agus gabh soir an t-aicearra, agus siúil trasna an bhóthair chuig an seanfhothrach sin thoir nuair a fheicfeas tú Máirtín Bhriain ag déanamh ort agus ná breathnaigh siar air."

Amach le hÚna agus rinne amhlaidh. Bhí culaith dhubh uirthi, agus caipín bándearg, agus a Thiarna nárbh ar Mháirtín a bhí an scanradh nuair a shiúil sí trasna an bhóthair, agus gan solas an lae ann i gceart go fóill. Níor fhan sé le torann a cos

ach rith sé an rith a bhí ina chnámha i dtreo Bhaile an Róba.
Bhí rud éicint dhá bhualadh ar a dhroim, agus rinne sin seacht
n-uaire níos measa é. Bhí sé chomh tugtha sa deireadh gurbh
ar éigean go raibh tarraingt na gcos ann, agus b'éigean dó siúl.
Sheas sé, agus bhreathnaigh faoi agus thairis. Ní raibh na
sióga dhá bhualadh anois – nó arbh iad na cnapáin sneachta
óna bhróga féin a bhí dá bhualadh?

Bhí Éamann Dubh istigh ar cuairt acu oíche sula
ndeachaigh Máire (deirfiúr le Máirtín) go Meiriceá. Dúirt
Máirtín go mbeadh sé pósta murach go raibh sise sa teach aige,
agus dúirt sise go mbeadh sí pósta fada ó shin dá bhfaigheadh
sí spré ó Mháirtín.

"Deireadh an t-amhrán féin," arsa Éamann, "go mbeadh
scoth na mban gan phósadh in Éirinn go mbeadh deireadh le
dlíthe Gall, agus pé ar bith bail atá orthu i láthair na huaire, is
dócha go raibh sé i ndán dóibh ag Dia."

Oíche dá raibh Taidhgín agus a chara, Séamas Ó Néill ag
comhrá cois na sceiche gile le leataobh an bhóthair, bhí ceist le
fuascailt acu maidir le hiascaireacht i Loch Measca, an chaoi
ab fhearr lena dhéanamh, agus an tráthnóna ab fheiliúnaí dóibh
beirt. Ní raibh fiú amháin slat iascaireachta acu, gan trácht ar
bhád; ach dhéanfaidís bád agus chuile shórt a theastódh uathu
a sholáthar gan mórán moille ar chaoi éicint.

"An abrann tú go bhfuil aithne mhaith agat ar an
mbuachaill aimsire atá ag an bhfear ar leis an bád?" arsa
Taidhgín, agus roinnt imní air.

"Tá togha na haithne agam ar an bhuachaill céanna," arsa
Séamas Ó Néill go dóchasach, "agus buachaill níos geanúla ná
Peadar Ó Donnchadha níor chuir cos i mbróg ariamh, agus tá
mé lánchinnte go dtabharfadh sé iasacht an bháid dúinn." Thit
gach rud amach mar a bhí ceaptha acu i dtosach, agus bhí
chuile shórt ar deil le dul ag iascaireacht go Loch Measca sa
deireadh; fiú amháin an aimsir, ní raibh a sárú ann. Scaoileadh

an téad lena raibh an bád ceangailte, agus d'fhágadar slán agus beannacht ag Peadar Ó Donnchadha mar ba eisean a chuidigh leo an bád a chur sa loch agus a scaoileadh amach. Chuir Peadar fainic orthu agus dúirt leo a bheith ar ais roimh a naoi a chlog nó go mba dhóibh féin ba mheasa dá mbeadh Eoin tagtha ón mbaile mór ar ais agus an bád ar iarraidh.

Bhí loinnir álainn bhuí ar na sléibhte agus na cnoic máguaird, an cineál tráthnóna a chuirfeadh aoibhneas ort, ar farraige nó ar talamh dhuit. Shílfeá go raibh an féar ag dul i nglaise, agus sláinte ar fheabhas ag chuile bhláth sa pháirc, radharcanna fíoráille le feiceáil i ngleannta, coillte, agus machairí na hÉireann. Bhí na scáilí á síneadh féin ar shléibhte, coillte, cnoic, agus gleannta, na fuiseoga go hard sa spéir, agus na smólaigh ar bharr na gcrann mar a bheidís ag coimhlint le chéile ag déanamh ceoil, agus a phort meidhreach croíúil féin ar siúl ag lon dubh an ghoib órga ar an sceach gheal íseal cóngarach don talamh. Bhí an ciúnas aoibhinn taitneamhach sin a chuireann aoibhneas ar iascairí ann, agus ní raibh samhail ar bith ar an loch mín airgid ach pláta mór gloine.

"Tá mé ag ceapadh," arsa Taidhgín, "go bhfuil 'Tír na hÓige' níos gaire do láthair ná mar a bhíodh na filí ag ceapadh," agus thug sé sonc don bhád a sheol isteach cois carraige móire é; rinne an bheirt acu strapadóireacht ar an gcarraig agus isteach leo sa bhád.

Bhain Séamas Ó Néill an seas amach, agus bhreathnaigh go grinn agus go géar ar an gcruga, agus ní bheadh "in ainm an Athar" ráite agat go raibh sé i ngreim ar na maidí rámha, agus é ag iarraidh a bheith ag iomramh, ach ba chiotach uaidh a dhéanamh cé nach ndearna sé dhá chuid dá dhícheall. B'fhurasta a aithint air nár bhádóir fadaraíonach a bhí ann, agus d'fhéadfá a rá nach raibh mórán dul chun cinn dhá dhéanamh aige.

"Fan le cóir, agus gheobhaidh tú cóir," a deir Taidhgín, "tig linn a dhul ag iascaireacht mar a a bhfuilimid."

"Ní móide go mbeadh mórán éisc le fáil anseo," arsa Séamas, "agus b'fhéidir nár mhiste leatsa 'dhul ag iascaireacht ar pholl gan fhreagairt, ach m'anam go bhfuil a mhalairt d'eolas agamsa, a mhic ó. Cén mhaith dhom an t-eolas a bheith agam mura mbainfidh mé leas as, agus na hoidim mhaithe atá agam a chur i bhfeidhm. An rud gur fiú é a dhéanamh, is fiú é a dhéanamh go maith. Sílim go mbíonn éirí ar an iasc tuairim is céad slat uaidh seo ar an taobh thall den charraig sin amuigh."

Bhí Séamas agus Taidhgín ag iomramh gach re seal, agus cé nach raibh ceachtar acu le moladh mar bhádóirí níorbh fhada go rabhadar amuigh san áit a bhí uathu agus iad ag iascaireacht go foighdeach. Bhí díomá orthu go fóill ar chuma ar bith, agus bhí Taidhgín ag ceapadh go mba amhlaidh ab fhearr dóibh glanadh leo as an áit sin gan mórán moille.

"Bheadh sé chomh maith againn a bheith ag caitheamh cloch leis an ngealach," ar seisean, "nó a bheith ag tóraíocht táilliúra i mbruth fá thír, agus a bheith ag iarraidh iasc a cheapadh anseo. Freagairt níbhfaighfeá dá bhfanfá ar feadh míosa."

"Is fánach an áit a bhfaighfeá gliomach, a mhic ó," arsa Séamas "is furasta a aithint ort nach ndearna tú mórán iascaireachta. B'amhlaidh ab fhearr dhuit a bheith foighdeach agus misneach a ghlacadh, mar níor chaill ar fhear an mhisnigh ariamh. Is beag is ionann an áit seo agus an áit a d'fhágamar, cé go raibh tusa sásta fanacht níos faide ann."

"Tá mé ag ceapadh nach bhfaighimid fiú amháin broideadh anseo," a deir Taidhgín, "gan trácht ar liús no giolla rua."

Is ar éigean go raibh na focla as a bhéal nuair a fuair sé priocadh, agus nuair a tharraing sé isteach an dorú bhí liús i bhfostú sa duán. Níorbh fhada go raibh seacht gcinn faighte aige, agus trí cinn ag Séamas. B'amhlaidh a bhídís ag iascaireacht gach re seal, agus ó tharla go raibh an-tóir ag Taidhgín ar iascaireacht an tráthnóna sin, mar ba é an chéad gheábh sa loch aige é, d'fhág Séamas an tslat iascaireachta aige níos faide ná mar a bhíodh sí aige féin, ach ní raibh dul amú ar bith air.

Bhí Taidhgín i gcruth léimní as a chraiceann le gliondar, agus bhí sé ceaptha aige liús nó cúpla ceann a thabhairt don bhuachaill a thug an bád dóibh, mar ní raibh cead faighte óna mháistir aige chun a dhéanta, ach dá ndíoltaí liús, nó giolla rua, b'fhéidir go mbeadh luach na dí le fáil.

D'fhanadar mar a rabhadar ar feadh tamaill agus níor éirigh leo iasc ar bith eile a cheapadh; ach d'imíodar cúpla céad slat níos faide ansin, agus rinneadar iarracht eile, ach bhí a dhálta de scéal acu. Soir leo arís, ag imeacht níos faide ón talamh i gcónaí, agus iad ag ceapadh go rabhadar ag tíocht isteach deas ar an iomramh faoi seo, ach bhí an chóir leo agus leoithne fhionnfhuar ghaoithe anois ann. D'fhág an ghrian slán acu, agus d'imigh i bhfolach ag bun na spéire sa domhan thiar i gcomhair na hoíche; ach is ar éigean gur airíodar an ghrian ar iarraidh go bhfacadar an ghealach ag gobadh amach, agus gur nochtaigh sí ina hiomláine í féin dóibh, tar éis a bheith i bhfolach taobh thiar de néalta neimhe.

"Dóbair go ndearna muid dearmad ar an gcomhairle a thug Peadar dhúinn. Níor mhór dhúinn a bheith ar ais roimh a naoi a chlog," arsa Taidhgín agus imní air anois nárbh fhéidir a cheilt.

"Má cheapann tú nach bhfuil an dearmad déanta againn," a deir Séamas, "is mór an dul amú atá ort, agus is fánach an mhaise dhúinn a bheith ag caint mar seo nuair atá an anachain déanta. Tá mé cinnte go mbeidh Eoghan Mac Giolla Mhuiris ar ais faoi seo, agus é ag rith ar fud an bhaile le teann cuthaigh agus buile. Ídeoidh sé orainn é chomh cinnte agus atá an ghealach os ar gcionn anocht." Bhíodar ag iarraidh a bheith ag iomramh ar ais don áit ina bhfuaireadar an bád i dtosach, agus fuadar an domhain fúthu anois, ach moilleann Dia an deifir, agus ní fhéadfaidís imeacht go sciobtha anois mar gheall ar an leoithne bheag ghaoithe a bhí ina n-aghaidh, agus b'fhurasta a fheiceáil ñach rabhadar le moladh mar bhádóirí.

Leis an scéal a dhéanamh seacht n-uaire níos measa thugadar faoi deara go raibh daoine ag bualadh thart ag an áit ar scaradar le Peadar Ó Donnchadha, agus bhíodar cinnte – nó ionann is a bheith – go raibh Eoghan Mac Giolla Mhuiris ina measc. Sea! Bheadh sé ag tóraíocht an bháid, agus na daoine a ghoid é chomh cinnte agus a bhí an spéir os a gcionn agus uisce an locha fúthu.

"Nárbh mar a chéile" arsa Taidhgín, "imeacht go dtí an taobh eile, agus bheadh buntáiste amháin ag dul leis, go mbeadh an chóir linn ar an gcéad dul síos, agus   thógfadh sé tamall maith ar Eoghan a thíocht suas linn. Rachaidh sé rite leis a bheith ansin romhainn ar chuma ar bith."

"Is éard a déarfar gur goideadh an bád ar chaoi ar bith," arsa Séamas, ó tharla go dtáinig sé i d' intinn isteach an tseift atá molta agat a chur i ngníomh."

Bhí Taidhgín ar bís le mífhoighde agus drochmhisneach ag cur air go trom cúpla nóiméad roimhe sin, ach shílfeá anois go raibh sé ag ligint faoi – roinnt bheag ar a laghad – mar cheap sé go raibh fuascailt i ndán don cheist a bhí ag crá a chroí roimhe sin.

Bhí tosach an bháid le loch, agus deireadh an bháid le tír, na maidí rámha san uisce, agus deis iomartha curtha orthu féin acu i bhfaiteadh na súl. Agus ó tharla go raibh an chóir leo ní aithrisítear a n-eachtra, agus níorbh fhiú iad a aithris go rabhadar i bhfoisceacht dá scór slat den taobh eile den loch, mar a raibh an t-uisce róthanaí le bádóireacht a dhéanamh i gceart ann. Bhí macalla dá bhaint as na sléibhte le torann éicint a bhí le cloisteáil timpeall is dhá chéad slat ar an taobh ó dheas díobh, agus b'ábhar imní dóibh anois an torann céanna.

"Meas tú – céard é sin?" arsa Taidhgín, ag breathnú go scáfar i dtreo na háite a raibh an torann ag tíocht uaithi agus lig do na maidí rámha titim as a lámha.

Taidhgín

"Capall ar cosa in airde. Tá capall ceannann ag Eoghan
Mac Giolla Mhuiris atá a dhul i gcosúlacht le capall rása."
Nochtaíodh ceann agus guailne marcaigh ag déanamh
orthu aneas ar nós na gaoithe lá Márta. A Thiarna! Nárbh
orthu a bhí an mí-ádh nár fhan ag an taobh eile. Céard a
dhéanfaidís?

Isteach le Taidhgín de léim san uisce, agus i gceann
nóiméid bhí sé i bhfolach san uisce agus moirt a tháinig ó
ghrinneall an locha. Nochtaigh sé a cheann, agus ansin na
guailne. Bhí an t-uisce tanaí; ach b'amhlaidh a thit sé i
mullach a chinn. Bhí sé ar a bhonna arís gan mórán moille,
agus ag lapadaíl san uisce a dhul i dtreo na talún dó.
Bhí Séamas ina dhiaidh ar an toirt, agus bhíodar beirt ar an
talamh tirim nuair a d'imigh an marcach tharstu ar an
mbóithrín. Ach m'anam nárbh i ngan fhios don chapall go
rabhadar taobh thiar den chlaí, agus bhí a dhá dhíol le déanamh
ag an marcach ag iarraidh an capall a choinneáil faoi smacht
gan a bheith ag breathnú ar na bádóirí nuair a ghlac an capall
scáth. Bhí trí chéad slat eile den bhóthar curtha de aige sula
raibh an capall faoi smacht aige i gceart. Thug sé sin deis
imeachta do na buachaillí, agus tá dul amú millteach ar an té a
déarfas gur lig siad lúb ar lár le buntáiste ag an nóiméad sin,
mar níor lig.

Nuair a tháinig an marcach ar ais leis an gcapall bhí na
bádóirí i bhfolach i lochta i scioból Shéamais Bhriain, mar ar
fhan siad ag croitheadh le faitíos ar feadh trí huaire an chloig.
Tháinig Séamas Bhriain isteach, ach cor níor chuireadar díobh
agus d'imigh sé leis gan iad a fheiceáil.

Amach leo nuair a bhíodar tuirseach sa lochta agus, tráthúil
go maith, fuaireadar péire asal ar seachrán ar an mbóithrín,
agus suas le Séamas Ó Néill ar chrann go bhfuair sé maide dó
féin, agus ceann eile do Thaidhgín. Le hiompú do bhoise bhí
Taidhgín agus Séamas ag marcaíocht, agus ag imeacht ina
bhogshodar i dtreo na háite a d'fhágadar an tráthnóna roimhe

62

sin. Bhíodar fliuch go craiceann agus ag croitheadh le fuacht agus le faitíos ar feadh na hoíche sin. Ní raibh iasc ná slat iascaireachta anois acu; bheadh siad le fáil ag Eoghan Mac Giolla Mhuiris, ach a bhfaigheadh sé an bád a bhí dhá thóraíocht aige; ach má bhíodar tuirseach tromchroíoch féin, bhí sé de shásamh acu nár rugadh orthu ar chaoi ar bith.

"Meas tú – dá gceistnítí Peadar Ó Donnchadha an sceithfeadh sé orainne? Go bhfóire Dia orainne beirt má abrann – má abrann sé gur muidne a thug an buille iomraimh isteach go dtí an taobh sin den loch, agus d'fhág an bad inár ndiaidh ann! Ní bheadh a fhios agat céard a tharlódh dá n-abraití sin!" a deir Taidhgín.

"Tá Peadar Ó Donnchadha ar dhuine de na buachaillí is geanúla a casadh ariamh orm, ag dul ar scoil dó nó tar éis fágáil na scoile dhom, agus is beag an baol go sceithfeadh sé orainn," arsa Séamas.

"B'uafásach an mhaise dhúinn a leithéid a dhéanamh ar chaoi ar bith!" arsa Taidhgín agus a dhóthain aiféala air. "Mo choinsias bheadh sé seacht n-uaire níos measa, a dhonacht agus atá sé, murach go ndearnamar iomramh tréan go dtí an taobh eile den loch agus bheimis sa bhád go fóill murach go raibh an chóir linn."

"Maidir le hEoghan Mac Giolla Mhuiris," a deir Séamas, "ní díol trua ar bith é. Dá gcailltí an bád bheadh a dhá dhíol de mhaoin an tsaoil fágtha fós aige. Ba mhinic a rinne sé féin éagóir ar dhaoine bochta, agus deir muintir na háite gur suarachán ceart críochnaithe a bhí ann chuile lá ariamh ó tháinig sé don taobh seo tíre."

"M'anam nár chuala mé ariamh an cháil sin a bheith air," a deir Taidhgín.

"Is iomaí rud nár chuala tú go gcloisfidh tú fós," arsa Séamas, "ó tharla nach bhfuair Eoghan de ghreim scornaí aréir thú. Dhéanfadh sé mionghreamanna dhíot, chomh cinnte agus atá Taidhgín ort."

Bhí ruainne beag le trí mhíle de bhóthar curtha díobh acu faoi seo, agus na hasail ag ligint fúthu roinnt. Bhíodar ag siúl mar a bheadh siad i gcomhchoiscéim agus iad ag dul in aghaidh a gcosúlachta nó bhí tuirse orthu cheana féin. Ní raibh ceachtar de na marcaigh ag gabháil de mhaide ar an asal a bhí aige mar bhíodar go trom tuirseach sáraithe de bharr eachtraí na hoíche, agus bhainfeadh an ghabháil éadaigh agus marcaíochta a bhí orthu gáirí as an té nach ndearna gáirí le fada an lá.

"Feictear dhom go bhfuil daoine eile amuigh," arsa Taidhgín go himníoch, nó an daoine iad sin ag ceann an bhóithrín sin thiar, nó taibhsí?"

"Beirt fhear atá ansin," a deir Séamas ag breathnú go grinn agus go géar i dtreo mhéar Thaidhgín. "Tá siad mar a bheidís ag fanacht linn."

"Tá m'athair ar dhuine acu!" arsa Taidhgín, "agus t'athairse an duine eile!"

"Go mbeannaí Dia dhaoibh ar maidin," arsa Brian Ó Néill. "M'anam gur muidne a d'íoc go searbh as an iascaireacht, inar suí dhúinn ar feadh na hoíche ag fanacht libh agus bhur dtóraíocht."

Bhí céadtríleach na fuiseoige le cloisteáil tamall beag roimhe sin, agus bhí an ghrian ag bíogadh aníos sa domhan thiar faoi seo, agus ag cur ina luí ar an té a bhí ina dhúiseacht go raibh lá eile tagtha.

"B'amhlaidh ab fhearr daoibhse glanadh libh abhaile anois chomh luath in Éirinn agus is féidir libh mar tá daoine eile ag fanacht libh," arsa Tadhg Mór, "agus tig libh a rá leo go bhfuil muidne ag tíocht."

"Céard a thug oraibh imeacht mar d'imigh sibh go dtí an taobh ab fhaide as láthair den loch le tíocht i dtír ann? Agus dóbair nár bádh sa loch sibh nuair a chonaic sibh Peadar Ó Donnchadha ag tíocht leis an gcapall," arsa Brian Ó Néill. "B'in rud nach bhféadfainn a thuiscint."

"Arbh é Peadar a bhí ann?" a deir Taidhgín agus ionadh air.

"M'anam gurbh é," arsa Brian.

"B'amhlaidh go raibh muidne ag ceapadh gurbh é Eoghan a bhí ann," arsa Séamas.

"Mo choinsias go raibh dul amú millteach ar an mbeirt agaibh!" arsa Tadhg Mór. Ach ar ndóigh, níl aon mhaith sa seanchas nuair a bhíonn an anachain déanta."

Fuair na hasail lascadh eile agus d'imíodar leo cos in airde, agus níorbh fhada go raibh an baile a bhí uathu bainte amach ag na marcaigh.

Scaoileadar chun bealaigh na hasail agus déarfá dá mbeiféa ag breathnú orthu ag imeacht gur mó an fuadar a bhí fúthu ag dul ar ais ná mar a bhí orthu ag tíocht.

Bhí Bríd ina suí ar chathaoir, a baithis ina leicne aici ag breathnú ar an tine agus shílfeá go raibh sí tar éis a bheith ag caoineadh nuair a tháinig Taidhgín isteach an mhaidin sin. Ghealaigh a haghaidh roinnt ar fheiceáil di go raibh sé tagtha ar ais slán sábháilte. Déarfá le breathnú ar a chulaith ceann easna a bhí air nárbh amhlaidh a bhí a chuid éadaí. D'ól sé deoch bhainne, agus bhain a leaba amach gan mórán a rá ach dearmad ní dhearna sé a inseacht go raibh a athair ag tíocht. Thit a chodladh air gan mórán moille.

Cé go raibh sé tuairim is a cúig a chlog ar maidin nuair a bhain Tadhg an leaba amach bhí sé ar a bhonna arís roimh a naoi, mar ní thabharfadh sé le rá do mhuintir a' tí nó do mhuintir an bhaile nach mbeadh sé d'acmhainn aige oibriú an mhaidin sin tar éis a bheith ag iascaireacht an tráthnóna roimhe ré i Loch Measc.

Thug an t-athair agus an mháthair íde fheargach béil do Thaidhgín an lá sin. Bhí an mháthair ag guí ar feadh na hoíche roimhe, mar bhí a fhios aici gur go Loch Measc a chuaigh sé agus bhí sé ina fhaitíos cráite uirthi go raibh sé báite. Níor bhac sé le bád fir eile ón lá sin amach mar bhí ciall cheannaithe aige agus is fearr go mór an chiall a cheannaítear ná an chiall a fhaightear in aisce!

Aimsir an Chogaidh Mhóir

Tráthnóna álainn i mí na Lúnasa 1914, bhí muintir Uí
Dhomhnaill ag comhrá cois teallaigh tar éis a gcuid tae
a bheith ólta acu. Ba mhithid dóibh scíth a ligint, mar
bhíodar ag obair ó mhaidin go moch, agus b'áibhéil an lán
oibre a bhí déanta acu ó chuireadar deis oibre orthu féin le
breacadh an lae sin.

"I bpáirc na coille a bheas sibh ag obair anois?" arsa Bríd.

"Sea!" arsa Tadhg, "is ansin a bheas mise ach a mbeidh mo
scíth ligthe agam," agus é ag breathnú ar an tine ó cheann an
bhoird mar a bheadh sé lánsásta lena raibh déanta ar feadh an
lae aige.

"Ní moill faobhar," arsa Taidhgín, "ach is moill mhór gan
é."

Tháinig Aodh agus Úna ar ais ón scoil agus faobhar ar a
ngoile agus níorbh fhada go raibh béile leagtha ar an mbord ag
a máthair dóibh.

" 'Bhfuil aon bharr nuaíochta agaibh tráthnóna?" arsa
Tadhg Mór agus é ag breathnú sna súile ar Aodh.

"Tá!" a deir Aodh. "Beidh laethanta saoire againn go
ceann míosa agus is mór an gar sin!"

"Ar ndóigh," arsa Bríd, "ní nuaíocht ar bith é sin, mar
táimid bodhraithe ag an scéal sin ar feadh na seachtaine seo
caite. Mo léan nach bhfuil deireadh na míosa sin tagtha
cheana féin! Agus dá luaithe a bheas is amhlaidh is fearr
dúinn uilig é."

"Ach mo dhearmad," a deir Aodh. "Tá an scéal uafásach
eile againn a d'inis an máistir dhúinn inniu, agus seo chugaibh
é. D'fhógair Sasana cogadh ar an nGearmáin inné agus tá an
Fhrainc agus an Ghearmáin le cogadh dian díobhálach a chur

ar a chéile. Dúirt an máistir nach raibh a fhios aige féin go barainneach cé acu taobh ba chiontach leis an gcogadh ach go ndúradh in áiteacha gur duine uasal amháin a thosnaigh den chéad uair é, agus go bhfuil dul amú millteach ar an té a chreidfeadh an scéal sin. Bhí páipéar an lae inniu aige agus thaispeáin sé dhúinn sa léarscáil na háiteacha a raibh trácht orthu sa bpáipéar. Deir sé go mbeidh cogadh uafásach ann amach is amach an babhta seo agus tá sé ag ceapadh go mbeidh Éireannaigh cuid mhaith ag troid ar thaobh Shasana."

"Dia dhá réiteach!" arsa Bríd. "Nár lige Dia go mbeadh duine ar bith as an taobh seo tíre páirteach sa gcogadh sin! Ach b'fhéidir le Dia go ndéanfaidh siad socrú sula mbeidh sibhse fásta." Bhreathnaigh sí ar Thaidhgín agus ar Aodh a bhí ina suí le chéile agus shílfeá go raibh imní ag tíocht uirthi cheana féin, cé go raibh Taidhgín agus Aodh ar bheagán imní an lá sin agus bheidís amhlaidh le tamall eile.

Bhí Tadhg Mór ag machtnamh go dian agus chuir sé a ladar isteach sa scéal faoin am seo.

"Bhíos ag smaoineamh," ar seisean, "ar thairngreacht Cholmcille. Dúradh go mbeadh caiple iarainn ann agus carráistí ag rith gan capall ar bith dá dtarraingt, agus m'anam go bhfuil an chuid sin den tairngreacht comhlíonta cheana féin. Bhíodh na seanfhondúirí ag trácht ar chogadh mór a bhí le bheith ann agus bhídís á rá gur i nGleann na Muice Duibhe a dhéanfaí an t-ár mór deiridh in Éirinn sula ndéanfaí saoirse iomlán na tíre a bhaint amach."

"Ach ní in Éirinn atá an cogadh seo le bheith,buíochas le Dia!" arsa Bríd.

"Mo choinsias," a deir Tadhg, "go ndearna Colmcille tairngreacht i dtaobh Shasana chomh maith céanna, agus dúirt sé go mbeadh an t-ár chomh mór sin go mba ionadh mór leis na mná ar Dhroichead London an oiread agus fear amháin a fheiceáil ag dul thar an droichead sin. Fiú amháin an té a bheadh san otharlann, dhéanfaí é a iompú trí nó ceathair de chuarta sa leaba go mbeadh a fhios go barainneach acu an mbeadh sé d'acmhainn aige gunna a iompar ar bhealach ar bith."

Ba mhinic imní ar Thaidhgín ag éisteacht le Brian Mac Ghiolla Dhuibh ag inseacht scéalta cogaidh. Bhí Brian ag troid in aghaidh na Sasanach san Afraic Theas, cé go raibh gaolta leis ag troid ar thaobh Shasana sa gcogadh céanna, ach ní lia duine ná barúil. Nuair a bhíodh Taidhgín an-óg cuireadh ag croitheadh le faitíos cúpla babhta é ag éisteacht le scéalta uafásacha Bhriain Mhic Ghiolla Dhuibh, agus bhí a dhálta de scéal aige maidir le n-imeachtaí Gall in Éirinn, agus scéalta na bhFiann lá den saol chomh maith céanna. Bhí sé ag breathnú idir an dá shúil ar a athair ag cur caoi ar an tairngreacht agus é ag éisteacht go cúramach le chuile fhocal a tháinig óna bhéal, agus an chaint ag tíocht aniar le Tadhg mar a bheadh fuarlach ann ó bhí an tairngreacht tarraingthe anuas aige. Chuir Taidhgín slis chainte air féin:

"Mo choinsias, nár mhaith liomsa a bheith in arm Shasana nó in arm ar bith eile. B'fhearr liom agus feictear dhom go mb'fhearr dom a bheith ag obair ar an talamh dá shuaraí an luach saothair."

"M'anam gur chruthaigh Séimín Buí go maith nuair a cheannaigh sé a mhac féin ón arm," arsa Bríd, "agus níorbh amhlaidh go raibh an-chuimse airgid aige ach oiread an bhliain sin."

"B'amhlaidh ba chóra dhó," a deir Tadhg go feargach, "ligint don bhithiúnach céanna luí ar an leaba a chóirigh sé dhó féin agus gan bacadh leis beag ná mór."

"Dá bhfeicfeá an lá cheana é ag dul go Baile an Róba agus an imeacht a bhí faoi," arsa Aodh ag preabadh ina sheasamh agus ag iarraidh a bheith ag déanamh aithrise ar Dháithí Crosach, mar a thugtaí air sa mbaile.

"Ní hinmholta an mhaise dhaoibh," arsa Bríd, "a bheith ag tromaíocht ar dhuine ar bith níos gaire dhuit ná do chomarsa bhéal dorais féin. Má bhíonn anró ort inniu nó amáireach, nach air a ghlaofas tú? Is beag duine nach mbíonn gá aige le cúnamh comharsan ó am go chéile."

"Murach an cúnamh a fuair Séimín Buí ó dhuine acu," arsa Taidhgín go staidéarach, "is beag an baol go mbeadh Dáithí Crosach tagtha ar ais ina dhuine uasal mar atá sé. Is beag is ionann é agus an railliúnach a d'fhág slán agus beannacht ag Tuar Mhic Éadaigh bliain ó shin.

D'éirigh Tadhg ón gcathaoir agus bhain sé searradh as féin. "Pé ar bith rud a dhéanfas cogadh na saighdiúirí," ar seisean, "tá obair idir lámha againne nach ndéanfaidh ceachtar acu dhúinn. Maidir leis an gcogadh is fada ó Éirinn go fóill é agus ní ceart glaoch ar a' gol go deo go dtige sé. Amach leat, a Thaidhgín, agus tig linn a bheith ag caint anocht." D'imigh an bheirt amach, agus d'fhág an chuid eile ina ndiaidh le caint a dhéanamh.

An Domhnach ina dhiaidh sin bhí scata d'fhir an bhaile ag comhrá ag an gcrosbhóthar tar éis tíocht ón Aifreann dóibh. Bhí corrdhuine ina measc a raibh an chulaith chéanna aige agus bhíodh aige ar feadh na seachtaine; ach bhí cuid acu gléasta go galánta. Bhí Éamann Dubh ann agus páipéar ina ghlaic aige ach má bhí sé ag iarraidh a bheith ag léamh bhí sé fánach aige agus a raibh de chaint ar siúl ag na fir eile. D'fhill sé ar a chéile an páipéar nuaíochta sa deireadh, agus bhuail faoi ar chlaí íseal le leataobh an bhóthair, mar a raibh Séimín Buí ina shuí ag éisteacht go foighdeach lena raibh le rá ag na fir eile sular thosnaigh sé féin ag cur de, agus ba ghearr gur thosnaigh. Bhí Dáithí Crosach ina sheasamh i lár an bhóthair ag caint le Taidhgín agus Séamas Ó Néill agus é ag cur caoi ar an saol breá a bhí aige i Sasana, agus ag iarraidh cur ina luí orthu go mbíonn chuile Éireannach ansin ar rothaí órga an tsaoil cé is moite den té a mbíonn díth céille amach is amach air.

Bhí Tadhg Mór ag éisteacht leis na fir eile ag cur díobh,

agus corrfhocal le rá aige nuair a thiocfadh aghaidh an chomhrá air; ach nuair a chuimhnigh sé ar chomhairle a athar bhí sé ag iarraidh a bheith ag cur i gcéill go raibh sé thar a bheith aineolach ar chuile shórt a bhain le Sasana agus ar chuile chogadh a raibh baint aige ariamh leis.

"Coinnigh srian i gcónaí le do theanga, agus coinnigh d'intinn agat féin, agus beidh tú ar thaobh an fhoscaidh ar chuile thaobh," a deireadh a athair go minic leis, agus dearmad ní dhearna sé chúns mhair sé ar an gcomhairle sin. Fainic níor chuir a athair ariamh air, nó comhairle níor thug sé dó, nach ndearna sé a leithéid chéanna do Thaidhgín go díreach mar a rinne a athair dó féin, agus bhí a shliocht air.

Thosnaigh Séimín Buí ag cur de sa deireadh, agus cé go raibh an seacht déag is trí scór bliain scoite aige b'áibhéil an cainteoir go fóill é. Nochtaigh sé an ceann maol, agus thosnaigh sé ag cuimilt na cromóige i dtosach báire, ansin ag cuimilt na féasóige a bhí beagán níos giorra ná mar a bhíodh sí, ó tháinig Dáithí ar ais. D'ardaigh sé a cheann roinnt bheag agus bhreathnaigh go géar ar na fir a bhí ina seasamh agus thosnaigh ag moladh Shasana agus a bhain léi go cranna na gréine.

"Níl agus ní raibh ariamh," ar seisean, "aon tír eile sa domhan inchurtha le Sasana agus is gearr go mbeidh deireadh leis an gcogadh mar beidh na Gearmánaigh ag iarraidh síochána gan mórán moille. Táim lánchinnte nach seasfaidh siad go ceann míosa, agus a láidre atá Sasana ar muir agus ar tír ní fhéadfaidís seasamh roimpi."

Amharc a chuir Éamann Dubh air a chuir deireadh leis an óráid fhada a bhí faoi a dhéanamh agus shílfeá gur buille faoin gcluais a fuair sé leis an gcaoi ar dhún sé a bhéal agus rinne dearmad ar a raibh le rá aige ar an toirt.

"Fuaireas páipéar Meiriceánach ó mo dheartháir atá i Nua Eabhrach an lá cheana," arsa Éamann, "agus m'anam nárbh ina gcodladh a bhí muintir na Gearmáine le blianta beaga

70

anuas, nó is mór an dul amú atá ar lucht an pháipéir nuaíochta. Dúradh go bhfuil chuile fhear óg sa Ghearmáin oilte agus in ann saighdiúireacht a dhéanamh go héifeachtach agus go bhfuil chuile rud a bhaineas le cúrsaí cogaidh ar fheabhas acu agus de réir modhanna nua-aimseartha.

B'iondúil go mbíodh cluas ar Thaidhgín nuair a bhíodh na seanfhondúirí ag caint ar thíortha taobh amuigh d'Éirinn mar bhí sé ceapta aige an saol mór a thabhairt air féin lá éicint.

Cúlchaint

Níorbh fhada go raibh ábhar eile cainte tarraingthe anuas ag Séimín Buí nuair a chuir Éamann Dubh trasnaíocht air agus dúirt go raibh sé ag dul ar thuras go Loch Measc nó an taobh ab fhaide as láthair den loch sin. Bhí fear as an gceantar ag dul amach ar charr cliathánach agus bheadh Séimín in éineacht leis.

"Beidh na carranna sin caite as faisean lá ar bith feasta," arsa Taidhgín go magúil, "cén fáth nach bhfaighfeá gluaisteán a thabharfadh amach ar iompú do bhoise thú?"

"Cailleadh dorú agus duán air," arsa Brian Ó Néill nuair a bhí Séimín as éisteacht, "tá sé róthugtha do bheith ag moladh Shasana. Ach is dócha go mba mhian leis leithscéal a dhéanamh ar a chuid eachtraí féin. Is ag obair go dúthrachtach ar thaobh Shasana agus in aghaidh a thíre féin a chaith sé a shaol. Ba mhaith an fear le cabhair agus cúnamh a thabhairt don tiarna talún é, agus ba mhaith an fear ag amadáin é, ach níl muidne chomh hamaideach agus a bhímis lá den tsaol!"

"D'fhéadfainn a mhaitheamh dhó a ndearna sé inár n-aghaidh ariamh," arsa Tadhg Mór, "ach ní fhéadfainn dearmad a dhéanamh ar a chuid eachtraí ina dhiaidh sin. Tá an tiarna talún glanta leis, agus marbh anois b'fhéidir, ach tá Séimín Buí slán folláin anseo go fóill, agus ó tharla nach ndearnadh lámh a leagan air, nó pioc dochair a dhéanamh dhó nuair a bhí an scrios dhá dhéanamh aige, is ar éigean gurbh fhiú é a dhéanamh anois mar tá sé róshean ar an gcéad dul síos."

"Bíodh sé buíoch den slí go bhfuil sé beo," a deir Brian Ó Néill, "agus is iomaí duine níos cneasta ná é a cuireadh faoi dheifir chun na síoraíochta sa tír seo leis na céadta bliain."

"Táim ag ceapadh," a deir Taidhgín, "go bhfuair tusa braon poitín inniu."

"M'anam nach bhfuair," arsa Brian, "ach pioc dochair ní dhéanfadh sé do dhuine."

D'imigh Dáithí Crosach agus Séamas Ó Néill abhaile roimhe sin agus níorbh fhada go ndeachaigh chuile dhuine acu ar a bhealach féin agus a bharúil féin aige faoin gcogadh.

In imeacht míosa bhí an Cogadh Mór faoi lán seoil, agus a lán scéalta cogaidh le cloisteáil ar gach taobh, agus scéal amháin ag bréagnú an scéil eile go minic; ach bhí Taidhgín Ó Domhnaill ag sníomh a chuid easnacha sa móinéar, greim aige ar dhoirníní na speile tráthnóna agus crúb coiligh, broimfhéar agus seamair dheargaigh agus a lán cineálacha eile féir fágtha sínte sna sraitheanna ina dhiaidh le gach farra a thugadh sé den fhéar. Ní mórán suime a bhí aige sa gcogadh, go fóill ar chaoi ar bith.

Maidin Dé Luain i dtosach na Samhna bhí Taidhgín amuigh sa bpáirc ag baint fhataí nuair a chonaic sé buachaill óg ag déanamh air agus beart páipéar faoina ascaill aige. Nuair a tháinig sé níos gaire dhó d'aithnigh Taidhgín é. Cé a bheadh ann ach Aodh agus casóg a athar air? Arbh ionadh ar bith é nár aithníodh i dtosach é mar ní minic a bhíodh casóg fir air.

"Tagann an chasóg sin go breá dhuit," arsa Taidhgín ag gáirí, agus ag breathnú go geanúil ar Aodh, "agus ba chóir duit í a chaitheamh ag dul chuig an Aifreann an chéad Domhnach eile."

"Tá a mhalairt de chéill agam," a deir Aodh ag breathnú ar na fataí. "Seo dhuit an beart seo a thug fear an phosta dhom. D'ainmse atá ar an seoladh."

"B'fhéidir gur fiú é a oscailt," arsa Taidhgín ag breathnú ar an seoladh. "Cá bhfios dom céard a bheadh anseo dhom?"

Nuair a scar sé ó chéile an páipéar rua a bhí taobh amuigh céard a bheadh ann istigh ach páipéar nuaíochta ó Shasana?

Ní fhéadfadh sé gan breathnú ar na pictiúirí breátha a bhí sa bpáipéar sin, agus bhí pictiúr amháin inar chuir sé suim faoi leith. Pictiúr de shaighdiúirí a bhí ag dul amach le troid ar thaobh na Fraince agus ar thaobh na Beilge, iad in arm agus in éide, agus áthas an domhain orthu nuar a d'fhág siad slán agus beannacht ag a muintir i Sasana. Ach arbh aon ionadh ar bith é iad a bheith meidhreach? Nach raibh na Gearmánaigh ag teitheadh? Dúradh sa gcéad leathanach den pháipéar sin go rabhadar ag rith ar ais go Beirlín, agus na Sasanaigh sna sála orthu, agus ní raibh caill ar bith ar an sléacht a bhí dhá dhéanamh ag na Francaigh ach oiread, bhíodar go maith.

Bhí pictiúr d'fhear ramhar i leathanach amháin den pháipéar sin, hata ard air, agus cuma na maitheasa ar chuile bhealach air. Bhí colún faoin bpictiúr inar tugadh cuntas ar óráid a thug sé uaidh, ag moladh do na fir óga troid a dhéanamh ar son na tíre. Dúradh go raibh na Gearmánaigh gar do bheith buailte cheana agus go mbeadh tuarastal breá le honóir as cuimse ag dul don té a ghabhfadh amach, ar feadh achair ghearr. Bhí Sasana le troid a dhéanamh ar son saoirse na Náisiún Beag agus bhí sí le fuascailt a dhéanamh ar Chaitlicigh na Beilge.

Bhí litir ina lámh ag a mháthair an lá sin nuair a bhain Taidhgín an teach amach agus í ina seasamh i lár an urláir ag caoineadh. Rinne sí iarracht na deora a chosc a luaithe agus a tháinig seisean isteach agus d'fhág uaithi an litir.

"Cé uaidh an litir, a mháthair?" ar seisean, agus ionadh air, mar ní minic a fhaightí litir an bhliain chéanna sa teach sin.

"Ó d'Uncail Seán an litir," ar sise, "an fear a shíl muid a bheith marbh le blianta! Tásc ná tuairisc ní raibh le fáil air ón lá a d'fhág sé an teach seo fiche bliain ó shin. Ní raibh a fhios againn beirthe ná beo cá raibh sé agus is beo úr i mo chuimhne anois an lá céanna. Is uaidh an páipéar a fuair tusa freisin. Deir sé sa litir gur chaith sé tréimhse san arm agus tá sé ina fhaitíos cráite air go mbeifear ag glaoch ar ais don arm arís air, cé gur duine meánaosta é. B'fhearr leis go mór fada a bheith in Éirinn anois dá bhféadfadh sé, ach chaith sé go ragairneach a bhfuair sé ariamh, agus is é féin atá thíos leis anois. Seán bocht! Bhí an nádúr i gcónaí ann ach bhí an mí-ádh air chuile lá ariamh i chuile áit a dtéadh sé."

Léigh Taidhgín go cúramach an páipéar a bhí faighte aige agus ba bheag seachtain le cúpla bliain ina dhiaidh sin nach bhfaigheadh sé páipéar nuaíochta ó Shasana, agus is mó go mór a bhíodar ag dul i bhfeidhm ar a intinn ná na leabhra a thug Éamann Dubh dó agus ba shuimiúla go mór leis iad.

"Is beag is ionann na Sasanaigh atá ag déanamh fóirithinte ar Chaitlicigh na Beilge agus na Sasanaigh a rinne scrios ar Chaitlicigh na hÉireann le linn na bPéindlíthe," ar seisean lena athair lá.

"Is beag," arsa Tadhg, ag breathnú ar an bpáipéar a bhí Taidhgín ag léamh tar éis a bhéile, "ach an ndearnadar tagairt ar bith do shaoirse na hÉireann an tseachtain seo? Cé gur fada an chaint ar an tsaoirse tá chuile sheans go bhfaighidh muid í an babhta seo ó tharla go bhfuil na Sasanaigh ag troid ar son na Náisiún Beag."

Bhreathnaigh Taidhgín níos géire ar an bpáipéar. "Bhí píosa cainte anseo ó dhuine de thiarnaí Shasana inar dúradh nach mbeadh sé d'am acu ceist na hÉireann a phlé i láthair na huaire. Beidh saoirse le fáil aici ach a mbeidh siad réidh leis an gCogadh Mór i dtosach."

Bhí corrdhuine de na saighdiúirí ón gceantar ag tíocht abhaile ar laethanta saoire faoin am seo. Thaithnigh an chulaith chatha le Taidhgín agus ba mhian leis go mór a bheith ina shaighdiúir agus troid a dhéanamh ar son Chaitlicigh na Beilge, ach bhí sé ró-óg fós. Bhí meas agus ómós ag chuile dhuine ar na saighdiúirí. Ceart na cúise ba mhó a chorraigh muintir na hÉireann. Sea, cúis na saoirse.

Bhí Éamann Dubh ar an mbóthar lá nuair a fuair Taidhgín páipéar nuaíochta ó fhear an phosta, agus ní mó ná go maith a thaithnigh leis an t-amharc díomuach a thug Éamann air.

"Ba chóra dhuit," ar seisean, "na páipéirí sin a dhó ar an toirt ná iad a léamh. Cloisim go bhfuil tú dallta millte agus meallta acu. Is bog atá an craiceann ort go fóill, a mhic ó! Chuala mé aréir go bhfuil tú ag caint ar imeacht in arm Shasana. Bheinn ag súil le ciall níos fearr uaitse ar chuma ar bith. Ní thuigeann tú an chumhacht atá acu i Sasana le dallamullóg a chur ar do leithéidse agus ní thuigeann tú bolscaireacht chogaidh. Táthar ag fáil greama ort, a mhic ó, agus is aisteach iad na hoidim agus na smaointe atá agat le déanaí; ach an té a ngreamaíonn na smaointe sin ann caillfear iontu sa deireadh é."

Bhí náire a bháis ar Thaidhgín ar chloisteáil na cainte sin dó. Ní raibh sé d'acmhainn aige freagra sásúil a thabhairt. Ag breathnú ar an talamh agus ag machtnamh go dian a bhí sé agus a chroí ina bhróga aige. Cé gur thuig sé gur maith an cara dó Éamann Dubh Ó Máille, ní fhéadfadh sé gan a bheith míshásta ag an nóiméad sin. Chuimhnigh sé ar chomhrá a bhí aige le Dáithí Crosach. Bhí sé socraithe acu beirt imeacht i ngan fhios agus pé ar bith scéal a chuala Éamann Dubh ba é Dáithí a d'inis dó é. Bhí drochmheas ag muintir na háite i gcónaí ar Shéimín Buí agus ní raibh Dáithí le moladh ach oiread, ach céard a dhéanfadh mac an chait ach luch a mharú? Coiscéim ní shiúlfadh sé le Dáithí arís. B'fhéidir nár mhiste leis beannú dó sa gcosán, ach b'in é a bheadh de roinn aige leis.

Rinne Éamann Dubh tagairt don chaoi a ndearna na Sasanaigh muintir na hÉireann a scriosadh agus a bhánú agus dúirt nach rabhadar toilteanach saoirse a thabhairt dúinn anois ach oiread, nuair a bhí saoirse dá fáil ag formhór na Náisiún Beag.

Bhí ceann faoi ar Thaidhgín go fóill agus é ag machtnamh go dian. Ní mó ná go maith a thuig sé Éamann i dtosach ach choinnigh sé air go dtí gur thuig sé go maith sa deireadh é, agus níor thúisce a thuig sé ná d'admhaigh sé gur thuig, agus rinne beart dá réir.

Thóg Taidhgín a cheann agus bhreathnaigh go dána ar an bhfear a raibh meas ag muintir na háite ar a chomhairle, agus fáth acu leis fresin.

"Táim buíoch díot," ar seisean, "agus déanfaidh mé do chomhairle maidir leis na páipéirí, mar is agat atá fios do labhartha. Nuair a scrúdaítear go géar ó gach taobh an sceál is ionann an chomhairle a thug Dáithí Crosach dhom, nó an chomhairle a thabharfadh Séimín Buí dhom ach oiread, agus táim réidh le páipéirí Shasana."

"Dheamhan ab fhearr duit ar bith é," arsa Éamann ag breathnú go geanúil air, "ach má theastaíonn páipéar nuaíochta uait seachas páipéirí na tíre seo, bhéarfaidh mé páipéar dhuit a bhunaigh na hÉireannaigh i Nua Eabhrac. Mo choinsias, go mbeidh a mhalairt de scéal le fáil agat ann maidir le stair do thíre féin agus imeachtaí an Chogaidh Mhóir. Faighim go minic é le déanaí agus is uafásach an sceanadh atá dá thabhairt do Shasana ag Gaeil na cathrach cáiliúla sin. Ach mo dhearmad! Ní mór dom a bheith ag bogadh liom mar tá cúpla caora liom gafa amú agus chuala mé gurb amhlaidh a thugadar an sliabh amach orthu féin. Ní mórán le cúpla míle uainn an sliabh, ach is mór an siúl suas ar a bharr sin. Beannacht leat!"

"Go soirbhí Dia dhuit!" arsa Taidhgín, "agus go rathaí Dia na caora agus a bhfuil agat."

Tuairim is sé mhí ina dhiaidh sin bhí cruinniú poiblí ar an mbóthar san áit a ndeachaigh Taidhgín chuig an Aifreann an Domhnach sin agus d'fhan na daoine a bhí ag dul abhaile ón Aifreann le hóráid a chloisteáil. Bhí an sagart áitiúil ar an ardán nuair a chonaic Taidhgín go raibh sé a dhul i gcosúlacht le naomh éicint a raibh a phictiúir sa mbaile aige féin. Labhair sé go múinte fáillí agus dúirt go mba mhaith an mhaise dóibh éisteacht mhaith a thabhairt fiú amháin don té nach mbeadh siad sásta leis na hoidim a bheadh aige. "Ná bíodh sé le rá ag duine ar bith taobh amuigh den pharóiste seo amáireach," ar seisean, "go raibh sé ina achrann anseo inniu. Tá sé de cháil ar chuid de mhuintir na háite seo go bhfuil siad tugtha d'achrann ach bíodh a mhalairt de cháil orthu as seo amach. Bíodh sibh múinte béasach nuair a thaganns strainséirí anseo feasta, más é bhur dtoil é, agus tabhair cead cainte do chuile thaobh mar ní lia duine ná barúil."

Bhí teach an tsagairt cóngarach don áit agus tháinig an sagart anuas agus isteach leis agus dhún an doras ina dhiaidh gan an oiread agus 'slán libh' a rá tar éis an chomhairle réamhráite a bheith tugtha aige dóibh.

Bhí na daoine ar bís le mífhoighde go ndeachaigh fear ar an ardán nach raibh aithne ag Tadhg air. Fear ramhar deargleicneach a bhí ann, ceann mór maol air agus spéacláirí móra dubh-imeallacha, agus níorbh fhada ar an ardán dó gur thosnaigh sé ag moladh d'fhir na háite a gcuid féin a dhéanamh le scaipeadh gan bailiú a chur ar na Gearmánaigh dúrchroíocha.

"A chairde," ar seisean, "cuireann sé áilneacht agus gliondar i mo chroí a bheith anseo inniu le comhrá a dhéanamh le muintir an Iarthair, daoine a raibh spiorad na troda i gcónaí iontu, fiú amháin nuair nach raibh cogadh ar bith ann. Tá daoine ann a deir go bhfuil na Gearmánaigh seacht n-uaire déag níos measa ar a laghad. Ba chóir dhúinn chuile chúnamh atá inár gcumas a thabhairt do Shasana agus cumhacht na Gearmáine a bhriseadh go deo.

"Tá dream i mBleá Cliath agus duine anseo agus ansiúd ar fud na tíre ag iarraidh a chur ina luí orainn go bhfaighidh muid féin saoirse go cinnte an babhta seo agus go bhfaighidh muid leis an ngunna í mura bhfaighidh muid le toil mhaith í. Is mór an dul amú atá orthusan, agus is beag a thuigeann siad cumhacht Shasana. Cá bhfuil na gunnaí sa chéad dul síos? Níl gunnaí ar bith ag muintir na tíre seo cé is moite de na gunnaí atá ag Protastúnaigh Chúige Uladh, agus d'fhéadfaidís a theacht aduaidh agus brón agus beag-shaol a imirt ar a bhfuil de Chaitlicigh in Éirinn. Rud eile, tá chuile sheans go ndéanfaidh siad é má fheiceann siad nach bhfuilfimid dílis do Shasana. Nílimid oilte ach oiread nó in ann gunnaí a láimhseáil agus is mór an deireadh orainn sin, ach má thagann Gearmánaigh beidh deireadh linn ar fad."

"Ba bheag an chaill don tír dá mbeadh deireadh le cuid agaibh," arsa duine de na fir óga a thuig go maith, "agus ansin ba bheag an baol orainn a bheith meallta le comhairle fhealltach Gall."

"Ach Éireannach mise!" ar seisean ag breathnú go grinn agus go géar ar na daoine. Bheadh sé chomh maith aige a bheith ag gabháil de chloch ar a cheirteacha agus a bheith ag labhairt le cuid acu, mar níor thuigeadar ach corrfhocal uaidh. Bhí cuid eile acu a thuig na focla, ach nár thuig na hoidim a bhí taobh thiar díobh. Bhí seanfhear amháin in aice leis a bhí dhá mholadh go díocasach agus ag bualadh bos anois agus arís.

"Dá mbeadh mac agatsa," ar seisean leis an seanfhear, "mholfá dhó troid a dhéanamh ar thaobh na Beilge agus ar son an chreidimh?"

"Mholfainn agus fáilte, mholfainn go cinnte! Pé ar bith rud a thiocfadh as," arsa an seanfhear agus gliondar croí air.

"A chóta an taoibh bhradaigh," a deir Tadhg Mór Ó Domhnaill a bhí in aice leis, "ceirt ar gach craobh thú! Ní raibh aon leanbh ariamh ag do bhean agus ní fearr duit ar bith é; dá mbeadh sé a dhul i gcosúlacht lena athair ba mhó a dhéanfadh sé dochar ná leas."

Bhí Taidhgín ag brú isteach chuig an ardán mar bhí sé ina fhaitíos cráite air go mbeadh sé ina achrann ann agus bhí sé réidh lena athair a chosaint. D'imigh an seanfhear i bhfolach sa slua agus chuimhnigh na daoine ar chomhairle an tsagairt agus d'fhanadar ciúin socair.

Bhí fear an ardáin ag ceapadh go raibh múisiam ar na

daoine lena raibh ráite aige féin, agus tháinig sé anuas go diomúch; isteach leis i ngluaisteán a bhí ag fanacht leis agus d'imigh i dtreo Bhaile an Róba. Bhí coinne aige le daoine eile ansin agus bhí sé le labhairt ann. Bhí Tadhg Mór beagán corraithe agus rinne sé comhartha do Thaidhgín. Bhí gluaisteán ag dul tharstu agus bhí formhór na ndaoine ag faire ar imeacht agus cuid acu imithe cheana. Bhí Taidhgín i bhfoisceacht go mbeannaí Dia dhuit don athair cheana féin agus labhair an t-athair leis.

"Suas leat ar an ardán," ar seisean, "agus abair leis na daoine go bhfuil Éamann Dubh le cúpla focal a rá leo."

Bhí ionadh ar a raibh i láthair gur chuir Tadhg Mór an oiread sin suime sa scéal, ach níor chualadar a raibh cloiste aigeasan le déanaí. Ba mhinic Éamann Dubh ag caint le Taidhgín agus a athair le tamall anuas; shílfeá nach raibh ann ach é féin agus iad féin.

Suas le Taidhgín ar an ardán mar níor mhaith leis a athair a eiteach. Dheargaigh sé roinnt bheag san aghaidh, ach ní raibh sé chomh támáilte agus a bhí sé lá den saol, nó baol ar bith ar a bheith. Bhíodh sé ag friotháil Aifrinn le suim achair bhlianta, agus caidreamh aige leis na daoine.

"A chairde," ar seisean, "tá fear de mhuintir na háite le cúpla focal a rá libh anois. Is ar éigean gur gá é a chur in aithne dhaoibh mar tá aithne ag formhór na ndaoine sa taobh seo tíre air le fada an lá. Tá Éamann Dubh Ó Máille le labhairt libh anois. Sílim gur le tobac a cheannach a chuaigh sé agus seo chugainn anois é."

Ba acu a bhí greadadh bos nuair a chonaic siad duine dá muintir féin ar an ardán. Bhreathnaigh Éamann ar na daoine agus d'fhan go foighdeach go rabhadar réidh leis an mbualadh bos.

"A chairde," ar seisean, "tá an saol an-chorraithe i láthair na huaire. Tá cogadh uafásach sa bhFrainc, agus go leor de mhuintir ár dtíre marbh ann cheana. Chuala sibh scéal an fhir atá imithe sa ngluaisteán. Bíodh sibh san aireachas, mar baineann sé le dream a deir go gcaithfidh chuile fhear óg imeacht amach ag troid ar thaobh Shasana pé olc nó maith leis é, ach fainic an ndéanfadh sibh rud ar bith inniu a mbeadh aiféala oraibh amáireach faoi. Tá post maith ag an bhfear sin faoi rialtas Shasana agus tá rachmas cuid mhaith curtha aige ar dhéantús na tíre sin. Bhí sé ag caint ar Chaitlicigh na Beilge, ba iad a bhí ag déanamh imní dhó má b'fhíor dhó féin, ach deirimse libhse go mbaineann an fear sin le dream nár mhiste leo dá gcailltí leathchéad faoin gcéad de Chaitlicigh na hÉireann agus na Beilge fré chéile ach a gcuid airgid féin a bheith slán.

Táthar a rá go bhfuil saoirse i ndán dúinn an babhta seo go cinnte, agus go bhfuil biseach chun feabhais tagtha ar ár leasmháthair a bhí tinn, agus crosta linn, ach dá mbeadh comhairle agamsa oraibh ní thabharfadh sibh mórán airde ar na scéalta seafóideacha seo.

Má dhéanann Sasana iarracht ar na dlíthe is déanaí a ritheadar tríd an bparlaimint a chur i bhfeidhm orainn, beidh gá le cúnamh ó chuile mhac máthar agus iníon athar agaibh, mar beidh na fir amuigh sna sléibhte, agus na mná ag déanamh cócaireachta dhóibh agus ag obair mar bhanaltraí má bhíonn gá leis. Táim ag ceapadh go gcaithfidh muid preabadh agus beidh an bua an babhta seo ag Róisín Dubh."

Ba bheag nach ndeachaigh muintir na háite as a gcranna cumhachta nuair a dúirt Éamann go mbeadh an bua ag Éirinn, leis an ríméad a bhí orthu. Mhol Éamann dóibh an scéal a ghlacadh go réidh go fóill agus nuair a tháinig sé anuas scaip an cruinniú gan mórán eile cainte, cé is moite den léirmheas a rinneadh ar chainteoirí poiblí an lae sin.

Bhí an bealach go Baile an Róba ina chosán dearg ag Dáithí Crosach le tamall anuas, agus ba mhinic Séamas Ó Néill in éineacht leis. Ní raibh duine ar bith ann arbh fhearr leis a chomhluadar.

Oíche dá raibh Dáithí agus Séamas i mBaile an Róba facthas ar meisce iad agus níorbh é an bóthar go Tuar Mhic Éadaigh a thugadar orthu féin ag fágáil Bhaile an Róba dóibh an oíche sin ach an bóthar go Clár Chlainne Mhuiris mar a raibh slua mór de shaighdiúirí Gallda faoin am sin. Ní raibh a fhios ag a muintir beirthe ná beo cá ndeachaigh siad. Bhí faitíos orthu gur thimpist éicint a d'éirigh dóibh. Thug Brian Ó Néill an bóthar go Baile an Róba air féin ach tásc ná tuairisc ní raibh le fáil orthu ansin. Chuala sé go minic nárbh ionann dul go dtí an baile mór agus tíocht as, ach ba rí-annamh an scéal chomh dona agus a bhí sé an babhta seo. Arbh imeacht an tsrutha a tharla dóibh mar a tharla do na sluaite de mhuintir a dtíre le cúpla céad bliain anuas?

Tháinig Brian Ó Néill abhaile an tráthnóna sin go tromchroíoch agus go huaigneach, ach dá dhonacht agus a bhí an scéal aigesean bhí sé trí huaire níos measa ag a bhean. Chuir Séamas nóta ó Chlár Chlainne Mhuiris inar dúradh go raibh Dáithí agus é féin ar a mbealach go Sasana agus go mbeidís ag troid in aghaidh na Gearmáine taobh istigh de chúpla mí. D'iarr sé orthu gan dearmad a dhéanamh air ina gcuid paidreacha chuile oíche. Ba bheag nár briseadh croí a mháthar boichte leis an nóta sin mar bhí an-chion aici ar Shéamas agus ba dhúthrachtach an buachaill é nuair a bheadh a athair i Sasana. Thosnaigh Brian ag tromaíocht ar Shéimín Buí agus Dáithí tar éis a bheith ag smaoineamh go dian ar feadh tamaill.

"Féach an bhail atá orainn anois," ar seisean, "ag Dáithí Crosach bradach. Ach ní ionadh ar bith é Dáithí a bheith go holc mar bhí a athair go holc i gcónaí agus téann an drochdheoir go dtí an seachtú glúin déag."

Cúpla lá roimhe sin bhí Séamas ag iarraidh a chur ina luí ar Sheán Ó Máille go raibh go leor d'fhir óga na háite imithe san arm i Sasana. Bhí Séamas ag caint ar imeacht go Sasana le fada agus chuala sé go raibh na buachaillí go léir a chuaigh ann a dhul ar aghaidh go háibhéil ó thosnaigh an Cogadh. Chuir Brian Ó Néill an milleán ar fad ar Dháithí pé scéal é, ach is iomaí rud idir bréag agus fírinne a dhéanfaidh an té a bhíos cráite – agus ba é a fhearacht sin ag Brian é.

Ba bheag oíche le déanaí nach mbeadh muintir na háite cruinnithe le chéile ag teach éicint sa mbaile. B'iondúil go mbíodh páipéar nuaíochta ag duine acu dhá leamh, cuid acu ag éisteacht agus an chuid eile ag nochtadh na dtuairimí a bhí acu féin ar imeachtaí an Chogaidh. Bhí fear óg amháin sa mbaile ar a laghad nach ndéanfadh troid Shasana ar ór nó ar airgead; ba é sin Seán Ó Máille. Ní raibh Éamann Dubh chomh tugtha do bheith ag tromaíocht ar Shasana ó rugadh é agus a bhí sé anois agus ba bheag an baol go raibh grá dá laghad ina chroí ag a mhac orthu ach oiread. D'fhéadfá a rá go raibh an oiread eolais ag Seán ar imeachtaí na nGall agus a bhí ag a athair.

"Is fada cuimhne seanlinbh," a deireadh Éamann. "An bhfuil dearmad déanta againn ar stair na hÉireann? Baol orainn a bheith chomh dearmadach sin! An bhféadfaimis dearmad a dhéanamh go raibh an luach céanna (cúig phunt) le fáil ar cheann mic tíre agus ar cheann sagairt? Agus ré na sclábhaíochta, nuair a seoladh na mílte d'ár muintir go na hIndiacha Thiar mar ar díoladh iad, agus a bhfuair bás díobh le briseadh croí i ngeall ar thíorántacht Ghall!"

"Ná bíodh ceist ort," arsa Tadhg Mór, "nach bhfuil athrú mór tagtha ar Shasana ach is beag an baol uirthi a bheith chomh dona agus a bhíodh sí lá den saol."

"B'fhéidir go bhfuil an ceart agat, ach tá a mhalairt de thuairim agamsa," a deireadh Éamann go láidir. "Ní bheadh muinín ar bith agam aisti an lá ab fhearr a bheadh sí, ba chuma céard a déarfadh sí faoi Chaitlicigh na Beilge."

Ní raibh Tadhg Mór nó Bríd chomh saor ó imní agus a bhíodar ag cur i gcéill a bheith, mar bhí Taidhgín chomh mór leis an bhfear coitianta agus cuma agus déanamh saighdiúra cheana féin air.

Bhí praghsanna arda ar chuile shórt a bhí le díol ag an bhfeilméara agus cé go raibh Tadhg ina chónaí i gceantar na ngabháltas cúng, bhí airgead cuid mhaith dhá dhéanamh aige ar thorthaí talún. Bhí Taidhgín agus Aodh ag obair ar a ndícheall chuile lá, agus ní raibh a n-athair ag ligint na maidí le sruth go fóill nó caint ar bith ní raibh aige air.

Bhí capall breá ag Tadhg faoin am seo, an capall a cheannaigh sé cúpla bliain roimhe sin agus an chéad chapall a cheannaigh sé ariamh. Ba mhinic Taidhgín agus a athair ag maíomh nach raibh capall ar bith sa dúiche inchurtha leis. Theastaigh na caiple maithe ó Shasana, agus moladh do Thadhg an capall a dhíol agus capall níos saoire a cheannach. Dúirt duine deisbhéalach amháin leis go mba chóir é a bheathú go maith agus an coirce a d'fhágfadh sé ina dhiaidh a chuimilt ar a dhroim, agus go bhfaigheadh sé praghas ard ansin go cinnte. Ba leasc le Tadhg scaradh leis ar bhealach, ach capall taghdach a bhí ann i gcónaí. Ba mhinic dingliseach é agus b'annamh a d'oibreodh sé go sásta.

Lá dá raibh aonach i gClár Chlainne Mhuiris d'éirigh Taidhgín agus a athair nuair a bhí tuairim is dhá uair an chloig codlata acu. Nuair a bhí béile faighte acu thugadar leo an capall, srian agus diallait air, agus d'imigh i dtreo an aonaigh ag marcaíocht agus ag siúl gach ré seal. Bhí an capall roinnt scáfar ó d'fhágadar an baile ach ghlacadar ina mhisneach é. Nuair a bhuailfeadh imní Taidhgín déarfadh sé ina intinn féin, mar a dúirt an file fadó:

"Is minic a bhain ascar do mharcach maith,
    agus rachadh sé arís ar dhroim eich."

Ach bíonn eisceachtaí ann, agus mo léan go raibh an babhta seo! Ba mhinic a thug an capall léim ar leataobh, agus ní fhéadfaidís tada as an gcoitiantacht a fheiceáil.

"Táim ag ceapadh," arsa Taidhgín, "go bhfuil an ceart ag na seandaoine a deir gur minic a fheiceann capall taibhse nuair nach mbeadh tada le feiceáil ag an té a bheadh ag marcaíocht air."

"Fainic an mbeifeá róthugtha do bheith ag caint ar thaibhsí amuigh san oíche dhuit," a deir Tadhg, "ach is gearr go mbeidh sé ina lá le cúnamh Dé."

Bhíodar tuairim is leath bealaigh idir a mbaile féin agus Clár Chlainne Mhuiris nuair a d'imigh an gluaisteán tharstu amach mar a bhuailfeá do dhá bhois ar a chéile, agus ba é Tadhg a bhí ag marcaíocht. Mí-ámharach go leor bhí geata mór adhmaid ar thaobh na láimhe clé mar a rabhadar agus céard a rinne an capall ach imeacht tríd an ngeata. Briseadh an geata, mar tharla sé chomh tobann sin nach bhféadfadh sé léim ghlan a thabhairt. Thit Tadhg de thuairt go talamh. Bhí sé ina fhaitíos cráite ar Thaidhgín go mbeadh sé i bhfostú sa stíoróip, ach ní raibh. D'éirigh sé go mall agus rinne iarracht siúl i dtreo an bhóthair, ach is ar éigean go raibh tarraingt na gcos ann.

"Go sábhála Dia muid!" arsa Taidhgín. "An bhfuil tú gortaithe go dona?"

"Ní fhéadfainn a rá go barainneach go fóill," ar seisean, "ach tá mo dhroim an-tinn," agus d'fhág sé a lámh ar a chaoldroim.

Tharla go raibh teach ceann tuí cóngarach don bhóthar ruainne beag le céad slat uathu agus thug Taidhgín isteach chuig an teach sin é, dhúisigh sé muintir an tí, agus d'inis dóibh céard a tharla. D'fhan an fear bocht ansin chomh foighdeach agus a d'fhéadfadh sé go dtáinig Taidhgín leis an dochtúir ó Chlár Chlainne Mhuiris.

Nuair a scrúdaigh an dochtúir go cúramach é dúirt sé go raibh na duáin gortaithe go han-dona, agus nár mhór dó freastal ar fheabhas. Thug sé leis go Clár Chlainne Mhuiris isteach ina ghluaisteán féin é agus fuair ceann eile ansin a thug don otharlann i gCaisleán an Bharraigh é.

Bhí Taidhgín craptha cráite an mhaidin sin mar bhí na mílte siúlta aige ag tóraíocht an dochtúra dó sular tháinig carr cliathánach suas leis a thug isteach don bhaile mór é. B'éigean dó a dhul ag tóraíocht an chapaill nuair a scar sé lena athair, ach bhí an capall ag déanamh ar an mbaile agus fuair Taidhgín i bhfoisceacht míle don áit a d'fhagadar ar maidin é. Dhíol sé le ceannaitheoir áitúil é seachtain ina dhiaidh sin, ach faraor géar nárbh é in am a díoladh é! Bhí sé rómhall ag muintir Uí Dhomhnaill ar chuma ar bith.

Tháinig feabhas ar Thadhg tamall ina dhiaidh sin, ach níor ligeadh abhaile ón otharlann é go ceann sé mhí, ina dhiaidh sin agus b'iomaí cuairt a thug Taidhgín agus Bríd air ar feadh na haimsire sin. Ba ar Thaidhgín a bhí cúram na feilme ar feadh na bliana sin agus bhí a dhá dhíol le déanamh aige.

Bhí muintir na háite níos deisiúla ná mar a bhíodar le cuimhne cinn an té ba shine sa mbaile, nó a sheanathair dá mbeadh sé beo. Bhí tuarastal breá a dhul do na fir, agus do bhuachaillí óga ón dúiche thall i Sasana ag plé le hábhar cogaidh. Bhí airgead cuid mhaith dá shaothrú ag na daoine a d'fhan sa mbaile mar bhí breis curadóireachta dá dhéanamh acu agus iad ag beathú stoic do Shasana.

Dúirt Éamann Dubh le Taidhgín gurbh iad na daoine a sholáthraigh an bia a shábháil anam do Shéimín Buí, agus murach iad go mbeadh a chnaipe déanta.

Ba chontúirteach an mhaise do na coilíneachta, a bhí suite i bhfad uaidh bia a sheoladh do Shasana mar b'fhéidir go mbeadh long chogaidh Ghearmánach ag fanacht leis.

Ní raibh sé d'acmhainn ag Tadhg mórán oibre a dhéanamh go fóill, chaill sé cuid mhaith le dochtúirí. Ní raibh na buachaillí chomh héifeachtach ar an talamh agus a bhí an t-athair. Bhí ceathrar eile de mhuirín faoin am seo acu: Máire agus Bríd, Eoghan agus Máirtín, agus má bhíodar bocht arbh ionadh ar bith é? Áit ar bith a bhfuil fear a' tí ar easpa sláinte, is iondúil go mbíonn an scéal go dona ag na daoine óga dá fheabhas iad, agus ba é a fhearacht sin acusan é.

Taidhgín i mBleá Cliath

Bhí sé ceaptha ag Seán Ó Máille le tamall anuas glanadh leis go Bleá Cliath mar a raibh triúr de bhuachaillí na háite ag obair d'fheilméaraí ann. Tugadh ardmholadh don áit agus dúradh go raibh chuile chineál ar fheabhas agus de réir modhanna nua-aimseartha ag feilméaraí na háite sin, mar a d'fheicfeá ag feilméaraí Shasana.

Bhí coinne ag Taidhgín le Seán maidin amháin le bheith ag an gcrosbhóthar fiche nóiméad roimh a hocht agus d'fhág an bheirt acu slán agus beannacht ag a muintir in Iarthar na hÉireann.

Bhí Tadhg Mór agus a bhean ag caoineadh le cumha ag scaradh le Taidhgín an mhaidin sin dóibh, agus maidir leis na páistí bhí a dhálta de scéal acu, ach gur mó a ghoill sé ar Úna ná ar cheachtar acu mar cailín níos geanúla níorbh fhurasta a fháil.

"Slán agus beannacht leat!" arsa Tadhg Mór ag croitheadh láimhe le Taidhgín dó ag an gcrosbhóthar. "Ná bíodh imní ar bith ort fúinne, ach nuair a dhéanfaidh tú airgead a shaothrú coinnigh agat féin é agus tabhair aire mhaith dhó, mar rachaidh mé i mbannaí dhuit go mbeidh sé ag teastáil go géar uait féin amach anseo. Maidir liomsa, tá chuile sheans nach bhfeicfidh tú beo arís go deo mé, mar táim a dhul in olcas in aghaidh an lae," agus scar sé an greim a bhí aige ar láimh a mhic.

"Nár lige Dia nach bhfeicfinn arís thú, beo agus folláin!" arsa Taidhgín, "agus dearmad ní dhéanfaidh mé ar chomhairle ar bith a thug tú dhom le blianta, agus déanfaidh mé mo dhícheall dom féin agus do mo mhuintir. Slán libh!" D'ardaigh sé a lámh dá mháthair agus do na páistí a bhí ag breathnú ina dhiaidh.

Taidhgín

Bhí Éamann Ó Máille agus Seán tagtha leis an gcarr cliathánach agus ag fanacht leis. Bhíodar ag gluaiseacht ar an mbealach go Baile an Róba gan mórán moille, Éamann Dubh ar thaobh amháin den charr agus Taidhgín agus Seán ar an taobh eile ag caint ar an aistear a bhí rompu. Níorbh fhada go rabhadar istigh sa mbaile mór, agus stad na traenach bainte amach acu mar a raibh slua daoine ag fanacht leis an traein ó Chlár Chlainne Mhuiris. D'fhágadar de leataobh ar an ardán an bagáiste a thugadar isteach ón gcarr.

Bhí Éamann Dubh ag caint lena mhac féin agus shílfeá go raibh cuma ghruama air, ach b'annamh amhlaidh é. Shiúil Taidhgín cúpla coiscéim uathu agus thug deis chainte dóibh. Sheas sé ag breathnú ar na daoine agus ar an mbagáiste gach re seal. Níorbh fhiú mórán na ciomacha éadaí a thug sé leis, ach níor mhaith leis rud ar bith a chailleadh ar a chéad turas ar thraein dó. Ba ghearr go dtáinig Éamann chuige agus chuir slis chainte air féin, ag breathnú idir an dá shúil ar Thaidhgín dó.

"Sílim go raibh croí d'athar bhoicht ina bhróga aréir i ngeall ar go rabhais ag imeacht uaidh. Táim cinnte nach ndéanfaidh tú dearmad do dhícheall a dhéanamh dhó ó tharla ar easpa sláinte anois é."

"Is beag an baol go ndéanfaidh," arsa Taidhgín ag breathnú ar ráillí an bhóthair iarainn, agus ag machtnamh go dian, "ach an rud atá ag crá mo chroí inniu ná rud éicint a dúirt m'athair nuair a bhíos ag scaradh leis. Dúirt sé go raibh chuile sheans nach bhfeicfinn beo arís go deo é! Tá sé ag ceapadh go bhfuilim le dhul go Sasana roimh i bhfad, agus uaidh sin go Meiriceá, agus b'fhéidir go ndéanfainn an rud céanna freisin."

"Ná bíodh imní dá laghad ort," a deir Éamann, "mar ní fada go mbeidh d'athair ar a sheanléim arís. Tuile gan trá daonnacht Dé, tá a fhios agat. Buailfidh mé isteach chuige ach a mbeidh mé ar ais sa mbaile go mbeidh comhrá againn le chéile. Leigheas gach bróin comhrá."

Bhí torann na traenach le cloisteáil faoi seo, agus bhí na daoine ag breathnú siar i dtreo na háite as a raibh an torann ag tíocht. Thóg corrdhuine mála a bhí leagtha le balla agus thug don taobh eile den ardán é. Tháinig máistir an stáisiúin ó Oifig na dTicéad amach agus bhreathnaigh faoi agus thairis, ach nuair a chonaic sé go raibh chuile shórt ar deil, isteach leis arís gan focal a rá. Stad an traein tar éis tíocht isteach go mall agus isteach le Taidhgín agus Seán in éindí le triúr fear oibre a bhí a dhul go Sasana. Chroith Éamann Dubh lámh leis an mbeirt acu agus d'fhágadar slán agus beannacht aige.

Níorbh fhada go raibh an traein ag gluaiseacht go sciobtha, agus machairí glasa féarmhara dá bhfágáil ina ndiaidh acu. Bhí páipéar nuaíochta na maidine ag duine de na fir, ach leag sé uaidh é agus thosnaigh ag cur síos ar an gcontúirt ina rabhadar a dhul go Sasana agus cogadh uafásach ar siúl.

Chuir Taidhgín a ladar isteach sa scéal. "Ní go Sasana atá muidne a dhul," ar seisean, "ach ní le faitíos roimh an gCogadh atáimid ag fanacht in Éirinn. Níl muid sa saol seo ach go sealadach ar chaoi ar bith, agus an té is sine a bhuailfeas leat déarfadh sé gur gearr leis féin an saol a bhí aige agus go mba mhaith leis go mór maireachtáil níos faide. Tá a dhálta de scéal agatsa is dócha; ach deirimse leatsa, mura bhfuil an saol eile níos fearr ná an saol seo, níl sé le moladh; ach moltar go mór an chuid is fearr de.

Ba bheag nach ndearna sé gáire nuair a thug sé faoi deara an grinndearcadh a bhí dhá dhéanamh ag an bhfear eile air, ach ní dhearna. Bhí Taidhgín lán de chroíúlacht agus fuinneamh na hóige an mhaidin sin, ach d'fhéadfá a rá nach raibh ann ach stócach go fóill. Má bhí daoine sa traein sin a raibh rian na ndeor ina n-aghaidheanna níorbh amhlaidh dósan é, mar bhí mian na fánaíochta ann ón gcéad bhliain a chaith sé sa scoil, agus bhí sé thar a bheith sásta a bheith ag imeacht, cé gur suarach leis an riocht ina raibh a athair ina dhiaidh.

Nuair a bhí Baile an Róba agus Clár Chlainne Mhuiris

fágtha ina ndiaidh acu bhí Taidhgín ina sheasamh ag an bhfuinneog ag breathnú amach, agus ag déanamh iontais den tír a chuir aoibhneas ar a chroí. Bhí Seán ina shuí ag caint leis na fir a bhí a dhul go Sasana, agus de réir cosúlachta nach raibh a ndíol codlata ag ceachtar acu le cúpla lá anuas cé is moite de Thaidhgín. Ní raibh seisean chomh bíogach le mí agus a bhí sé an mhaidin sin mar bhí suim aige i chuile rud agus is mór an lán a bhí le feiceáil agus nach bhfaca sé ariamh ina shaol go dtí an lá sin.

Cheap na buachaillí go raibh turas an-fhada déanta acu nuair a bhí Áth Luain bainte amach acu. Dá bhfeicfeá an fhéachaint amhrasach a thugadar ar fhear a dúirt gurbh ar éigean go rabhadar leath bealaigh go fóill! Bhain moill dóibh ansin agus tháinig a raibh ar an traein amach ar an ardán. Shiúil an bheirt leis an slua a bhí thart timpeall orthu agus nuair a bhreathnaíodar fúthu agus tharstu bhíodar istigh in áit a raibh tae agus deochanna meisciúla, oráistí agus cácaí milse dá ndíol ann. Fuaireadar tae, brioscaí agus píosa cáise. Thugadar faoi deara go raibh an slua a bhí thart orthu ag laghdú agus b'amhlaidh a bhí cuid acu a dhul ar ais go traein a tháinig isteach.

Amach leis an mbeirt acu de sciotán agus bhí ag iarraidh a dhul isteach i gcarráiste den chéad rang nuair a chuir duine de na gardaí cosc leo agus d'oscail doras carráiste den tríú rang dóibh mar a raibh seanfhear agus buachaill níos óige ná Taidhgín.

Thosnaigh Taidhgín ag caint ar Áth Luain agus rinne tagairt do ghalántacht na ndaoine agus áilneacht na háite.

"Ní tada é sin go dté tú go Bleá Cliath," arsa an seanfhear.

Thug Seán Ó Máille leid do Thaidhgín a intinn a choinneáil aige féin ar fhaitíos go mbeadh an iomarca seafóide ina chuid cainte. Níorbh é an chéad gheábh ag Seán é amach ar an saol cé gurbh é turas an lae sin an turas ab fhaide a rinne sé go fóill.

"Seachain an mbeadh an iomarca le rá againn," ar seisean, "nó beifear ag ceapadh gur glas-stócaigh ceart críochnaithe muid. Tig linn a chur ina luí orthu amach anseo go bhfuilimid seandéanta ar chuile shórt!"

"Ní thiocfaidh mé i d'aghaidh ansin," arsa Taidhgín go smaointeach. "Is minic a bhíonn an iomarca le rá ag daoine ach ina dhiaidh sin is uile céard é sin don té sin nach mbaineann sin dó. Ní fhéadfá a bheith i do thost i gcónaí ach an té a bheas róchainteach déarfaidh sé olc agus maith."

Tharla go raibh an seanfhear a bhí ina shuí in aice leo chomh caidéiseach le seanbhean, agus d'fhiafraigh sé díobh cá rabhadar a dhul agus thug Seán Ó Máille ainm áite dó.

"Tá dul amú oraibh," ar seisean, "má cheapann sibh go bhfaighidh sibh obair ansin. Tá a ndíol fear fostaithe ag feilméaraí na háite sin le seachtain anuas. Ach bhéarfaidh mé seoladh áite dhaoibh ina bhfaighidh sibh obair nó is mór atá mise meallta. Bhí feilméara ag tóraíocht fear ann cúpla lá ó shin pé sceal é.

Mhol sé dóibh a thíocht amach ag an mbaile mór ba ghaire dóibh agus go raibh chuile sheans go gcuirfeadh muintir na háite sin ar an eolas iad; d'fhéadfaidís fanacht sa mbaile mór i gcomhair na hoíche dá mbeadh gá leis."

"Beidh muid ag scaradh libh anois," arsa Taidhgín, ag breathnú ar an mbeirt eile.

"Go dtuga Dia slán go ceann cúrsa sibh," arsa an seanfhear agus luigh sé siar go sócúlach ar an suíochán.

Amach leis an mbeirt acu agus moill ní dhearnadar gur chuireadar tuairisc na háite a d'aimsigh an seanfhear dóibh. Chuireadar caint ar fhear ón tuath a bhí ag imeacht ó dhoras go doras ag díol cabáiste agus meacan i sráid phríobháideach mar a raibh scata páistí ag imirt cluichí dóibh féin. Chuir seisean ar an eolas iad agus rinneadar ceann ar aghaidh ar an mbóthar ar dhírigh sé a mhéar ina threo.

Bhí naoi míle le siúl acu, agus le barr ar an mí-ádh

thugadar an iomarca bagáiste leo, rudaí nach mbeadh gá le cuid acu go ceann i bhfad b'fhéidir. Ba é an chéad uair ariamh a thit an oíche orthu i bhfad ó bhaile, agus bhíodar tuirseach trom-chroíoch sáraithe nuair a fuaireadar an áit a bhí dá tóraíocht acu sa deireadh.

Thosnaigh na madaí ag tafann mar a bheadh duine dhá saighdeadh, ach pioc dochair ní raibh iontu ina dhiaidh sin. Chnag Taidhgín ar dhoras tí a raibh solas ann agus glór fir le cloisteáil istigh ann.

Tháinig fear dea-ghléasta chuig an doras agus d'oscail é. "Ar mhiste libh fanacht nóiméad?" ar seisean. "Beidh mé ar ais ar an bpointe."

"Níor mhiste," arsa Taidhgín. "B'fhéidir go bhfuil faitíos air," ar seisean le Seán, "agus go gceapann sé gur le dochar a dhéanamh a tháinig muid an tráth seo d'oíche. Feilméara deisiúil é!"

"'Sé a chosúlacht atá air," arsa Seán, "ar chuma ar bith."

Labhair an fear cúpla focal leis an gcailín aimsire agus tháinig ar ais chucu.

"Ba chóir dhuitse labhairt leis," arsa Seán i gcogar, "ós tú is fearr chun cainte."

"An dteastaíonn fear oibre ar bith uait," arsa Taidhgín, "nó an bhféadfá an bheirt againn a fhostú?"

"Tá aiféala orm nach bhféadfainn," arsa an feilméara, "mar d'fhostaigh mé triúr inné, agus tá mo dhíol agam anois i gcomhair na bliana má bhíonn siad éifeachtach agus tá cosúlacht go mbeidh."

"Tá go maith," arsa Taidhgín, "ach an dtabharfá deoch uisce dúinn le do thoil mar táimid spalptha leis an tart tar éis a bhfuil siúlta ar feadh an tráthnóna againn."

"Tabhair deoch bhainne géar as an gcuinneog dóibh," arsa an feilméara leis an gcailín aimsire a bhí ag obair ar fud an tí.

Rinne sí amhlaidh agus ba mhór an só leo an deoch sin.

"Cumhdach Dé ar a mháithreach," arsa Seán nuair a thug

sé ar ais an soitheach a bhí aige, "tá an bainne géar sin go maith!"

"Go raibh míle maith agaibh!" arsa Taidhgín.

"Tá fáilte romhaibh," arsa fear an tí, "sílim gur milis libh an bainne sin, a ghéire agus atá sé!"

"Is maith é," a deir Taidhgín, "bainne géar, agus ba ghéar a theastaigh sé!"

"Ar mhiste leat," ar seisean leis an bhfeilméara, "a inseacht dúinn, le do thoil, cá fhad uainn an sráidbhaile is gaire do láthair agus cén chaoi ab fhearr a dhul ann?"

Shiúil an feilméara cúpla slat leo agus bhreathnaigh soir uaidh. "Tá teach ceann slinne i mullach an aird ansin thoir," ar seisean, "agus tá sráidbhaile beag i bhfoisceacht go mbeannaí Dia dhuit don áit sin ar an taobh eile den chnoc."

Tar éis buíochas a ghabháil leis an bhfeilméara d'imigh siad leo chomh sciobtha in Éirinn agus a bhí ina gcnámha mar bhí sé ina fhaitíos orthu go mbeadh sé rómhall le lóistín a fháil sa sráidbhaile. Ba mhór an chúis mhisnigh dhóibh go raibh soilse le feiceáil nuair a bhaineadar mullach an aird amach agus ba ghearr go rabhadar istigh sa mbaile.

Casadh buachaill orthu i lár na sráide agus d'fhiafraíodar de an raibh seans ar bith go bhfaighidís lóistín sa tsráid sin. Thaispeáin sé dóibh teach ina gcoinnítí fir oibre agus chnagadar ar an doras. Tráthúil go maith bhí bean an tí ina suí go fóill agus tar éis iad a cheistiú lig sí isteach iad, thaispeáin dóibh an seomra leapa ina mbeidís i gcomhair na hoíche.

"Dá mbeadh sibh leathuair an chloig níos moille," ar sise, "táim ag ceapadh go rachadh sé rite libh lóistín ar bith a fháil sa mbaile seo. Is rí-annamh muintir na háite seo ina suí go mall san oíche. Sílim gur muidne na daoine is déanaí a théanns ina gcodladh."

"An bhféadfá glaoch orainn go moch ar maidin le do thoil?" arsa Seán léi nuair a d'fhág sí slán acu i gcomhair na hoíche.

"M'anam go bhféadfainn gan stró dá laghad," ar sise, "mar bíonn cuid de na fir atá ag fanacht anseo ag fágáil an tí chuile mhaidin roimh a seacht a chlog – más ag tóraíocht oibre thart anseo a bheas sibh?"

"Sea," arsa Taidhgín, "agus is dócha gur trom tuirseach a bheas muid nuair a thiocfas tú chuig an doras ar maidin!"

Dúnadh doras an tseomra agus lasadar coinneal. Bhí scáthán leagtha ar an mbord gléasta agus rinne Seán staidéar ar a aghaidh féin sa scáthán ar feadh nóiméid.

Bhí Taidhgín ag breathnú ar phictiúr na Maighdine Muire a bhí crochta os cionn na leapa. Ach ní raibh sé d'acmhainn ag Seán breathnú i ngan fhios dó ina dhiaidh sin.

"Shílfeá go bhfuil tú bánghnéitheach, caite agus go bhfuilir ag dul chun deiridh cheana féin," ar seisean le Seán go magúil. "Tá chuile sheans nach luíonn Contae na Mí go maith leat?"

"Tá talamh breá acu ann," arsa Seán, agus lig osna, ". . . talamh a dhéanfadh beithíoch a ramhrú in imeacht míosa. Is deacair do dhuine a thíocht suas ar obair talún i dTuar Mhic Éadaigh ar chor ar bith. Níl an bunábhar nó an tíocht aniar mar atá i dtalamh na háite seo."

"Pé ar bith rud a dhéanfas an talamh," arsa Taidhgín, "is mithid dúinn na paidreacha a rá," agus thosnaigh sé leis an bPaidrín Páirteach.

"Feictear dhom go bhfuil tú an-tugtha don phaidreoireacht," arsa Seán "agus fógrófar i do naomh go fóill thú is dócha."

Bhí Seán istigh sa leaba ar an bpointe boise agus thit a chodladh air gan mórán moille, ach níorbh amhlaidh do Thaidhgín nuair a bhain seisean an leaba amach mar ní raibh sé chomh saor ó imní agus a bhí sé ag cur i gcéill a bheith, nó baol ar bith air.

Bhuail smaoineamh a intinn go mbeadh cumha ar a mhuintir ina dhiaidh agus chuaigh go mór air an riocht ina raibh a athair bocht. Bhí sé ina fhaitíos cráite air nach bhfaigheadh sé obair sara mbeadh an t-airgead a thug sé leis caite agus ba ghearr a sheasfadh sé. Ní fhéadfadh sé a dhul abhaile agus a rá leis na comharsana nach raibh a dhíol fearúlachta ann go fóill le slí bheatha a bhaint amach dó féin. Smaoinigh sé ar arm Shasana, ach cad a déarfadh Éamann Dubh? Ba chara dílis dó Éamann. Ní bheadh bacadh nó baint aige le hArm Shasana fiú amháin dá mbeadh an tua báis os a chionn. B'fhearr leis poll ar phutóg ná poll ar onóir lá ar bith. Chuir an tuirse ruaig ar na smaointe sa deireadh agus rinne sé dearmad ar imeachtaí an lae.

Chnag bean an tí ar an doras ar a sé a chlog ar maidin agus ba orthu a bhí an tromshuan. Níorbh ina sáimhín só in iarthar na hÉireann a bheidís feasta ach bhíodar toilteanach íobairt a dhéanamh nuair a bheadh gá leis.

Bhí triúr fear eile ag ithe béile thíos sa gcéad urlár nuair a tháinig siad anuas agus bheannaíodar dá chéile ach ní mórán a dúirt ceachtar acu. De réir chuile chosúlachta bhí deifir ar na fir agus ghlanadar leo go sciobtha gan mórán a ithe.

Fuair Seán agus Taidhgín bricfeasta maith agus nuair a d'íocadar a luach thugadar leo a gcuid bagáiste agus bhuaileadar an bóthar arís. Ba é an bóthar mór go Bleá Cliath a thugadar orthu féin tar éis cuairt a thabhairt ar thriúr nó ceathrar eile d'fheilméaraí na Mí agus an toradh céanna ar a saothar agus a bhí an tráthnóna roimhe sin.

Ardtráthnóna a bhí ann agus iad ar thaobh Chontae Bhleá Cliath den teorainn nuair a chonaiceadar teach feilméara soir ó dheas uathu tuairim is cúpla céad slat ón mbóthar agus thugadar an t-aicearra orthu féin ag déanamh ar an teach.

Casadh marcach orthu a raibh mada caorach aige agus tréad caorach roimhe amach i lár páirce móire. D'fhiafraíodar de arbh é féin an feilméara gur leis an talamh sin agus d'inis sé dóibh gurbh é féin an fear céanna.

"An bhféadfá beirt fhear oibre a fhostú?" arsa Taidhgín leis agus bhreathnaigh go ceisteach idir an dá shúil air.

95

"B'fhéidir go bhféadfainn ach nílim cinnte – nílim cinnte go bhfuil sibh feiliúnach don obair atá agamsa le déanamh," ar seisean. "An bhféadfá bó a bhleán?" agus bhreathnaigh sé níos géire ar Thaidhgín.

"D'fhéadfainn agus dhá bhó mar is fada ó chleachtaíos an cineál sin oibre den chéad uair," a deir Taidhgín.

"Buachaillí fadaraíonacha atá ag teastáil uaim," arsa an feilméara, "mar tá dhá fhichead bó le bleán agam maidin agus tráthnóna. Tá curaíocht cuid mhaith déanta agam freisin agus ní fhéadfainn a bheith ag cur ama amú leis an té nach mbeadh eolas ar an obair aige, ach má cheapann sibh go bhfuil sibh feiliúnach tig libh gluaiseacht liomsa," agus d'imigh sé i dtreo an tí mhóir mar a raibh sé ina chónaí.

Thaispeáin sé dóibh an áit ina rabhadar le codladh agus cé nach raibh sé le moladh ní raibh sé ródhona ach oiread.

"Tá beirt fhear eile agam," ar seisean, "agus éiríonn siad le fáinne na fuiseoige agus m'anam nach ciotach uathu a gcuid oibre a dhéanamh. Déanfaidh siad sibhse a dhúiseacht ar maidin agus cuirfidh siad ar an eolas sibh maidir le rialacha na háite seo. Míneoidh Páraic dhaoibh – an fear a mbíonn an hata dubh air – a bhfuil le déanamh agaibh agus déanadh sibh rud air."

Chodail an bheirt acu sa leaba chéanna an oíche sin tar éis béile éadrom a fháil sa siopa áitiúil. Ní raibh fonn cainte dá laghad orthu tar éis na leapacha a bhaint amach dóibh an oíche sin agus is ar éigean gur gá a rá nach raibh a ndíol codlata déanta acu fós nuair a bhuail duine éicint buille ar an doras agus dúirt go raibh sé in am acu éirí agus a dhul amach sa gcró eallaigh mar a raibh na fir eile ag obair faoin am sin.

"Amach leat," arsa Taidhgín, agus rug ar ghualainn ar an mbuachaill eile. "Ní ag imeacht le haer an tsaoil a bheas tú anseo."

"Céard 'tá tú a rá," arsa Seán ag labhairt go golbhéarach.

"Brostaigh ort, a mhic ó, nó beidh tú mall. Beidh obair na

maidine críochnaithe acu."

Chualadar soithí bainne ag bualadh ar a chéile agus tháinig fear chuig an doras arís agus bhuail níos troime an babhta seo.

"Beidh muid leat ar an bpointe boise," arsa Taidhgín ag éirí óna ghlúine agus ag dul amach. Bhí Seán de léim ina dhiaidh agus é ag cuimilt na súl.

Ba mhaith an lán oibre a bhí déanta acu an mhaidin sin sul má fuaireadar greim le n-ithe. Rachaidh mé i mbannaí dhuit nach raibh beadaíocht ar bith ag baint leo nuair a leag an cailín aimsire béile rompu an mhaidin sin! Ní rabhadar chomh sciobtha leis an obair agus a bhí na fir eile i dtosach agus bhí sé a dhul rite leo an méid beag airgid a bhí acu gar do bheith caite, agus bhí sé teipthe acu obair ar bith a fháil le dhá lá roimhe sin. Ba iad a d'oibrigh go crua leis an bpost a bhí faighte acu a choinneáil agus níorbh fhada go rabhadar mar a bheadh siad sa mbaile san áit.

Bhí Seán Ó Máille níos sine ná Taidhgín agus bhíodh sé ag fáil litreacha ó chara leis thall i Londain, agus dúradh go raibh an t-airgead ina molltracha is ina mhaoiseoga ansin acu. Bhí Seán ag iarraidh a chur ina luí ar Thaidhgín go mba amhlaidh ab fhearr don bheirt acu imeacht go Sasana, ach mhol Tadhg Mór agus Bríd dá mac féin fanacht mar a raibh sé go fóill mar go raibh sé ró-óg don saol a bheadh i ndán dó sna bailte móra thall. D'imigh le Seán go Sasana tar éis cúpla mí agus d'fhág slán agus beannacht ag Taidhgín agus ag an bhfeilméara.

Duine geanúil amach is amach a bhí sa bhfeilméara. Peadar Ó Donnchadha a bhí mar ainm air agus thaithnigh Taidhgín go mór leis. An bhliain roimhe sin a cheannaigh Peadar an fheilm a bhí aige agus bhí suim faoi leith aige i rudaí a bhain leis an nGluaiseacht Náisiúnta mar bhí deartháir dó ina cheannfort ar bhuíon de na hÓglaigh i gcathair Bhleá Cliath. Liam a bhí mar ainm air sin agus ba mhinic ar cuairt ag Peadar é. B'annamh nach bhfágfadh sé páipéar nuaíochta ina dhiaidh inar moladh do mhuintir na hÉireann seasamh ar a gcosa féin agus glacadh le teagasc Shinn Féin.

Ní raibh Domhnach ar bith, tar éis tíocht ón Aifreann dó nach gcaithfeadh Taidhgín tamall ag léamh na bpáipéar a bhí go flúirseach sa teach agus ag déanamh dianstaidéir orthu, ach go mór mór an ceann inar moladh córas geilleagrach faoi leith do mhuintir na hÉireann uile.

"Feictear dhom," arsa Peadar leis lá, "go mbeidh muintir na tíre seo saor agus féinchothaitheach agus go mbeidh Éire Gaelach sara i bhfad. Ní bheidh muid sásta i gcónaí teachtairí a chur anonn go Parlaimint Shasana! Tá an chluas bhodhar dhá tabhairt ag Sasana ar chuile achainí a rinneadh leo le fada anuas!"

"D'fhéadfá a rá go raibh muintir na Gaeltachta féinchothaitheach – nó gar do bheith le fada. Is ó olann na gcaorach a bheathaítear ar an talamh acu féin a dhéantar na ciomacha éadaí atá ar a gcraiceann ar chaoi ar bith. Is fearr go mór sampla ná teagasc agus tá siad ag tabhairt dea-shampla do mhuintir na hÉireann i gcónaí," arsa Taidhgín, "agus b'amhlaidh ab fhearr don tír dá leantaí iad," agus d'fhág sé ar an mbord an páipéar a bhí dhá léamh aige.

"Ní abróinn nach bhfuil siad ag tabhairt dea-shampla dúinn ar a lán bealaí," arsa Peadar go smaointeach, "ach tá an caighdeán maireachtála ró-íseal acu agus táim ag ceapadh nach mbeidh muid toilteanach iad a leanacht, nó tairbhe a bhaint as an dea-shampla atá siad ag tabhairt uathu an fhad is a bheidh an scéal amhlaidh. Thugadar dea-shampla maidir le labhairt na teanga ar chaoi ar bith mar is tábhachtaí go mór an teanga ná an tsaoirse féin. Tig le náisiún an tsaoirse a chailleadh agus a ghnóthú, agus a chailleadh agus a ghnóthú arís agus arís eile, ach dá gcaillteá an teanga ní bheadh fáil ar ais againn uirthi. Ní thig le tír ar bith a teanga a chailleadh gan a hanam a chailleadh agus nuair a bhíonn an t-anam caillte tá deireadh léi mar náisiún."

Teach iarmhaiseach ba ea an teach ina rabhadar agus bhí

loinnir ar an troscán a chuirfeadh aoibhneas ar chroí dhuine. Bhí Taidhgín ina shuí in aice na fuinneoige mar a raibh an ghrian ag lonrú isteach go láidir an Domhnach céanna. Bhí sé ag machtnamh go dian ar feadh tamaill agus ansin bhreathnaigh sé go géar ar éadan an fhir eile agus nochtaigh a chuid smaointe.

"Tá sé tugtha faoi deara agam," ar seisean le Peadar, "gur beag nach ionann na hoidim atá agatsa agus na hoidim atá ag athair an fhir a tháinig anseo in éindí liomsa. Éamann Dubh Ó Máille a thugtar air. Is iomaí áit a raibh sé nuair a bhí sé óg agus bhí baint aige leis an nGluaiseacht Náisiúnta i chuile áit dá raibh sé."

"Ba é Liam a mhúin domsa a bhfuil d'eolas agam ar cheisteanna den chineál sin agus is beag eile a smaoiníonn seisean air le déanaí. Is mór an lán eolais a bhailigh sé ó d'fhág sé an Ollscoil mar bíonn caidreamh aige le saibhir agus daibhir ag taisteal na tíre dó," arsa Peadar, agus rug sé ar pháipéar nuaíochta a bhí in aice leis ar an mbord.

Amach le Taidhgín le tamall den tráthnóna a chaitheamh i measc na ndaoine óga ón gceantar sin. Cheap sé nach raibh faoi rothaí na gréine daoine níos geanúla ná iad. Ní raibh ann ach é féin agus iad féin ó chuireadar aithne ar a chéile.

Níor airigh Taidhgín an t-am ag sleamhnú chun bealaigh go raibh deireadh na bliana tagtha agus chuir sé abhaile dá mhuintir an chuid ba mhó den airgead a fuair sé ar feadh na haimsire sin.

Bhí duine amháin de na fir oibre nár thaithnigh leis. Níor thug Seán de Bláca cothrom na Féinne dó ó tháinig sé don áit. Dá ndéantaí dearmad ar bith déarfadh Seán i gcónaí gurbh é Taidhgín ba chiontach ach ba bheag a théadh amú ar Pheadar. Bhí seisean chomh géarchúiseach sin nárbh fhurasta dallamullóg a chur air, agus ba ghearr go raibh Seán faighte amach aige agus ag tóraíocht oibre in áit éicint eile.

Bhí seanbhean sa teach (máthair Pheadair) agus chaith sí

chomh maith le Taidhgín agus dá mba a mac féin é. Bhí iníon óg íogair aici nach raibh chomh cainteach leis an gcailín coitianta, ach ní bhíodh sise sa mbaile cé is moite den am a mbíodh sí ar laethanta saoire, mar bhí sí ag freastal ar an gclochar. Ba mhinic cailín óg dathúil ar cuairt chuig Máire Ní Dhonnchadha nuair a bhíodh sí sa mbaile. Eibhlín Nic Dhiarmada a bhí mar ainm uirthi agus col seisir le Máire a bhí inti.

Domhnach dá raibh Taidhgín ag léamh bhí an tseanbhean ina suí cois tine agus corrfhocal le rá aici nuair a bhuailfeadh an fonn í. Tháinig na cailíní isteach agus chuireadar caint ar Thaidhgín.

Eibhlín

Ar mhiste leat Gaeilge a labhairt linn níos minice?" arsa Eibhlín, "mar táimid ar bheagán Gaeilge agus tá cairde linn a mbíonn baint acu le Conradh na Gaeilge agus nár mhéanar dhúinn a bheith in ann Gaeilge bhlasta a labhairt leo?"

"Níor mhiste," ar seisean go cineál fuarbhruite, ach bhí drochamhras aige orthu go fóill.

Tháinig Peadar isteach agus thosnaigh sé ag cur caoi ar an saol uafásach a bheadh i ndán do Ghaeil Éireann dá ndéanfaidís mar a bhí na Sasanaigh ag moladh dóibh anois. Ach níor mhiste leo imeacht thar chomhairle na nGall.

"Is fada muid ag éileamh saoirse," ar seisean, "agus ní fhaigheann an tsíoriarraidh ach an síoreiteach; ach tá daoine ann a deir go mbainfidh siad saoirse amach de bhuíochas an tSasanaigh an babhta seo!"

Tháinig Liam ar cuairt chucu mí na Márta 1916 agus chuireadar na múrtha fáilte roimhe. Bhí an-ríméad ar a mháthair a fhad is a bhí seisean sa mbaile.

Fear ard, dubhghruagach, dea-ghléasta a bhí ann. Fear scafánta láidir lúfar a raibh aghaidh air chomh soineanta fáilí le bean óg álainn. Bhí sé dea-bhéasach, stuama, intleachtúil agus ba bheag duine d'fhir óga na hÉireann a raibh caidreamh acu leis nárbh fhearrde iad an caidreamh sin.

Bhí suim faoi leith aige i dTaidhgín agus níorbh fhada go rabhadar an-mhór le chéile. Thug sé Taidhgín go cathair Bhleá Cliath leis lá amháin agus thaispeáin dó cuid de na háiteacha stairiúla. Bhí beart litreacha ag Liam agus thug sé cuid acu do Thaidhgín lena dtabhairt go dtí na háiteacha a d'ainmnigh sé. Thug Liam isteach go teach ósta beag é nuair a bhíodar réidh

Taidhgín

le gnaithe an lae agus tugadh díol rí de bhéile dó. Rinneadar moill i Sráid Sackville an uair úd mar a raibh Taidhgín ag déanamh iontais de ghalántacht na sráide. Bhí gliondar croí ar Thaidhgín an tráthnóna sin nuair a thánadar ar ais.

Bhí Liam ar bheagán cainte ar feadh an lae i mBleá Cliath dó. Ní dhéanfadh sé cúis dó go dtabharfaí aird air; nuair a smaoinítear ar an gcineál oibre a bhí idir lámha aige tuigtear nár mhór dó a bheith ar aire. Ní bheadh a fhios aige cá mbeadh bleachtaire dá leanacht mar ba mhinic duine acu sna sála air i ngan fhios dó.

"Bhí beirt nó triúr de na hÓglaigh dom' cheistiú go dian fútsa inniu," arsa Liam leis nuair a tháinig siad abhaile an oíche sin. "D'éirigh liom a chur ina luí orthu go raibh chuile shórt i gceart tar éis an scéal a mhíniú tríd síos dóibh. Bíonn drochamhras acu ar chuile dhuine nach mbíonn togha na haithne acu air mura mbeadh duine éicint in éindí leis a mhíneodh an scéal dó. Bhí tithe i sráid – tithe nár mhaith liom go bhfeicfí a dhul isteach chucu mé, ach is beag bleachtaire a dhéanfadh tusa a leanacht nuair a d'fheicfeadh sé an chulaith éadaí sheanaimseartha sin atá ort."

Ní mó ná go maith a thuig Taidhgín go fóill tábhacht na hoibre a bhí ar siúl ag Liam, ach ní mórán a d'inis Liam dó go fóill. B'iomaí rud a bhíodh ina aigne ag Liam nár mhaith leis a nochtadh mura mbeadh gá leis. Duine smaointeach rúnmhar a bhí ann. Ba mhinic ar iarraidh é ar feadh an lae agus ar feadh na hoíche ó am go chéile, ach focal ní abródh sé faoin ngnaithe a bhíodh ar siúl aige ach ag smaoineamh go ciúin dó féin.

"Ar mhiste leat a thíocht in éindí liomsa le do thoil?" arsa Liam le Taidhgín lá nuair a bhí obair na maidine críochnaithe aige. "Bhí mé ag labhairt le Peadar fút cúpla nóiméad ó shin agus d'inis mé dó go rabhais le bheith in éindí liom le tamall."

Thug sé leis Taidhgín go dtí an áit ab uaigní sa bhfeilm mar a raibh gunnaí i bhfolach i mbosca aige.

"Tá gunnaí anseo agam," ar seisean, "pé ar bith áit a

bhfuarthas iad, is cuma faoi sin, agus b'fhéidir nár mhiste leat lámh chúnta a thabhairt dhom lena nglanadh? Ní thógfaidh sé i bhfad orainn. Ní hamhlaidh go bhfuil siad ródhona mar atá siad ach ní mór dúinn aire mhaith a thabhairt dóibh mar táimid ar bheagán gunnaí agus d'íocamar go daor orthu seo. Tá cuid de na buachaillí nár fhág luach toitín acu féin nár thugadar don chisteoir le gunnaí a cheannach."

"Cuireann sé aoibhneas orm a bheith anseo," a deir Taidhgín go gliondrach, "le cúnamh ar bith atá ar mo chumas a thabhairt duit. Is trua liom gan Éamann Dubh Ó Máille anseo, an seanfhear a bhí mé ag cur caoi air cheana dhuit. Bheadh sé i riocht léimní as a chraiceann le teann gliondair mar ba mhinic ag caint ar ghunnaí é agus á rá nach raibh gar ar bith againn saoirse a bhaint amach gan iad.

"Tá cogadh uafásach ar siúl sa bhFrainc," arsa Liam, "agus tá Sasana i sáinn ag na Gearmánaigh sa tír sin. Galra tógálach is ea an cogadh agus tá chuile sheans go mbeidh cogadh in Éirinn roimh i bhfad. Nárbh fhearr d'fhir óga na hÉireann buille a bhualadh ar son saoirse a dtíre féin ná troid ar thaobh Shasana ar son cúis nach dtuigeann siad ar chor ar bith? B'fhéidir nach mbeadh cogadh ar bith in Éirinn inniu nó amáireach nó i mbliana, ach níor mhór dúinn a bheith réidh ar fhaitíos na bhfaitíos, mar ní hé lá na gaoithe lá na scolb."

Thug Liam léacht do Thaidhgín ar an gcaoi ab fhearr le gunnaí a ghlanadh, an cineál ola ab fhearr lena nglanadh agus na cineálacha ab fhearr lena gcoinneáil slán ó mheirg tar éis dóibh a bheith glanta. Rinne sé tagairt don chaoi ab fhearr, chomh fada lena bharúil, le gunnaí a chur i bhfolach agus an cineál áite ab fheiliúnaí chuige sin.

Chuir Taidhgín suim mhór ina raibh le rá agus le déanamh ag Liam an mhaidin sin agus d'oibrigh sé go dian ar na gunnaí go raibh loinnir orthu taobh istigh agus taobh amuigh. Thug Liam faoi deara ar an bpointe go raibh díocas thar an gcoitiantacht ag baint leis an bhfear óg Gaelach ó Iarthar na hÉireann, an díograis is dual don chine Gael agus atá le tabhairt faoi deara níos soiléire iontu ag an té a rinne staidéar ar an gcine daonna ar fud an domhain.

"B'fhéidir go ndéanfainn saighdiúir díot go fóill – mura miste leat?" arsa Liam.

"Dheamhan ar miste liom," arsa Taidhgín ag breathnú níos géire ar ghunna a bhí ina láimh aige. "B'fhearr liom – agus b'fhearr dhom go mór é troid a dhéanamh ar son shaoirse mo thíre féin ná a dhul amach don Fhrainc ag troid ar son na hImpireachta Móire nár thug cothrom na Féinne ariamh do Ghaeil."

"Tagann slua de mo chuid fear le chéile faoi dhó sa tseachtain tuairim is trí mhíle uaidh seo agus cuirim i dtaithí ansin iad. Tá chuile mhac máthar acu oilte agus bhéarfaidh siad pé ar bith cúnamh a bheas riachtanach dhuit. Tuigimse go maith go bhfuil riachtanas ann, ach ní cúis imní dom é sin, mar is é an riachtanas máthair an eolais. Tig leat a thíocht in éindí liom oíche amáireach más mian leat agus cuirfidh mé in aithne don Oifigeach áitiúil thú," arsa Liam, agus na gunnaí dá gcur ar ais sa mbosca aige.

Ag bleán a bhí Taidhgín an tráthnóna ina dhiaidh sin nuair a chonaic sé chuige Liam agus an mada caorach leis. Bhí na ba cruinnithe le chéile ag ceann na páirce. Bhuail scanradh iad nuair a chonaic siad an mada. Rith an bhó a bhí dá bleán i dtreo an mhada mar a bheadh sí ag iarraidh é a bhualadh lena ceann agus dhoirt sí an bainne ar fud na háite.

"Tá aiféala orm gur thug mé liom an mada," arsa Liam ag breathnú ar an mbainne a bhí ag rith le fána. "Ní dhéanfadh páiste é, ach is é an seanamadán an t-amadán is measa."

"Is cuma faoi sin," arsa Taidhgín agus meangadh gáirí air, "b'fhéidir gur ghéire a theastaíonn an bainne céanna ó na daoine maithe agus tá sé acu anois."

"Cé aige a bhfuil an bainne?" arsa Liam agus thóg sé aníos an soitheach folamh.

"Is éard a deireadh mo mháthair," arsa Taidhgín, "go bhfaigheann na daoine maithe ón saol eile bainne ar bith a dhoirtear go timpisteach mar sin."

"Más ag fanacht orm atá tú," ar seisean, "ní bheidh mé réidh go ceann tamaill eile mar caithfidh mé boslach a chur ar m'éadan, agus athrú éadaí a fháil."

D'imigh Liam ar ais chuig an teach agus ba ghearr go raibh na ba blite ag Taidhgín agus é gléasta agus réidh chun imeachta.

"B'amhlaidh ab fhearr dúinn a bheith ag baint coiscéim as anois," ar seisean le Liam. "Bhí mé ag coinneáil moille ortsa."

D'imíodar leo de shiúl cos agus cé go raibh rothar ag Liam níor thug sé leis é ó tharla nach raibh rothar ag a chomrádaí. Bhí fionnuaire na hoíche ag goilleadh ar Thaidhgín mar bhí sé ag cur allais tamall gearr roimhe sin agus ní raibh sé de nós aige cóta mór a chaitheamh cé is moite den am a mbeadh báisteach throm ann. Bhain Taidhgín siúl as Liam agus b'fhearr leis rith i dtosach, bhí sé chomh fuar sin, ach bhí a chuid fola ag gluaiseacht go mear ina chuisleacha arís nuair a bhíodar i bhfoisceacht fad rapa don áit a bhí uathu. Ní raibh duine ná deoraí le feiceáil, nó fuaim ní raibh le cloisteáil ar na bóithre, ach ciúnas ar gach taobh, fiú amháin duilliúr na gcrann ní rabhadar ag corraí mórán.

Bhí an oíche beagán níos gile ná mar a bhí nuair a d'fhágadar an teach agus Liam ag iarraidh a thaispeáint do Thaidhgín an áit a raibh an cruinniú le bheith nuair a chuir fear cosc leo agus dhírigh gunna orthu, ach tháinig athrú intinne air nuair a d'aithnigh sé Liam agus níor bhac sé le mórán ceisteanna a chur. Dúirt an fear faire go raibh formhór na bhfear tagtha agus d'imíodar leo i dtreo na háite a bhí uathu.

Chnagadar ar dhoras scibóil agus osclaíodh an doras gan mórán moille agus ligeadh isteach iad. Bhí an áit níos fairsinge ná mar a cheapfá ag breathnú ar na ballaí taobh amuigh agus bhí tuairim is leathchéad fear istigh. Fearadh na múrtha fáilte roimh Liam agus chuir sé Taidhgín in aithne do chuid de na fir a labhair leis. Ní raibh an solas le moladh mar ní raibh acu ach cúpla lampa beag.

Dónall Ó Cléirigh a bhí mar chaptaen orthu agus dúirt seisean leo i gceann tamaill go raibh Liam Ó Donnchadha le cúpla focal a rá leo. Thosnaigh duine amháin ag bualadh bos ach rinne Dónall comhartha dó agus dúirt leis gan torann ar bith a dhéanamh cé is moite den mhéad a mbeadh gá leis.

"Tá aiféala orm," arsa an fear, "shíl mé gur i sráideanna Bhleá Cliath a bhí mé gur bhreathnaíos ar na ballaí a bhí thart orm anois."

Bhí Liam ina sheasamh i lár an urláir agus bhreathnaigh sé ar na fir ar feadh nóiméid gan focal uaidh, ach ba ghearr go dtáinig an chaint chuige agus labhair sé leo mar a leanas:

"A Óglacha," ar seisean, "táimid le hiarracht a dhéanamh saoirse iomlán na hÉireann a bhaint amach. Tá obair chrua anróiteach le déanamh againn agus anró as cuimse le fulaingt ag chuile dhuine againn de bharr na hoibre sin agus is iomaí duine againn a bheas ar lár, ag déanamh créafóige, agus ar shlí na fírinne sula mbeidh an obair sin críochnaithe againn. Ní bheidh tuarastal ar bith a dhul dúinn, mar a thuigtear tuarastal sa saol seo; ach bíonn tuarsatal breá i gcónaí ag an saighdiúir maith agus beidh an tuarastal sin agaibhse le cúnamh Dé.

Labhair Dónall Ó Cléirigh thar ceann na bhfear agus dúirt go rabhadar toilteanach a n-anamacha a imirt ar son na saoirse, agus d'aithnigh Taidhgín ar a n-aghaidheanna go raibh lomchlár na fírinne ina raibh á rá aige.

Nuair a bhíodar ag scaradh le chéile an oíche sin dúirt Taidhgín le Dónall go raibh sé féin le bheith amuigh leis an slua chuile uair a thiocfaidís le chéile ar feadh na bliana, nó a fhad is a bheadh sé sa dúiche sin ar chaoi ar bith.

Chodail Liam agus Taidhgín go sámh le chéile nuair a tháinig siad ar ais ón gcruinniú, ach dúirt Liam ar maidin nach raibh an leaba le moladh agus go mbeadh a mhalairt de scéal an chéad oíche eile. Labhair sé le Peadar an lá sin agus mhol dó leaba mhaith a sholáthar do Thaidhgín agus bhí sé istigh sa seomra céanna le Peadar as sin amach agus díol rí de leaba aige.

Bhí sráidbhaile ruainne beag le dhá mhíle uathu agus bhíodh céilithe ansin chuile oíche Dhomhnaigh. Oíche dá raibh Céilí Mór sa sráidbhaile thug Peadar an fear óg ón Iarthar chuig an gcéilí leis. Bhí culaith nua faighte ag Taidhgín le seachtain roimhe sin agus fear mór láidir croíúil a bhí anois ann. Má bhí cuma na maitheasa ariamh ann bhí an oíche sin. Bhí tóir i gcónaí aige ar cheol a shinsir agus bheadh ceol a chuirfeadh draíocht as cuimse ar an té a thuigfeadh ceol na nGael i gceart le cloisteáil ag an gcéilí agus thuig seisean go maith é mar rinne sé dianstaidéar ar stair na hÉireann agus ar cheol na nGael nuair a bhí sé sa mbaile i Tuar Mhic Éadaigh.

Sheas Taidhgín in aice an dorais, agus bhreathnaigh ar na daoine ó dhuine go duine go rabhadar uilig feicthe aige. Bhí suim faoi leith aige sna ceoltóirí, agus ba orthu a bhí sé ag breathnú anois. Chuir uaisleacht agus binneas an cheoil a chuala sé aoibhneas agus draíocht air. Rinne sé smaoineamh ar an stair a bhí taobh thiar de cheol na nGael agus ar an oidhreacht uasal álainn a bhí i mbaol a chaillte. Ba é Éamann Dubh a mhínigh dó den chéad uair é agus dearmad ní fhéadfadh sé a dhéanamh ar chomhrá an fhir sin.

"'Bhfuil mórán eolais agat ar na rincí?" arsa Peadar leis agus an bheirt acu ina seasamh i lár an urláir, mar ní raibh áit suí ag a leath dá raibh ann an oíche chéanna.

"Tá eolas cuid mhaith agam orthu," ar seisean, "ach pioc dochair ní dhéanfadh níos mó dhom dá bhféadfainn é a fháil."

"Tig leat é a fháil fré chleachtadh," arsa Peadar, "má tá an toil agat, mar réitíonn an toil an tslí. Níl call faitís ort má dhéanann tú dearmad. Maidir leis an té nach ndearna dearmad ariamh, is beag is fiú a rinne seisean.

Ghlaoigh duine éicint an "cor seisear déag," agus nuair a

bhreathnaigh Taidhgín faoi agus thairis cé a d'fheicfeadh sé taobh istigh den doras ach Eibhlín Nic Dhiarmada agus ba í a bhí gléasta go galánta. Bhí Máire Ní Dhonnchadha ag tíocht isteach ina diaidh. Chroith sé lámh leis an mbeirt acu nuair a tháinig siad chomh fada leis an áit ina raibh sé.

"Shílfeá nach bhfaca tú le bliain muid," arsa Máire agus meangadh gáirí uirthi ag breathnú air.

"Ar mhiste leat an rince seo a dhéanamh le do thoil?" arsa buachaill ard rua le Máire. "Níor mhiste," ar sise, agus d'imigh an bheirt acu go dtí an ceann eile den halla mar a raibh daoine eile ag fanacht leo.

Lean Taidhgín agus Eibhlín iad agus chuir an ceol agus rince gliondar ina gcroíthe a rinne leas dá shláinte le tamall ina dhiaidh sin.

"Go raibh míle maith agat," arsa Taidhgín léi nuair a bhí an rince críochnaithe acu.

"Tá fáilte is fiche romhat," ar sise, agus bhreathnaigh sí i dtreo na háite ina raibh Máire ach bhí slua daoine eatarthu agus ní fhéadfadh sí a dhul chuici.

Níor mhiste le hEibhlín fanacht mar a raibh sí ach bhí aithne ag formhór na ndaoine a bhí i láthair uirthi agus bhí sí cúthail, ach ní dhallann cúthaileacht áilneacht, agus cheap Taidhgín go raibh sise chomh hálainn le cailín ar bith ar leag sé súil ariamh uirthi.

"Ní thig leat a dhul go dtí Máire anois," ar seisean, "ach tig leat fanacht in éindí liomsa más mian leat."

"An rud nach bhfuil leigheas air caithfear gabháil leis," ar sise. "Fanfad anseo go dtaga sí ar ais."

Ní raibh buachaill i láthair ab fhearr léi a chomhluadar na Taidhgín ach cér mhilleán uirthi má bhí sí ag iarraidh an fhírinne sin a cheilt ar a raibh i láthair?

D'fhanadar mar a rabhadar ag comhrá go cairdiúil le chéile ar feadh tamaill agus bhí an díograis sin is dual do Ghaeil le tabhairt faoi deara iontu cé go raibh Taidhgín féin cúthail i dtosach, ach bhí sise chomh fáilí,dea-bhéasach sin nach raibh gá dó a bheith agus níorbh fhada a bhí.

Rinneadar cúpla rince eile agus bhíodar ag comhrá i lár an urláir arís nuair a stop an ceol agus bhreathnaigh Taidhgín uaidh.

"Tá píosa de shuíochán folamh ag an ceann eile den halla," ar seisean, "agus b'fhéidir go mb'fhearr dúinn scíth a ligint."

"B'fhearr go cinnte," ar sise, "dá mb'fhéidir linn a dhéanamh."

Is ar éigean go bhféadfá do ghlór féin a chloisteáil ann leis an ngleo a bhí ar siúl ag an slua a bhí i láthair ansin; buachaillí agus cailíní breátha a raibh croíúlacht agus fuinneamh na hóige iontu agus fuil uasal Gaelach ina gcuisleacha acu.

Ní raibh ann ach go raibh an suíochán bainte amach ag an mbeirt acu nuair a tháinig duine den choiste agus d'iarr ar Thaidhgín píosa aithriseoireachta a dhéanamh.

"Ba é Peadar a chuir chugamsa thú," ar seisean leis an bhfear a tháinig.

"Ba é an fear céanna," ar seisean.

"Amach leat," arsa Eibhlín, "agus inis dúinn cad é mar a tharla."

"B'fhearr liom gan bacadh leis," ar seisean go smaointeach, "ach ar bhealach ní fhéadfainn ceachtar agaibh a eiteach."

Chuimil sé a lámh ar a ghruaig agus amach leis i lár an urláir. Thosnaigh a raibh i láthair ag bualadh bos agus d'fhan an fear a bhí ag caint le Taidhgín go foighdeach gur thosnaíodar ag ligint fúthu.

"Ná cloisim gíog uaibh anois," ar seisean in ard a chinn is a ghutha. "Fanaigí ciúin socair más é bhur dtoil é. Tá Taidhgín Ó Domhnaill le píosa aithriseoireachta a dhéanamh anois," agus bhreathnaigh sé faoi agus thairis agus ba bheag duine a bhí i láthair nach bhfaca sé cé is moite díobh seo a bhí i bhfolach i gcoirnéal, nó na daoine beaga sa slua.

Chloisfeá biorán ag titim sa halla nuair a thosnaigh
Taidhgín sa deireadh agus d'inis dóibh cén bhail a bhí ar
Éirinn le linn Theitheadh na nIarlaí.

I

Ba bhrónach a bhí Éire nuair a d'imigh scoth a clann,
Nuair a d'imigh plúr a bprionsaí mar chaoirigh 'dhul ar
    fán,
Nuair a d'fhág a laochra tréanmhar í a throid a cás go fíor
'S gur scaipeadh iad mar cháith roimh ghaoth anonn agus
    aniar.

II

Ba ghruama cúis na tíre an lá a d'fhág siad í,
An lá a sheol siad uaithi gan súil le filleadh choích',
Do dhubhaigh cúis na tíre ón mbarr go dtí an bun
Agus thit an brat an lá sin a bhí le foluain os ár
    gcionn . . .

B'fhada liom an píosa aithriseoireachta a thug sé uaidh a
thabhairt ina iomlán, ach d'aithris sé píosa fada ach ba
doilíosach an scéal a bhí le n-aithris aige.

B'iomaí duine a bhí i láthair nár thuig go maith é ach bhí a
fhios ag chuile dhuine acu gur bhain a chuid cainte le stair na
tíre agus go raibh sí fite fuaite le rud éicint dothuigthe a raibh
meas agus grá acu araon air.

Tháinig Peadar Ó Donnchadha agus Máire, Taidhgín agus
Eibhlín Nic Dhiarmada le chéile istigh nuair a bhí an céilí thart
agus thug an doras amach orthu féin gan fanacht le duine ar
bith eile. Bheidís triúr chomh fada leis an gcearnóg le
hEibhlín agus ní bheadh thar ruainne beag le céad slat le dul
aici uaidh sin. Níor chuala síariamh go raibh taibhsí go

fairsing sa tsráid cé gur chuala sí go minic go rabhadar tugtha do bheith ag bualadh thart ar na bóithre uaigneacha faoin tuath.

"Ba chóir dhuit í a thionlacan abhaile anois," arsa Máire le Taidhgín nuair a bhí an chearnóg bainte amach acu.

"Tá go maith," ar seisean, "mura miste léi féin?"

Thosnaigh croí Eibhlín ag bualadh mar chroí éin a bheadh ina ghlaic ag buachaill óg a mbeadh éanadán sa láimh eile aige lena chur i bpríosún ann ach an oiread agus focal amháin ní fhéadfadh sí a rá.

"Téigh cúpla slat den bhealach léi," arsa Peadar. "Ach seachain an bhfanfá rófhada anois, cuairt ghearr an chuairt is fearr, má théann tú chuig an teach."

Nuair a thionlaic Taidhgín píosa den bhealach í bhreathnaigh sí fúithi agus thairsti agus tháinig an chaint chuici ar ais.

"Go sábhála Dia muid," ar sise, "b'uafásach an scéal é dá mbeadh an sagart paróiste ag bualadh thart agus mise a fheiceáil amuigh an tráth seo d'oíche!"

"Níl sé ach fiche nóiméad tar éis a haon déag go fóill," arsa Taidhgín.

"Nílim a rá go bhfuil sé nóiméad níos moille," ar sise, "ach b'iondúil go mbínn i mo leaba ag leathuair tar éis a deich."

"Ar ndóigh, níl a fhios ag an sagart go mbíteá sa leaba chomh luath sin," arsa Taidhgín go magúil, "agus ní fearr duit ar bith é, mar is cinnte go gceapfadh sé go rabhais tinn dá gcloisfeadh sé sin."

"Is réidh a thagann an chaint leat," ar sise, agus í ag meangadh gáirí anois, "ach b'fhéidir go mb'fhearr duit gan tíocht níos faide mar táim i bhfoisceacht leathchéad slat de dhoras theach m'athar anois. B'fhéidir gur ina sheasamh ag an doras a bheadh sé."

"Má tá féin," arsa Taidhgín os íseal, "nach raibh sé féin óg lá den saol?"

"Bhí," ar sise, "ach bhí sé ciallmhar."

"Tá áthas orm sin a chloisteáil," ar seisean, "gur duine ciallmhar a bhí ann mar is cinnte go mbeadh ciall níos fearr aige ná bheith ina sheasamh ag an doras préachta leis an bhfuacht an tráth seo d'oíche."

Ní mórán solais a bhí sa tsráid an oíche sin. Déarfá go raibh báisteach air le breathnú ar na néalta a bhí ag imeacht ar nós na gaoithe lá Márta trasna na spéire.

"Sin é an teach ansin os do chomhair," arsa Eibhlín, "ach duine ná deoraí nó fiú amháin taibhse ní fheicim ag an doras anois. Tá an áit chomh ciúin le reilig."

"Ar mhiste leat má théimse chomh fada leis an doras anois leat?" arsa Taidhgín.

"Níor mhiste," ar sise, "ach gan torann dá laghad a dhéanamh mar is furasta m'athair a dhúiseacht an oíche is mó a mbeadh tuirse air."

Bhíodar beirt ag siúl tuairim is slat ó chéile gur tháinigeadar go dtí an doras agus chuireadar a lámha i lámha a chéile ansin.

"Bheadh na taibhsí in éindí leat anocht chomh cinnte is atá Eibhlín ort murach go raibh mise leat," arsa Taidhgín, "agus b'fhéidir nár mhiste leat póg a thabhairt dhom anois?"

"An oiread agus póg amháin ní bhfaighidh tú anocht," ar sise agus meangadh uirthi, "mura mbainfidh tú póg gan buíochas díomsa agus b'amhlaidh ab fhearr dhuit a bheith ag giorrú an bhóthair anois mar beidh Peadar agus Máire sa mbaile faoi seo."

"Cén dochar?" ar seisean agus thug póg di. "Ní fada a thógfas sé orm an turas a dhéanamh agus uaigneas dá laghad ní aireoidh mé chúns a bheas mé ag smaoineamh ortsa, agus is dócha gur minic a bheas mé ag smaoineadh ortsa as seo amach. Beannacht leat anois agus codladh sámh go bhfaighidh tú go maidin amáireach!"

"Go soirbhí Dia dhuit," ar sise, "agus go dtuga sé slán abhaile thú!"

Thug Taidhgín súilfhéachaint ar an teach nuair a bhí sé ag imeacht. Teach siopa a bhí ann agus cheap sé ó sholas na gealaí ar an bhfuinneog go raibh chuile chineál dá dhíol ann.

"M'anam go ndeachaigh tú chuig an teach le hEibhlín," arsa Máire leis nuair a tháinig sé ar ais, "agus cheapas i gcónaí gur duine cúthail a bhí ionatsa; ach feictear dhom anois go bhfuilir a dhul in aghaidh do chosúlachta. Shíleas nach ndéanfá cailín a thionlacan abhaile san oíche ar ór nó ar airgead."

Dheargaigh Taidhgín ó chluas go cluas ach freagra níor thug sé uirthi.

"Lig dó," arsa Peadar, "agus ná bac leis an gcaint an tráth seo d'oíche. B'fhearr dhuit do leaba a thabhairt ort féin agus a bheith i do shuí go moch le cócaireacht a dhéanamh dúinn agus gan do mháthair a bheith dá déanamh i gcónaí."

"Teann isteach chuig an mbord," ar sise le Taidhgín, "tá arán agus im agus bainne ansin faoi do chomhair. Seachain an mbrisfeá an ghloine nó an crúiscín ag smaoineamh ar Eibhlín duit. Tá a fhios agam go rímhaith gur uirthi atá tú ag smaoineamh."

"Mo choinsias tá dul amú ort agus is mór a bhíos cuid agaibh meallta," arsa Taidhgín agus thosnaigh ag gáire. "Táim ag smaoineamh ar an tseafóid chainte a bhíos ar siúl ag cailíní óga caidéiseacha an tsaoil agus tusa san áireamh."

"Cheapas nach ndéanfá cailín óg íogair a mhaslú mar sin," arsa Máire agus í ag cur i gcéill go raibh fearg uirthi.

"Deile! deile! deile!" ar seisean. "B'fhearr dhom mo bhéal a choinneáil ar a chéile mar is furasta daoine a mhaslú. Is minic a chuala mé nach dtéann cuileog sa bhéal a bhíonn dúnta ach cén mhaith an t-eolas don té nach mbaineann leas as? Gabh mo leithscéal an babhta seo, a Mháire, agus beidh a mhalairt de bhéasa agam as seo amach. Rialaíonn béas muid más fíor do na daoine léannta. Caithfidh mé béasa maithe a chur ar fáil in ainm Dé agus ní dhéanfaidh mé do mhaslú arís."

"Beannacht libh," arsa Máire, "tig libh fanacht ansin go maidin más mian libh ach is gearr go mbeidh mise i mo chodladh, le cúnamh Dé."

"Go soirbhí Dia dhuit," arsa an bheirt acu d'aon ghuth, "agus slán codlata agat go maidin."

Tháinig tionnúr codlata ar Pheadar agus bhí Taidhgín ag léamh le cúpla nóiméad nuair a tháinig Liam isteach.

"Bail ó Dhia ar an mbeirt agaibh," ar seisean, "is beag a cheapas gur anseo a bheadh sibhse an tráth seo d'oíche."

"Fáilte romhat," arsa Peadar nuair a d'oscail sé na súile.

"Go raibh maith agat," arsa Liam.

"Leigheas thú a fheiceáil anois!" a deir Taidhgín leis agus scrúdaigh sé ó cheann go talamh é agus bhí athrú tagtha air.

Bhí Liam ag obair go dian ó bhí sé ar cuairt acu cheana nó ba mhór a bhí sé a dhul in aghaidh a chosúlachta. Shílfeá ag breathnú air nach bhfuair sé mórán codlata an tseachtain sin. Bhí sé bánghnéitheach caite, cé nárbh amhlaidh go raibh easpa sláinte air ach go raibh sé ag luí rómhór air féin.

"An mbeadh sé mór agam iarraidh oraibh céard a choinnigh in bhur suí go dtí an tráth seo d'oíche sibh?" arsa Liam agus é fá ionadh.

"Bhí céilí againn anocht," arsa Peadar.

Seachtain na Cásca, Bás agus Deoraíocht

Mhol Liam don bheirt eile an Paidrín Páirteach a rá an oíche sin cé go raibh sé mall. "Ní fhéadfá rud maith den chineál sin a dhéanamh rómhinic," ar seisean, "ach is trua liom nach bhfuil mo mháthair agus Máire anseo mar b'fhéidir gur fada go gcaithfidh mé oíche sa teach seo arís; ach b'fhéidir le Dia nach fada ina dhiaidh sin, cá bhfios dom?"

"Cheap Taidhgín go raibh rud éicint thar an gcoitiantacht ag déanamh imní do Liam an oíche sin, ach ó tharla go raibh sé mall san oíche bhaineadar triúr na leapacha amach gan mórán cainte a dhéanamh.

Dhúisigh Liam go moch ar maidin agus ní raibh a dhíol codlata déanta ag Taidhgín nó i ngiorracht ar bith dó nuair a chorraigh Liam sa leaba é agus dúirt leis éirí.

"Ba mhaith liom," ar seisean le Taidhgín, "tusa a thabhairt liom go Bleá Cliath inniu, mura miste leat. Nílim féin le tíocht ar ais inniu nó amáireach, ach b'fhéidir go mbeadh nuaíocht agam do Dhónall Ó Cléirigh agus bhéarfá an scéal ón gcathair dhó."

"Bhéarfainn agus fáilte," arsa fear na leapa, "beidh mé leat ar an bpointe boise."

"Níl sé ina lá i gceart go fóill," arsa Liam "agus ní mó ná go maith a thaitníonn liom an teach ar fad a dhúiseacht, ach ní fhéadfainn imeacht uathu inniu gan cúpla focal a rá leo, go mór mór mo mháthair."

Ba ghearr go raibh Máire agus Peadar ina suí agus réitigh Máire béile dóibh. D'éirigh an mháthair sula raibh an béile críochnaithe acu. Tae, arán, bagún, uibheacha agus im a bhí acu, ach is beag fonn ite a bhí ar Liam. Séard dúirt sé nach mbeadh faobhar ar a ghoile i gceart go mbeadh siúl fada aige sa gcathair agus níorbh fhada go mbeadh an siúl sin aige. D'aithneofá air go raibh deifir air agus gurbh mhian leis a bheith ag gluaiseacht.

" 'Bhfuil tú réidh go fóill?" ar seisean le Taidhgín a bhí gar do bheith réidh.

"Beidh i gceann nóiméid," ar seisean.

"Beannacht libh," arsa Liam go híseal agus chroith sé lámh le Peadar agus Máire agus lena mháthair ansin.

Phóg an mháthair é. "Tá súil agam nach bhfuil tú ag fágáil na tíre ar fad?" ar sise agus bhreathnaigh ar a aghaidh.

"Níl!" ar seisean. "Go Bleá Cliath atáim a dhul."

Ní fhéadfadh an mháthair an imní a bhí uirthi a cheilt, mar chuala sí a lán cainte ar chogadh le tamall anuas agus ba mhór an lán a ghoill an chaint chéanna uirthi mar bhí fuath aici ar chuile shórt a bhain le cogadh – agus cér mhilleán sin uirthi?

"Déarfaidh mé paidir ar do shon chuile lá," ar sise, "agus go dtuga Dia slán ar ais chugainn arís thú, pé ar bith áit a bhfuil do thriall an tráth seo de mhaidin!"

"Tá súil agam go dtabharfaidh Sé slán ar ais muid," ar seisean. "Beanancht libh go léir!"

Bhí fear ag fanacht leo nuair a bhaineadar an bóthar mór amach, agus bhí an tiománaí go díreach ar tí dhul chuig an teach.

Isteach le Liam sa suíochán céanna leis an tiománaí, agus mholadar do Thaidhgín dul isteach sa gcúlsuíochán. Rinne sé amhlaidh. Cé go raibh corrfhocal cainte ar siúl ag Liam agus an tiománaí ní mórán cainte a rinneadh go rabhadar i lár na cathrach. Bhí codladh agus ciúnas sa gcathair go fóill ach nuair a chnagadar ar dhoras tí mhóir ligeadh isteach iad nuair a labhair Liam cúpla babhta agus nuair a d'aithníodh a ghlór. Bhí a fhios ag Taidhgín gur thug sé cuairt ar an teach céanna sin lá amháin a chuir Liam ann cheana é agus d'aithnigh sé cuid de na fir a labhair leis an lá sin. Ba iad a bhí os a chomhair anois ag cur fáilte roimh an triúr a tháinig isteach.

Bhí an seomra mór ina rabhadar anois ar bheagán troscáin cé is moite de chathaoireacha a bhí thart leis na ballaí agus bord a bhí i lár an urláir a raibh léarscáileanna agus páipéirí leagtha air.

Bhí fear mór géar-intinneach a raibh spéacláirí air suite ag ceann an bhoird sin agus léarscáil dá scrúdú go dian aige. Ghlaoigh sé chuige Liam agus rinneadar araon géarscrúdú ar an léarscáil agus chuir marc dearg anseo agus ansiúd le peann luaidhe.

"Mo léan géar go bhfuilim féin ar bheagán léinn!" arsa Taidhgín leis an tiománaí (Máirtín Ó Dálaigh a bhí mar ainm air) agus iad beirt ina suí le chéile ag comhrá sa gcoirnéal.

"Tá chuile sheans go mbeidh ardoideachas go fóill agat," arsa Máirtín, "ó tharla go bhfuil suim agat ann. D'fhéadfá oideachas cuid mhaith a sholáthar sula mbeadh an bhliain agus fiche scoite agat. Tá daoine ann a bhíonns ag foghlaim go mbíonn siad leathchéad bliain agus níos sine ná sin."

"Is mór an lán a d'fhéadfainn a dhéanamh ar son na saoirse dá mbeadh oideachas agam mar atá ag Liam," a deir Taidhgín agus é ag déanamh iontais den obair a bhí ar siúl ag Liam agus an fear eile.

Bhí léarscáil áitiúil ina lámh ag Liam anois agus é ag cur síos ar na sráideanna agus na tithe ba thábhachtaí i gcathair Bhleá Cliath, agus na bóithre ba thábhachtaí ón gcathair amach. Bhí triúr nó ceathrar de na fir ag scríobh ar a ndícheall. Thug duine acu litir do Liam agus thug seisean do Thaidhgín í. Seoladh na buíne ar bhain sé féin léi a bhí sa gclúdach agus thuig Taidhgín anois gur scéal a bhí acu don Chaptaen Dónall Ó Cléirigh.

"Tig leatsa bheith ag gluaiseacht anois," arsa Liam, "agus bhéarfaidh Máirtín ar ais sa ngluaisteán thú. Gheobhaidh tú Dónall Ó Cléirigh i dteach Mhic Ghearailt sa sráidbhaile ina raibh an céilí agaibh an oíche cheana. Tá seisean agus dáréag de na fir is fearr atá aige le bheith anseo inniu agus cuirfimid cúpla gluaisteán amach lena dtabhairt isteach."

D'éirigh Taidhgín le n-imeacht agus thionlaic Liam go dtí an doras é. Bhí Máirtín Ó Dálaigh imithe rompu amach agus bhí sé istigh sa gcarr ar an toirt agus a lámh ar an roth stiúrtha aige ag fanacht; ach bhí Liam ag coinneáil moille ar an gConnachtach go fóill.

"Táimid le buille a bhualadh ar son na Saoirse," ar seisean, "agus tusa a bheas mar cheannfheidhmeannach ar an mbuíon áitiúil a fhágfas Dónall Ó Cléirigh ina dhiaidh, mura miste leat féin?"

"Táim lántoilteanach," arsa Taidhgín go díocasach, "pé ar bith íobairt a bheas riachtanach a dhéanamh; ach tá aiféala orm go bhfuilim ar bheagán oideachais. Feictear dhom go bhfuil daoine níos feiliúnaí ná mise i gcomhair na hoibre a bheadh le déanamh."

"Tá riar maith oideachais agat," arsa Liam go sollúnta, "agus is mó atá agat ná duine ar bith eile den dream áitiúil tar éis dáréag de na daoine is cliste acu a bheith tofa agam. Níor mhór do Ghaeil oideachas maith a sholáthar dóibh féin más mian leo saoirse a dtíre a bhaint amach mar is cumhachtach í an tír atá inár n-aghaidh agus tá fir chliste aici ag iarraidh dallamullóg a chur orainn i gcónaí."

"Tuigimse go rímhaith," arsa Taidhgín, "an chaoi a bhfuil an scéal mar tá dianstaidéar déanta agam ar stair na hÉireann le déanaí."

"Tuigeann tú mar sin," arsa Liam, "go bhfuil Éireannaigh ann a bhfuil rian na sclábhaíochta go láidir iontu agus go mbeidh cuid acu ag obair go dian in aghaidh a dtíre féin anois. Tá greim ag Sasana ar intinn na ndaoine sin. Ba bheag acu le fada nósanna, béasa nó teanga a dtíre féin, agus sin cumhacht Shasana in Éirinn dhuit, ach tá fúinn an chumhacht sin a bhriseadh cé gur crua an obair atá romhainn amach."

"Is beag nach bhfuil chuile shórt ar deil anois againn. Bhí formhór na bhfear ag na Sacraimintí maidin inné agus tá an chuid is mó de na gunnaí i mBleá Cliath ó aréir. Bhéarfaidh

Dónall Ó Cléirigh miontuairisc duitse ar a mbeidh le déanamh agat féin agus an dream a fhágfas sé ina dhiaidh.

"Abair le mo mháthair misneach a ghlacadh agus gan imní dá laghad a bheith uirthi fúmsa mar táim lánsásta le pé ar bith rud atá i ndán dom ag Dia. Tá a fhios againn go bhfuil chuile dhuine againn daortha chun báis agus nach fada go bhfaighimid uile bás agus feictear dhom gur mór an sólás do dhuine bás a fháil ar son saoirse agus creidimh. Táim ag ceapadh go bhfuil dul amú ar an té sin a cheapann nach bhfuil ceist an Chreidimh ann mar níl tír ar dhroim an domhain chomh dílis don chreideamh agus atá tír na hÉireann. Rachadh sé chun tairbhe don Eaglais agus don Chríostaíocht i gcoiteann tír den chineál sin a láidriú dá mb'fhéidir é."

"Má ligtear do chuile shórt a bhaineas le tír na hÉireann a dhul i léig i riocht is nach mbeidh ach dream beag suarach fágtha in Éirinn, ba bheag an chabhair don Eaglais nó don Chríostaíocht muintir na hÉireann. Ach dá bhféadfaí an tír seo a láidriú agus a dhéanamh cumhachtach bheadh a mhalairt de scéal ar fad againn ansin."

Chroith sé lámh le Taidhgín agus choinnigh sé greim ar an láimh ar feadh tamaill gan focal ar bith a rá; ach d'aithneofá air go raibh uaigneas ar a chroí. Cheap Taidhgín go raibh sé le tagairt a dhéanamh dá mháthair arís ach ní dhearna. Maidir lena athair, bhí seisean san uaigh le cúig bliana roimhe sin; ach caithfidh sé gur ar a mhuintir féin a bhí sé ag smaoineamh nó ní bheadh sé chomh huaigneach agus a bhí sé an mhaidin sin. "Beannacht Dé leat," arsa Taidhgín leis, "agus go n-éirí go geal leat leis an obair uasal bheannaithe atá idir lámha agat!"

"Go soirbhí Dia dhuit," ar seisean, "agus go mba amhlaidh dhuitse."

Bhí Máirtín Ó Dálaigh ar bís ag fanacht sa ngluaisteán agus ó tharla nach raibh duine ná deoraí ar na bóithre go fóill thiomáin sé leis nuair a shocraigh Taidhgín é féin sa suíochán. Ba ghearr an mhoill orthu an baile beag a bhí uathu a bhaint amach.

Níorbh ina chodladh a bhí Dónall Ó Cléirigh rompu cé nárbh iad muintir an tí a dhúisigh é ach duine de na hÓglaigh a bhí le bheith in éindí leis an lá sin. Bhíodh sé deacair go leor Dónall a dhúiseacht ach rinne sé socrú leis an bhfear eile an oíche roimhe sin é a dhúiseacht go moch ar maidin.

"Caithfidh mé téad fhada ar an bhfuinneog amach," ar seisean, "agus beidh ceann na téide in aice na talún amuigh, agus an ceann eile ceangailte le mo lámh istigh. Tig leatsa an téad a tharraingt go láidir agus is gearr go mbeidh mise i mo dhúiseacht."

Rinneadh amhlaidh, agus is mar sin a dúisíodh Dónall an mhaidin sin. D'fhan sé cois na tine ag fanacht go foighdeach le scéal ó Liam. Bhí teachtaireacht dá déanamh ag an bhfear eile agus ní raibh duine ar bith in éindí le Dónall nuair a bhuail Taidhgín chuige isteach agus nóta dó a bhí faighte aige ó Liam.

Léigh sé go cúramach faoi dhó an nóta sin agus labhair go sollúnta le Taidhgín ansin agus thug miontuairisc dó ar a mbeadh le déanamh aige féin agus an daichead fear a bhí le bheith aige. Tugadh éisteacht mhaith dó chúns bhí sé ag míniú chuile shórt a bhain leis an ngnaithe contúirteach a bhí le bheith ar siúl acu.

"Tá cúig dhuine dhéag de na fir a bheas agatsa inniu nach bhfuil gunnaí ar bith acu," arsa Dónall, "agus caithfidh sibh gunnaí a sholáthar dóibh sin mar thús, más féidir. Ní fhéadfaimis a rá go cruinn beacht cé mhéad gunnaí atá ag na píléirí i mbeairic na Páirce Móire ach táim lánchinnte go bhfuil níos mó acu ná a riarfadh na cúig dhuine dhéag mar is iondúil go mbíonn níos mó ná fiche duine sa mbeairic sin. Beidh deannach dearg dhá bhaint as na saighdiúirí Gallda i lár na cathrach inniu, nó is mór atá mise meallta, agus is dócha go mbeidh cuid de na píléirí sin ag imeacht i dtreo na cathrach i lár an lae, nó faoin tráthnóna, b'fhéidir.

"Bhíodh Brian Mac Diarmada as an mbaile seo an-mhór le duine de na píléirí sin lá den saol agus tig leis a dhul ar cuairt chuige inniu agus chuile chineál eolais a bheas riachtanach a thabhairt ar ais chugatsa. Tá Brian chomh glic leis an nGobán Saor, agus duine léannta atá ann. Ní thógfaidh sé i bhfad airsean léarscáil shimplí den bheairic a tharraingt agus a mhíniú dhuit!"

"Tig leis," arsa Taidhgín, "liosta ceisteanna a fháil uaimse a dhul ar cuairt dó, agus má éiríonn leis na ceisteanna a fhreagairt go sásúil – nó an chuid is tábhachtaí acu – tar éis tíocht ar ais dó, is gearr go mbeidh na gunnaí i seilbh na nÓglach."

"Tá dochtúir agus sagart le fáil sa gcomharsanacht," arsa Dónall, "má bhíonn gá leo, agus tá craobh de Chumann na mBan a bheas toilteanach cabhrú libh má theastaíonn a gcúnamh. Ní hionann an creideamh atá ag cuid de na daoine a bheas in éindí leat agus an creideamh atá againne ach daoine maithe iad agus is mór an lán a rinne cuid acu ar son saoirse na tíre seo san am a chuaigh thart."

"Ba é Cromail a dúirt gurbh fhiú troid a dhéanamh ar son na talún atá againn in Éirinn," arsa Taidhgín, "ach deirimse gur fiú go mór troid a dhéanamh ar son na ndaoine atá againn in Éirinn."

Amach leis an mbeirt acu, agus bhíodar a dhul siar an bóthar ruainne beag le trí chéad slat ón teach a d'fhágadar nuair a chualadar torann na gcos ar an mbóthar agus bhí an slua áitiúil ag déanamh orthu aniar. Ní raibh ann ach go rabhadar tagtha nuair a bheannaigh Dónall dóibh agus d'ainmnigh na fir a bhí uaidh. D'fhág sé slán agus beannacht ag Taidhgín agus d'imigh sé féin agus a chuid fear i dtreo na háite a mbeadh cúpla gluaisteán le fáil acu lena dtabhairt don chathair ina raibh an íobairt le déanamh.

"Rachaidh sé rite linn an bheairic a ghabháil," arsa Brian Mac Diarmada agus iad ag glacadh comhairle lena chéile ina dhiaidh sin, "ach tá chuile sheans go bhfaighimid gunnaí, má théann cuid de na píléirí i dtreo na cathrach."

D'imigh le Brian ag tóraíocht an fhir a bhí uaidh, tar éis a bheith ag glanadh na ngunnaí, agus ag cur loinnreach orthu ar feadh tamaill. Níor mhór dó a bheith cúramach agus bhí drogall air dhul in aice na beairice go mbeadh chuile dhuine sa sráidbhaile ag bualadh thart cé is moite den té a bheadh tinn. Bhí an áit ab fheiliúnaí ar an mbóthar tofa ag Taidhgín agus na fir ba chliste a bhí aige leis an ionsaí a dhéanamh. Bheadh doras éalaithe ag na hÓglaigh agus bheadh foscadh ó na píléirí acu a dhul le fána dóibh i measc na gcrann dá mbeadh gá leis. Áit fheannta gan foscadh a bheadh ag na píléirí ar an mbóthar cé is moite den trucail a bheadh acu féin agus na crainnte a bheadh gearrtha agus curtha trasna an bhóthair rompu le cosc a chur ar an ngluaiseacht a bheadh fúthu. Ní dhéanfadh Taidhgín ionsaí na súile caoiche agus ba mhinic a dúirt sé gur cath forbhaise a chleachtaíodh Brian Bóramha ag troid in aghaidh na Lochlannaigh dó, má b'fhíor don chuntas a thug Mac Liagh dúinn. Ní raibh sé chomh láidir i gcónaí agus a bhí sé ag Cath Chluain Tairbh, agus chleachtaigh sé cath forbhaise nuair a bhí na Lochlannaigh róláidir do Ghaeil – agus cér mhilleán air?

Bhailigh Taidhgín na fir óga thart air in áit uaigneach i measc na gcrann tuairim is ceathrú míle ón mbóthar mór agus dearmad ní dhearna sé ar an seanfhocal: Mol an óige, agus tiocfaidh sí. Ba bheag duine a bhí le troid a dhéanamh an lá sin a bhí chomh hóg leis féin, ach bhí an fhearúlacht ar cheann de na tréithe a bhí ag siúl leis agus duine meabhrach ardaigeanta a bhí ann, agus ba bheag an baol air a bheith amhlaidh i ngan fhios do Liam Ó Donnchadha agus is mór an feabhas a chuir Liam air ó casadh le chéile iad. Bhí a fhios ag Taidhgín go raibh na fir réidh le pé ar bith rud a bhí i ndán dóibh ag Dia agus bhí misneach as cuimse acu, cé nárbh fhiú mórán na gunnaí a bhí ag cuid acu agus bhí a fhios acu go raibh a mhalairt de scéal ag na daoine a bhí le troid ina n-aghaidh.

"Is mór an chúis mhisnigh do Ghaeil Éireann," ar seisean, "go bhfuil fir óga sa tír fós atá toilteanach sáríobairt a dhéanamh le Róisín Dubh a tharraingt as umar na haimléise. Tá sibhse chomh huasal leis na sinsearaigh uaisle calma aigeanta a chuaigh romhaibh. Ní ag troid sa bhFrainc ar son na hImpireachta Móire a scrios ár muintir agus a bhánaigh ár dtír a bheas muid inniu ach ag troid in Éirinn ar son na hÉireann agus is mór an sólás dúinn sin pé ar bith rud a tharlóidh."

Ba bheag nach raibh na fir ag imeacht as a gcranna cumhachta le teann díocais, agus ba iad a bhí mífhoighdeach ag fanacht le Brian. Tháinig sé chucu faoi dheifir tuairim is a haon déag a chlog sa lá agus thug dóibh gan easpa gan iomarca an t-eolas a bhí uathu ar feadh na maidine.

"Tá cogadh ar siúl sa chathair cheana féin," ar seisean, "agus is gearr go mbeidh sé níos gaire do láthair. Beidh scata píléirí a dhul soir i dtreo na cathrach i gceann fiche nóiméad."

Bhíodar ar a ndícheall ar an toirt ag leagan na gcrann a bhí gearrtha acu roimh ré i leataobh an bhóthair. Ní raibh ann ach go raibh a ndeireadh ar an mbóthar acu nuair a chualadar torann na ngluaisteán.

An Luíochán

Bhí na fir taobh thiar den bhalla ard ar an toirt. Bhí an balla briste in áiteacha agus bhí na gluaisteáin ag déanamh orthu aniar ar nós na gaoithe lá Márta.

"Tá siad ag déanamh ar an gcathair," arsa Taidhgín, "le cabhair agus cúnamh a thabhairt do naimhde ár dtíre, ach ní ligfidh sibh dóibh é sin a dhéanamh."

Bhí cor géar ar an mbóthar san áit a raibh na crainnte leagtha agus níor éirigh leis an tiománaí a bhí sa gcéad ghluaisteán na coscáin a chur i bhfeidhm gur buaileadh in aghaidh na gcrann an gluaisteán agus gortaíodh a raibh ann. Bhí a dhálta de scéal ann maidir leis an dara ceann ach níorbh amhlaidh don tríú gluaisteán a bhí tuairim is leathchéad slat ina ndiaidh.

Gortaíodh go dona cuid acu ach bheadh scéal níos measa fós acu dá mbeadh siad ag imeacht chomh sciobtha agus a bhíodar tamall gearr roimhe sin, mar mhaolaíodar sa ngluaiseacht beagán san áit nach raibh bóthar díreach acu. B'uafásach an tuairt a baineadh astu mar a bhí sé agus baineadh macalla as na hardáin máguaird a cloiseadh i bhfad is i ngearr mar lá breá ciúin a bhí ann.

Bhí na fir taobh thiar den bhalla ar bís, ach thug Taidhgín comhartha dóibh fanacht go ciúin fós, agus gan urchar ar bith a scaoileadh mura mbeadh gá leis. Rinneadar rud air agus d'fhanadar go foighdeach ag éisteacht le gnúsacht na bhfear a gortaíodh. Bhí scata de na píléirí ar an mbóthar gan mórán moille agus gunna i lámh gach duine acu agus iad ag breathnú fúthu agus tharstu. Bhí cuid acu ag iarraidh foscadh a fháil ar fhaitíos go mbeadh gá leis agus bhí fear amháin ag bogadh na gcrann go bhfeicfeadh sé an bhféadfadh sé iad a ghlanadh i leataobh an bhóthair.

"Géilligí!" a deir Taidhgín in ard a chinn is a ghutha, "nó caithfidh sibh géilleadh pé olc nó maith libh é."

Bhí na fir a bhí leis ag béiceach ar an bpointe boise agus ag iarraidh a chur ina luí ar na píléirí go raibh na mílte acu ann. Bhí na gunnaí go fuaimneach ar an toirt agus na píléirí ag scaoileadh i dtreo na háite a raibh an glór ag tíocht as, ach bhí sé fánach acu.

Thit an ceannaire a bhí orthu agus thit seachtar eile nach raibh foscadh faighte acu in am agus lig cuid acu do na gunnaí a bhí acu sleamhnú as a lámha.

"Ní dhéanfaidh muid pioc dochair don té a dhéanfas géilleadh," arsa Brian Mac Diarmada, "na gunnaí atá uainn."

Bhí ciúnas ar an mbóthar ansin cé is moite de chneadaíl na bhfear gonta. Bhí na gunnaí dírithe i dtreo an bhóthair ag na hÓglaigh ach ní raibh duine ar bith ag scaoileadh, nó an oiread agus urchar ní raibh le cloisteáil. Bhí Taidhgín agus Brian ag moladh do na píléirí tíocht amach ar an mblár folamh, na lámha in airde go mbeadh seilbh acu féin ar na gunnaí, agus bhíodar le glacadh leis an gcomhairle.

Rinne na píléirí mar a ordaíodh dóibh agus tháinig na hÓglaigh amach agus ghlac seilbh ar na gunnaí, cúig cinn déag ar fad agus chuile shórt a bhain leo, púdar agus piléir san áireamh. Bhí na píléirí ar bheagán cainte, ach má bhí gunna i d'aghaidh ariamh aimsir chogaidh, a léitheoir, tuigfidh tú go soiléir nár mhilleán orthu sin.

Bhí trua ag Taidhgín do na fir a bhí gonta agus ba thrua le Críostaí ar bith iad. Shílfeá ag breathnú ar bheirt acu a bhí go han-dona go mbeidís ag dul os comhair an Bhreithimh Dhiaga nóiméad ar bith; ach b'fhéidir go mbeadh dul amú ort, mar dúirt an té a bhí ag freastal orthu gur a mhalairt de scéal ar fad a bheadh acu i gceann cúpla lá.

"Féach an scrios uafásach atá déanta againn anois," arsa

Taidhgín agus é mar a bheadh aiféala air, "agus níl sé ach ag tosnú. Is fíor gur míthaitneamhach an rud cogadh!"

"Ach céard mar gheall ar an scrios atá déanta ag lucht cosanta dlí Shasana in Éirinn?" arsa Brian Mac Diarmada. "Nach bhfuil an cine Gael beagnach scuabtha de dhroim an domhain acu?"

D'imigh na hÓglaigh i bhfolach i measc na gcrann a bhí go tiubh ar fud na páirce a bhí cóngarach dóibh, ach d'fhan Taidhgín agus Brian ar an mbóthar. Bhí Taidhgín le cúnamh a thabhairt do na píléirí leis na fir a goineadh a chur isteach sa ngluaisteán, ach dúradar go raibh a ndíol fear acu féin chun a dhéanta. Bhí triúr de na fir ag tíocht ar ais tar éis na gunnaí a bhí sa mbreis acu a thabhairt do na brathadóirí a bhí i bhfolach i measc na gcrann san ardán chúns bhí na fir eile ag troid.

Cloiseadh fead ón ardán, comhartha contúirte, pé ar bith contúirt a bhí ann. Ba ghearr go raibh a fhios acu, mar chualadar go soiléir anois torann na dtrucailí a bhí ag déanamh orthu aniar de luas gaoithe lá Márta.

Tráthúil go maith bhí triúr de na píléirí cóngarach don bhalla a bhí i leataobh an bhóthair, agus siar le Taidhgín agus Brian chucu agus bhíodar beirt taobh thiar den bhalla sula mbeadh ainm an Athar ráite agat. Bhí feadaíl na bpíléirí ó ghunnaí na nGall le cloisteáil os a gcionn ar an toirt agus fuaimneach uafásach a chuir creathadh ar chnoc is ar ghleann.

Bhí na hÓglaigh ag freagairt i bhfaiteadh na súl agus chuile dhuine den slua ag scaoileadh go dian. Bhí na Sasanaigh ag titim, cuid acu marbh, cuid acu gonta agus cuid acu ag creathadh le faitíos nach bhfuair piléar ar bith go fóill. Sheas an cath sin ar feadh trí huaire an chloig, na hÉireannaigh agus na Sasanaigh ag béiceach trasna dá chéile agus chuile thaobh ag iarraidh ar an taobh eile géilleadh; na Sasanaigh ag lua na mionn nuair nach raibh siad in ann bogadh a bhaint as na hÓglaigh. B'éigean do na Gaill teitheadh i dtreo na cathrach sa tráthnóna agus d'fhágadar ina ndiaidh chuile ghluaisteán agus trucail a bhí acu mar aon leis na daoine a bhí gonta.

Thit ciúnas ar an láthair gaile agus bhí smólach ag cur de anois ar cheann de na crainnte gar do láthair agus Taidhgín ina luí go foighdeach ag éisteacht leis an gceol a chuir aoibhneas ar a chroí. Cheap sé tamall roimhe sin go raibh a chnaipe déanta ach bhí a fhios aige anois go raibh na Sasanaigh glanta leo, mar chuala sé comhrá na bhfear a fágadh ina ndiaidh gonta agus dúradar go raibh slua láidir le tíocht lena dtabhairt don ospidéal i gceann tamaill.

"Is aoibhinn don éan sin," arsa Taidhgín le Brian, agus bhreathnaigh i dtreo na sceiche ina raibh an t-éan ag seinm, "agus is aoibhinn dúinn féin a thug na cosa slán linn inniu. Nár chuala tú duine de na buachaillí a rá anois go bhfuil chuile dhuine acu slán?"

"B'amhlaidh ab fhearr dhúinn a bheith ag gluaiseacht," arsa Brian. "Tá sé ina fhaitíos cráite orm nach bhfillfidh mórán de na buachaillí slán ón gcathair. An gcloiseann tú na gunnaí móra? Tá an-chuimse gunnaí móra ag na Sasanaigh agus is uafásach an scrios atá dhá dhéanamh anois acu."

D'imíodar i dtreo na bhfear eile agus d'ordaigh dóibh a bheith ag gluaiseacht ar ais don áit ina raibh na gunnaí i bhfolach acu cheana cúpla míle uaidh sin. Rinneadar amhlaidh, agus ba orthu a bhí an gliondar an oíche sin. Shílfeá nach bhféadfaidís a bheith chomh gliondrach dá mbeadh saoirse iomlán na hÉireann bainte amach.

"An ndearna tusa na gunnaí a chomhaireamh go cruinn beacht?" arsa Taidhgín le Brian sular chuireadar i bhfolach iad.

"Mo dhearmad!" arsa fear a bhí ag éisteacht, "thug mise ceann de na gunnaí a fuaireamar ó na píléirí do Mháirtín Ó Dálaigh a bhí ag tíocht ó Bhleá Cliath. Feictear dhom go raibh rud éicint cearr leis an ngluaisteán agus bhí sé mar a bheadh sé ag iarraidh deis a chur air cúpla nóiméad sular tháinig na saighdiúirí Gallda. Rinne mé dearmad glan air ó shin.

"Beartlaí Mac Aodha an t-ainm atá ortsa, an ea?" arsa Taidhgín, agus é ag breathnú ar an bhfear a labhair.

"Sea!" arsa Beartlaí, agus é fá imní an-mhór.

"Ar mhiste leat a thíocht in éindí liomsa agus an áit sin a thaispeáint dom?" arsa Taidhgín leis, "agus tig leat Conn Mac Eochadha a thabhairt leat, mura miste leis a thíocht."

"Rachaidh mise in éindí libh," arsa Brian Mac Diarmada, "agus tá beirt eile anseo a bheas liom mar cónaíonn siad cóngarach dhom."

D'imigh na fir eile ar a mbealach féin cé is moite den seisear atá luaite thuas. D'imigh cuid acu abhaile. Chodail cuid acu i scioból ar feadh na hoíche agus cuid eile i dtithe carad.

Ba ghearr go raibh an áit a d'ainmnigh Beartlaí bainte amach ag an seisear. Bhí an gluaisteán san áit chéanna a bhfaca Beartlaí cheana é ach bhí Máirtín ar iarraidh. Chuartaigh siad agus chuartaigh siad, agus cé nach raibh an oíche an-dorcha bhí sé a dhul rite leo Máirtín a fháil i dtosach, mar ní fhéadfaidís leas a bhaint as solas lampa nó fiú amháin cipín solais a lasadh. Ba chontúirteach an mhaise dóibh é mar b'fhéidir go mbeadh saighdiúirí an rí ag bualadh thart.

Chualadar glór duine cois claí tuairim is leathchéad slat ón mbóthar mór a dhul trasna na páirce dóibh. Rinneadar ceann ar aghaidh ar an áit a raibh an glór le cloisteáil ann agus cé a bheadh sínte cois claí ach Máirtín.

"Ní ligfeadh an faitíos dom labhairt," ar seisean, "ach d'aithníos blas Gaelach an fhir sin ón Iarthar agus theagmhaigh an dóchas le mo chroí."

"Tá tú ar fáil ar chaoi ar bith," arsa Taidhgín, "agus ní maith liom an riocht ina bhfuil tú anois!"

D'éagaoin na fir eile a lear le Máirtín ansin agus d'imigh beirt acu go teach feilméara a bhí gar do láthair agus fuair sínteán garbh ann, dréimire agus braillín. Thugadar go dtí an gluaisteán sínte ar an dréimire é, agus chuireadar isteach sa

gcúlsuíochán é, ach ní fhéadfaidís é sin a dhéanamh gan é a
ghortú go huafásach agus b'iomaí gnúsacht a bhaineadar as.

Isteach le Brian agus Taidhgín sa ngluaisteán agus rug
Brian ar an roth stiúrtha agus chuir deis ghluaiseachta air féin.

Ba ghearr go rabhadar ag gluaiseacht agus níorbh fhada go
raibh teach an dochtúra bainte amach acu agus bhí Máirtín os
comhair an dochtúra ar an toirt.

Rinne an dochtúir géarscrúdú air. Dúirt sé nach raibh
Máirtín chomh dona agus a bhí sé ag ceapadh nuair a leag sé
súil air i dtosach.

"Tá pílear amháin sa sliasaid," ar seisean, "agus sin a
bhfuil ann. Táim ionann is cinnte go mbeidh sé ar a chóir féin
arís i gceann cúpla mí ach ní mór dhó aire ar fheabhas a
thabhairt dhó féin más mian leis a bheith go maith ansin." Ba
mhilis le Máirtín focla an dochtúra ag an nóiméad sin mar
cheap sé go raibh a rása ar shéala a bheith rite i dtosach na
hoíche.

"Níl cnámh ar bith leat briste," arsa an dochtúir leis, "ach
caithfidh mé a admháil go bhfuil cuid de na féitheoga dona go
leor."

"Tá an t-ádh ceart críochnaithe i mo chaipín nuair a mhair
mé leis an scéal a inseacht ach deirtear go dtáinig duine
amháin ar a laghad slán as an gcogadh ba mhó ariamh. Ba é
an rud a shábháil anam dom gur talamh míchothrom ar fad a
bhí thart timpeall na háite ina raibh mé i mo luí tar éis an piléar
a fháil i mo shliasaid, mar bhí cúigear díobh ag scaoileadh
chugam agus ag iarraidh mé a chur den saol. Shílfeá gur duine
éicint a bhí ag treabhadh nó ag rómhar in aice na háite ina
rabhas, tá an talamh chomh réabtha sin acu. Dhíol an
tOifigeach go searbh as ar chaoi ar bith mar bhí seisean ag
déanamh orm agus é ag rith a raibh ina chnámha nuair a
scaoileas chuige, agus thit sé. Táim ionann agus cinnte go
bhfuil sé mín marbh cóngarach don bhóthar in aice na háite
inar thit mé féin, agus b'fhéidir go mb'fhiú do dhuine nó beirt

agaibh a dhul ar ais leis an ngluaisteán agus raidhfil a fháil."

"Bheadh sé thar a bheith contúireach," arsa Taidhgín, "ach rachaidh mé ar ais má thagann Brian, agus beidh tusa réidh le do thabhairt chuig teach Bhreathnaigh i gcomhair na hoíche, ach go mbeimid ar ais arís má éiríonn linn a dhul ann gan saighdiúirí Shasana ag bualadh thart ansin romhainn."

D'imigh an bheirt acu agus d'fhágadar an gluaisteán ar thaobh an bhóthair chúns bhíodar ag cuartú sa bpáirc. Fuaireadar an t-oifigeach marbh agus greim an fhir bháite ar a raidhfil aige.

"Is mór m'aiféala nár inis mé daoibh i dtosach go mbeadh raidhfil le fáil agaibh ansin ach b'amhlaidh a rinne mé dearmad glan ar chuid d'eachtraí an lae i ngeall ar an bpian uafásach a bhí ag goilleadh orm nuair a thóg sibh aníos mé," arsa Máirtín leo nuair a tháinig siad ar ais an oíche sin.

"Táimid thar a bheith buíoch díot gur inis tú dhúinn é ar chaoi ar bith," arsa Taidhgín, "agus is mór an lán atá déanta agat ar son na hÉireann ó bhreacadh an lae inniu, agus a chonách sin ort! Táim cinnte nach ndéanfaidh muintir do thíre dearmad ar do ghníomhartha uaisle. Beidh clú agus cáil ort lá is faide anonn ná inniu, agus is buaine cáil ná saol."

"Bhí a fhios agam gur oifigeach de chineál éicint a bhí do mo leanacht," arsa Máirtín, "mar b'eisean a bhí ag gríosú na bhfear agus ag iarraidh iad a thabhairt leis isteach sa bpáirc, ach coiscéim ní rachaidís leis. Bhí díol fir de mhisneach aige féin ar chuma ar bith. Go ndéana Dia grásta ar a anam!"

Rinne an Dochtúir Ó Maoilchiaráin gach arbh fhéidir leis do Mháirtín agus b'fhurasta a fheiceáil nach mbeadh sé chomh díocasach murach go raibh sé féin toilteanach a anam a íobairt ar son na cúise dá mbeadh gá leis.

Nuair a bhí obair an dochtúra críochnaithe i gcomhair na hoíche sin cuireadh Máirtín isteach sa ngluaisteán arís. Chuir Taidhgín fainic ar na hÓglaigh a bhí i láthair agus mhol dóibh a bheith san aireachas go ceann míosa ar a laghad. Mhínigh sé dóibh go raibh an chroch i ndán do chuid de na hÉireannaigh a bhí ag troid in aghaidh Shasana an lá sin agus mhol dóibh siúd a raibh a n-ainm i mbéil na ndaoine glanadh leo chomh fada as láthair agus a d'fhéadfaidís an oíche sin.

Bhí na buachaillí préachta leis an bhfuacht ina seasamh i lár an bhóthair os comhair theach an dochtúra amach agus ní dhearna Taidhgín mórán eile moille ach d'fhág slán agus beannacht acu go léir. Isteach leis sa ngluaisteán mar a raibh Brian ag fanacht leis mar níor mhaith leis a bheith ag coinneáil moille ar Bhrian i ngeall ar an bhfear a bhí in éindí leis, ach ba mhian leis a bheith socraithe in áit éicint i gcomhair na hoíche.

" 'Bhfuil tú ag aireachtáil níos fearr anois?" arsa Taidhgín leis.

"Tá athrú ar fheabhas tagtha orm anois," ar seisean. "Gheall Dia trócaire dhom! Míle moladh agus buíochas Dó féin!"

Ba ghearr go raibh fiche míle de bhóthar curtha díobh acu agus iad ag déanamh ceann ar aghaidh ar theach Bhreathnaigh i gContae na Mí, mar ar cuireadh na múrtha fáilte rompu.

"Bhí baint ag fear an tí le Conradh na Talún lá den saol, agus b'as Coillte Mach i gContae Mhaigh Eo ó cheart é, ach chaith sé tréimhse sna Stáit Aontaithe agus cheannaigh sé feilm talún i gContae na Mí tar és tíocht abhaile dó.

Teach íseal ceann slinne a bhí ag an mBreathnach, agus nuair a chnag Brian ar an doras agus mhínigh an scéal d'fhear an tí ba ghearr an mhoill airsean an lampa beag a lasadh agus iad a ligint isteach.

Bhí a fhios ag fear an tí go raibh an cath ar siúl sa gcathair ar feadh an lae agus bhí a chuid fola corraithe go mór nuair a d'inis fear as an gcomharsanacht dó é. B'fhearr leis cuid mhaith gunnaí a bheith aige féin agus troid a dhéanamh chomh maith le haon duine cé go raibh an daichead bliain scoite aige.

Duine deisiúil a bhí ann de réir cosúlachta agus caithfidh sé go raibh bean mhaith tí aige mar bhí chuile shórt ar deil sa teach, loinnir álainn ar shoithí agus troscán agus a raibh ann.

"Tá céad míle fáilte romhaibh," ar seisean le Taidhgín nuair a chuala sé gurbh ón iarthar dó, "agus an rud is fearr dá bhfuil agam ní mór liom é don té atá ag déanamh íobartha ar son na hÉireann. Tig libh fanacht ar feadh míosa nó ar feadh bliana más mian libh agus doicheall dá laghad ní bheidh romhaibh sa teach seo."

"Táimid thar a bheith buíoch díot," arsa Taidhgín, "agus go mba fada buan thú."

Chóirigh bean an tí leapacha dóibh agus tugadh isteach an té a bhí gonta, ach d'fhulaing Máirtín pian uafásach a fhad is a bhíothas dá thabhairt isteach. Ba ghearr ina dhiaidh sin go dtáinig iontú bisigh air, áfach, agus de réir gach cosúlachta ní bheadh sé rófhada go mbeadh sé ar a chóir féin arís.

Bhí Taidhgín chomh codlatach agus a bhí sé ariamh ina shaol an oíche sin agus d'fhéadfadh sé codladh a dhéanamh ar bhráca dá mbeadh gá leis, ach thug sé buíochas do Dhia na Glóire nach raibh go fóill ar chaoi ar bith, mar bhí díol rí de leaba faighte aige i gcomhair na hoíche.

Bhí Taidhgín agus Brian ina suí go moch agus thugadar isteach dochtúir a moladh dóibh an lá roimhe sin. Gheall seisean dóibh go ndéanfadh sé freastal ar Mháirtín chuile lá go mbeadh sé ina sheanléim arís.

"B'amhlaidh ab fhearr dúinn glanadh linn ar ais go Baile na hAbhann go bhfeicfimid cén bhail atá ar na buachaillí eile," arsa Brian nuair a bhí béile maith faighte acu agus socrú déanta maidir le Máirtín.

"Tá chuile sheans go bhfuil chuile shórt i gceart go fóill acu, ach b'fhéidir nár mhiste dúinn a dhul ar ais ó tharla an gluaisteán agat; ní thógfaidh sé i bhfad orainn."

Shocraíodar sa ngluaisteán iad féin agus d'imigh leo ar ais ag déanamh ar an sráidbhaile ina raibh cónaí ar Chlann Mhic Dhiarmada. Bhíodar ag gluaiseacht go sciobtha agus i bhfoisceacht trí mhíle den bhaile nuair a chonaiceadar chucu beirt fhear ag rothaíocht. Mhaolaigh Brian sa ngluaiseacht agus thuirling an bheirt de na rothair agus thug comhartha dó. Ní fhéadfadh sé seasamh go ndeachaigh sé tharstu amach, ach a luaithe agus a chuir sé cosc leis an ngluaisteán d'fhan sé go dtáinigeadar chuige agus chuir caint air féin agus ar Thaidhgín. D'aithnigh sé ar an bpointe boise iad mar b'as Baile na hAbhann dóibh beirt agus bhaineadar leis na hÓglaigh.

"Tá an baile beo le saighdiúirí Shasana agus chuile theach dá chuartú acu nach mór. Tá íde uafásach i ndán daoibh má théann sibh isteach mar tá na príosúnaigh atá acu i riocht báis cheana féin. Tá Beairic na Páirce Móire lán go doras leo, agus Teach na Cúirte, agus halla an bhaile mhóir ina seilbh chomh maith céanna. Is iontach a bhfuil de mhálaí gainimh thart timpeall na beairice acu mar bhíodar ag obair le fáinne na fuiseoige ar maidin inniu."

"An bhfuil na buachaillí glanta leo as an áit?" arsa Taidhgín le duine ach agus é faoi imní de réir a chosúlachta.

"Is beag duine acu atá fágtha," arsa an tÓglach dá fhreagairt, "mar tá a bhformhór imithe ó aréir go dtí na háiteacha iargúlta ina mbeidh fáilte agus fiche rompu ag muintir na tuaithe."

D'fhágadar slán agus beannacht ag an mbeirt a bhí ag rothaíocht agus ar ais leo arís go Contae na Mí mar ar fhan an bheirt acu go ceann deich lá sa gcomharsanacht ina raibh Máirtín fágtha acu.

Bhí nuaíocht ón gcathair chuile lá acu, agus b'uafásach iad na scéalta a bhí le n-aithris ag muintir na háite. Rinne cuid acu tagairt do na scéalta a léigh siad sna páipéirí nuaíochta, agus dúirt corrdhuine acu go mba cheart chuile dhuine de na hÓglaigh a chur chun báis, ach bhí formhór na ndaoine a raibh a mhalairt de scéal ar fad acu.

Tharla go raibh Taidhgín agus Brian ar cuairt i dteach Bhreathnaigh lá amháin nuair a tháinig teachtaire chucu a rá leo go raibh Dónall Ó Cléirigh le cuairt a thabhairt orthu an oíche sin go cinnte.

Dónall Ó Cléirigh

Ní raibh mórán den oíche caite nuair a chnag Dónall ar dhoras Tigh Bhreathnaigh agus thug a ainm don té a cheistigh ag an doras é. Ligeadh isteach é agus fearadh na múrtha fáilte roimhe; shílfeá gur ar ais ó Thír na nÓg a tháinig sé i dtosach nuair a sheas sé ar an urlár.

Fear mór, láidir, cairdiúil, stuama ba ea Dónall. Ba leasc leis mórán a rá go fóill maidir le n-imeachtaí na seachtaine roimhe sin. Shílfeá go raibh sé tuirseach agus go raibh rud éicint ag déanamh imní dó. Cheistigh Taidhgín go healaíonta sa deireadh é agus nochtaigh sé a chuid smaointe.

"Cén chaoi ar éirigh leat do chosa a thabhairt slán as an gcathair amach?" ar seisean. "Gabhadh chuile dhuine agaibh nár maraíodh, má b'fhíor do na páipéirí laethúla agus scéalta na ndaoine."

Tháinig Máirtín amach ón seomra ina raibh sé agus chroith lámh le Dónall. Bhí sé in ann siúl anois, ach mhol an dochtúir dó fanacht socair go ceann tamaill eile. Chuir sé cluas air fein nuair a thosnaigh Dónall ag cur caoi ar imeachtaí na seachtaine roimhe sin agus an bealach a d'éirigh dó féin.

"B'amhlaidh a tharla dhomsa na cosa a thabhairt slán liom," arsa Dónall, "chuir na Sasanaigh ging sa líne ina rabhas ag troid an tríú lá, agus maraíodh a raibh in éindí liom cé is moite de bheirt. Bhí na tithe ina rabhamar fré thine agus b'éigean dúinn glanadh linn, ach ba ghearr go rabhamar gafa amú tar éis a bheith ag gluaiseacht faoi na ceathanna piléar ar feadh na hoíche."

"Tráthúil go maith bhíomar ar imeall na cathrach le briseadh an lae agus caoi éalaithe againn. Rinneamar troid ar feadh na hoíche chuile uair a bhí gá chun a dhéanta agus ba mhinic a bhí. Ní raibh an oiread agus piléar amháin fágtha ar maidin againn, agus thánamar ar ais de shiúl cos, cé go raibh gluaisteán againn a dhul dúinn."

"Bhí Tomás Ó Móráin agus Éamann Mac Domhnaill (an bheirt a bhí in éindí liom) ag iarraidh a dhul isteach go lár na cathrach arís le hiarracht a dhéanamh na buachaillí eile a bhaint amach agus leanacht leis an troid go bhfaighidís bás, ach ní ligfinn dóibh a dhéanamh."

"Tá Sasanaigh cuid mhaith ar lár de bharr troda na seachtaine sin, pé ar bith rud a déarfas na páipéirí nuaíochta. Bhíodar ag titim go tiubh an chéad chúpla lá, ach bhí oiread sin díobh ag tíocht ó Shasana go raibh sluaite acu thart timpeall orainn sa deireadh."

"Maraíodh Liam Ó Donnchadha agus is mór an scéal a bhás! Goineadh é an dara lá, agus cé nach raibh tarraingt na gcos ann lean sé leis an troid ar feadh an lae. Ní ligfeadh sé do na buachaillí é a thabhairt leo nuair a bhíodar ag teitheadh ón teach ina raibh sé, agus is éard a dúirt sé go mbeadh a dhá dhíol le déanamh ag chuile dhuine acu é féin a thabhairt slán gan bacadh le fear a bhí gar do bheith caillte cheana féin."

"Tháinig scata de shaighdiúirí Shasana go dtí an doras in aice na háite ina raibh Liam sínte gan duine ar bith leis. Scaoil sé leo agus mharaigh cuid acu, agus bhí a raibh fágtha ag teitheadh ar an toirt. Tháinig slua mór acu ar ais i gceann tamaill agus mharaigh siad Liam sa deireadh nuair a bhí ceann amháin den teach ina raibh sé fré dhearglasadh acu. Duine acu féin a bhí ag déanamh iontais de chalmacht an fhir a mharaíodar a d'inis an scéal cúpla lá ina dhiaidh sin."

Bhí Taidhgín agus a raibh i láthair corraithe go mór ar chloisteáil an scéil sin dóibh, ach má bhí fonn orthu rud éicint a dhéanamh bheadh orthu fanacht go foighdeach go bhfaighidís deis chun a dhéanta. Bhí an cara ab fhearr a bhí ag Taidhgín sa taobh sin tíre ar shlí na fírinne anois agus má bhí cumha air i ndiaidh an fhir a thaithnigh chomh mór sin leis cér mhilleán sin dó?

Dúirt Dónall Ó Cléirigh go raibh Máirtín rófhada sa teach sin acu agus go rabhadar faoi chomaoin mhór ag muintir an tí. Mhol sé do Bhrian é a athrú go teach éicint eile nach mbeadh cóngarach do na píléirí nó a lucht leanúna. Dúirt an Breathnach go raibh sé féin toilteanach é a choinneáil go ceann bliana dá mbeadh gá leis. D'fhág Dónall agus Taidhgín slán agus beannacht ag a raibh i láthair ansin mar thug Dónall comhartha do Thaidhgín a thíocht leis roimhe sin.

"Chuala mé," ar seisean, "go raibh tusa ag caint ar imeacht go Londain tá sé mhí ó shin ann agus mholfainn duit a dhul ann anois mar beidh do mhuintir ag súil le scéal uait agus b'fhéidir go mbeidís ag súil le hairgead uait? Tá an cogadh thart go ceann tamaill, go ceann cúpla bliain, b'fhéidir. Is beag duine de na taoisigh nár crochadh, nó nár cuireadh chun báis, nó nach bhfuil i bpríosún faoi seo, ach fadaíodh tine in Éirinn nach múchfar go mbeidh Éire saor ó fharraige go farraige.

"Bhéarfaidh mé seoladh áite duit ina bhfaighidh tú cuid dár gcairde agus bhéarfaidh mé litir aitheantais dhuit do dhuine acu. Cuirfidh siad ar an eolas thú, agus tá chuile sheans go mbeidh siad in ann obair de chineál éicint a fháil duit. Táim cinnte go dtabharfaidh tú lámh chúnta dóibh le gunnaí a sholáthar, má iarrtar ort a dhéanamh, mar tá na mílte fear in Éirinn ar bís anois ag fanacht le gunnaí. Deirtear gur fearr stuaim ná neart go fóill, ach i dteannta a chéile is fearr iad, a dhuine chóir. Déan a mbeidh le déanamh agat chomh héifeachtach agus is féidir leat má théann tú ann."

"Ba é an rúd céanna a bhí fúm a dhéanamh, imeacht go Sasana, agus b'fhéidir níos faide amach anseo," arsa Taidhgín. "Tá mian na fánaíochta ó nádúr ionam, agus ba mhian liom dhul go Meiriceá uair éicint; ach dearmad ní dhéanfaidh mé choíche ar mhuintir mo thíre, nó ar eachtraí na seachtaine seo caite. Maidir le mo mhuintir féin níl m'athair ar fónamh agus mise an duine is sine den chlann; tá seachtar againn ann. Tá sé a dhul rite leo sa mbaile greim agus blogam agus ciomacha éadaí a sholáthar dóibh féin ó bualadh tinn m'athair, agus ba mhian liom cabhrú leo, ach bhí sé ceaptha agam tusa a cheadú i dtosach."

"Mhínigh Peadar Ó Donnchadha an scéal dom," arsa Dónall, "ach ní fhéadfá a dhul ar ais chuige, mar is beag lá anois nach dtugann na píléirí cuairt ar theach Pheadair ar do thóir."

"Rachaidh mé go Sasana amáireach," arsa Taidhgín, "pé ar bith rud atá ag Dia faoi mo chomhair ina dhiaidh sin. B'fhearr liom go mór fanacht in Éirinn, ach ní fhéadfainn sin a dhéanamh go fóill, agus an rud nach bhfuil leigheas air foighde is fearr. Ach is mian liom cuairt a thabhairt ar Pheadar Ó Donnchadha agus ar chlann Mhic Dhiarmada anocht más féidir a dhéanamh."

"Tá go maith," arsa Dónall, "rachaidh mé in éindí leat."

D'imigh leo, agus ní mórán le míle a bhí siúlta acu nuair a tháinig carr cliathánach suas leo ar an mbóthar agus d'iarr siad ar an tiománaí marcaíocht a thabhairt dóibh. Rinne sé amhlaidh mar ní raibh ach duine amháin sa gcarr aige. Thug sé seacht míle bealaigh iad agus thairg Dónall airgead dó nuair a bhíodar ag scaradh leis, ach an oiread is pingin ní ghlacfadh sé uaidh. Ghabhadar buíochas leis ansin agus chuir píosa fada de bhóthar díobh de shiúl na gcos nó gur bhaineadar teach Pheadair amach.

Bhí Peadar ag bualadh thart amuigh sa tsráid agus na buachaillí aimsire i gcró na mbó ag bleán. Chuir sé fáilte rompu agus thug isteach chuig an teach iad mar a raibh an mháthair ina suí in aice na tine agus í bán-aghaidheach caite. Bhris an gol uirthi nuair a d'éagaoin Taidhgín a lear léi.

"Cár fhág tú Liam an lá sin?" ar sise, "nó cén fáth nár thug tú ar ais slán chugam mo mhac grámhar féin? Ní fhéadfá a dhéanamh, is dócha!"

Chaoin sí a raibh ina ceann agus bhí sé fánach acu a bheith ag iarraidh foighde a chur inti. Ní dhearnadar mórán moille, mar bhíodar le cuairt a thabhairt ar theach eile agus lóistín a sholáthar dóibh féin i gcomhair na hoíche. Bhí roinnt airgid a dhul do Thaidhgín agus thug Peadar dhó é, agus punt sa mbreis. D'inis Taidhgín dóibh go raibh sé le n-imeacht go Sasana ar maidin agus d'fhág slán agus beannacht acu ansin.

"Meas tú an raibh Máire sa teach?" arsa Taidhgín nuair a bhíodar imithe céad slat ón teach agus iad a dhul don sráidbhaile.

"Feictear dhom nach raibh," arsa Dónall, "nár chuala mé go raibh sí sa gcathair."

Ba ghearr go raibh teach Mhic Dhiarmada bainte amach acu, agus ba í Eibhlín a d'oscail an doras dóibh. Chuir sí céad míle fáilte rompu agus chuir in aithne dá muintir iad.

"An bhfaca sibh Brian le déanaí?" arsa Bean Mhic Dhiarmada, agus imní cuid mhaith uirthi.

"Bhí mise in éindí leis go dtí inniu ón lá ar imigh sé uaibh," arsa Taidhgín. "Tá an tsláinte ar fheabhas aige agus cuma na maitheasa air i gcónaí. Mhol sé dhom cuairt a thabhairt oraibh agus a rá libh go bhfuil sé go maith agus go mbeidh sé ar ais i gceann seachtaine le cuairt a thabhairt oraibh."

B'álainn le Taidhgín an seomra suí ina rabhadar. Bhí Tomás Mac Diarmada, fear stuama meánaosta, ina shuí ar a chathaoir shócúlach, agus é ag breathnú ar an mbeirt a tháinig isteach.

"Cén scéal atá ag na daoine sa taobh seo tíre le coicís anuas?" arsa Dónall le hathair Bhriain.

"Le lomchlár na fírinne a nochtadh dhuit, tá cuid acu ag léimneach as a gcraiceann le teann gliondair agus lánsásta go raibh sé de mhisneach ag Éireannaigh an lae inniu buille a bhualadh ar son na saoirse, ach tá slua mór acu thart timpeall na háite seo a bhfuil a mhalairt de scéal ar fad acu."

"Cé hiad féin?" arsa Dónall agus meangadh gáirí air. "Daoine a tháinig anseo leis na creachadóirí Gallda, an ea?" "Sea!" a deir Tomás, "agus daoine a bhfuil cuid acu níos Gaelaí ná na Gaeil iad féin anois, agus daoine eile a shíolraigh ó scoth na nGael ach nach dtuigeann an scéal anois i ngeall ar oideachas Gallda. Bhíos ag éisteacht le Seán de Bláca ag tromaíocht oraibh ag an aonach an lá cheana. Bhí garmhac leis féin (Séamas de Bláca) ag troid in éindí libh; ach ní dhéanfadh Seán beannú sa gcosán dó anois. Deir sé go bhfuil tráchtáil na tíre scriosta agus go bhfuil airgead cuid mhaith caillte ag cuid de na daoine."

"An ndúirt sé," arsa Taidhgín, "gur mór an chaill don tír na taoisigh uaisle a cuireadh chun báis?"

"Ba bheag an baol air," arsa Tomás, "ach dúirt sé nár thuig sé cén fáth nár daoradh chun na croiche scata eile de na daoine atá i bpríosún ag an rialtas."

"Beidh tráchtáil na tíre seacht n-uaire níos fearr ná mar a bhí sé ariamh," arsa Taidhgín, "ach a mbeidh saoirse iomlán na hÉireann bainte amach againn; ach ní mór an neart gan ceart a chloí agus ní mór an ceart ina cheart a bheith suite. Maidir le Seán de Bláca ní thabharfainn mórán airde air sin. Tá réimse mór talún aige agus bulláin ramhra go cluasa i bhféar ann – agus na mílte punt sa mbanc aige. A scéal féin scéal gach duine agus scéal Sheáin an t-airgead."

Labhair an mháthair i gcogar le hEibhlín agus d'iarr uirthi tae a thabhairt dóibh. Ba ghearr go raibh an bord leagtha aici agus tae, arán, uibheacha agus bagún do chuile dhuine acu.

"Teann isteach chuig an mbord anois," ar sise, "agus bíodh sibh ag ithe."

"Tá díol seachtaine de bhia anseo romhainn," arsa Dónall.

Shuigh Tomás ag ceann an bhoird agus d'iarr ar Thaidhgín teannadh isteach agus rinne sé amhlaidh, cé go raibh sé cúthail go leor i dtosach. Shílfeá gur mó fonn cainte ná fonn ite a bhí orthu, cé nach ndearnadar mórán de cheachtar acu. D'éirigh

139

Dónall agus Taidhgín ón mbord agus d'altaigh a gcuid bia taobh istigh de chúpla nóiméad.

Thug Bean Mhic Dhiarmada scaball agus buidéilín uisce coisricthe do Thaidhgín nuair a chuala sí go raibh sé le n-imeacht as an tír ar maidin.

Labhair Eibhlín leis agus dúirt os íseal go raibh súil aici nach ndéanfadh sé dearmad scríobh chuig corrdhuine de mhuintir na háite chúns a bheadh sé thall.

"Ná bíodh ionadh ort féin má fhaigheann tú scéal uaim sula dtaga mé ar ais," ar seisean agus bhreathnaigh sna súile uirthi go ceisteach.

"Tá go maith," ar sise.

"Go dtuga Dia slán go ceann cúrsa thú!" D'fhág Taidhgín agus Dónall slán agus beannacht ag muintir an tí ansin agus d'imigh leo.

Bhí trí mhíle le dul acu de shiúl cos go dtí an teach a d'ainmnigh Dónall, teach ina mbeidís slán ó chuile chontúirt, chomh fada lena bharúil, go maidin. Áit chiúin a bhí suite tuairim is míle ón mbóthar mór agus muintir na háite sin dílis do Shasana ba ea an áit a bhí tofa ag Dónall.

"Tá chuile sheans go bhfuil muintir an tí ina gcodladh," ar seisean nuair a bhíodar cóngarach don teach. "Ní fheicim solas ar bith. Níor cheap me ariamh go raibh sé de nós ag Seán de Móinbhíol an leaba a thabhairt air féin chomh luath seo san oíche agus níor mhaith liom a dhúiseacht anois."

"Ó tharla an bheirt againn tuirseach," arsa Taidhgín, "b'amhlaidh ab fhearr dhúinn codladh a dhéanamh sa scioból i gcomhair na hoíche."

Bhaineadar an lúb den doras agus isteach leo. Tráthúil go maith bhí tuí ar an urlár agus ní bheadh orthu codladh a dhéanamh ar na cláracha loma. Ba ghearr go rabhadar sínte ar an tuí, ach tionnúr níor tháinig ar a súile go ceann tamaill, mar bhí an oíche fuar agus cam-ghaoth ag tíocht isteach fré shiúntaí an dorais. B'fhéidir gur garbhshíon na gcuach a bhí ann, ach bhí an oíche níos fuaire ná mar a cheapadar i dtosach ar chaoi ar bith, agus ní raibh an tuí saor ó fhliuchras ach oiread.

Phreab an bheirt acu ar a gcosa agus thosnaigh ag léimneach ar fud an urláir agus thosnaigh Taidhgín ag amhránaíocht nuair a bhí a chuid fola ag gluaiseacht go sciobtha ina chuisleacha aige, ach shásaigh véarsa gearr amháin é. Fuair sé gabháil tuí agus d'fhág ag an doras í agus chlúdaigh a chosa leis an tuí sin agus luigh siar arís.

"Slán codlata agat," arsa Dónall leis.

"Go mba amhlaidh dhuit," ar seisean, "agus má tá do chosa fuar, (agus sílim nach bhféadfaidís gan a bheith) tig leat iad a chur i bhfolach sa tuí seo."

"Is é an rud céanna a dhéanfas mé," arsa Dónall, "agus déanfaidh mé codladh an babhta seo."

Thit a gcodladh ar an mbeirt acu ansin agus níor airíodar fuacht nó buaireamh an tsaoil go dtí a deich a chlog ar maidin. D'éirigh an bheirt acu ansin agus iad thar a bheith sásta leis an gcodladh breá a bhí acu.

"Cuir ort," arsa Dónall, "agus tar isteach chuig an teach. Col seisir le m'athair fear an tí, agus tá an mac is sine leis san R.I.C. Daoine cneasta iad, chuile dhuine acu, agus chuireadar scéal chugam an lá cheana a rá liom bualadh isteach uair ar bith a dteastódh béile uaim is mé sa gcomharsanacht."

"An té a bhíonns ag magadh bíonn a leath faoi féin," arsa Taidhgín go crosta.

"Tá lomchlár na fírinne ina bhfuilim a rá," arsa Dónall. "Bhí mise agus mac an fhir sin chomh mór le chéile lá den saol agus tá an capall bán agus an chruach fhéir. Ní raibh ann ach é féin agus mé féin; ach níor mhaith liom a mholadh don diabhal bocht an chulaith atá air a dhó, mar tá muirín lag air, agus ní fhéadfaimid pá ar bith a thabhairt dó san arm ina bhfuilimid dá dtagadh sé linn."

Isteach le Dónall ar an bpointe agus Taidhgín dá leanacht. Bhí fáilte agus fiche rompu ag fear an tí agus a bhean, ach ní raibh duine ar bith de na daoine óga sa teach. Chuir Dónall agus Taidhgín boslach ar an n-éadan agus bhí béile breá leagtha rompu i gceann cúpla nóiméid.

"Bhíos ag iarraidh a dhul isteach sa scioból ar maidin," arsa Seán de Móinbhíol ach ní fhéadfainn an doras a oscailt. Bhreathnaíos isteach fré shiúntaí an dorais agus d'aithnigh mé Dónall chomh luath agus a leag mé súil air."

"Is mór an díol trua sibh!" arsa bean an tí, "agus ní hamháin sibh féin ach na máithreacha a thug ar an saol sibh."

Ní mórán cainte a rinne na buachaillí an mhaidin sin ach a ithe béile maith agus d'éirigh le n-imeacht ansin.

"Táimid thar a bheith buíoch díobh," arsa Dónall.

"Tá fáilte romhaibh," arsa Seán, "agus is amhlaidh a bheas má thagann sibh arís."

D'fhágadar slán agus beannacht ag muintir an tí tar éis buíochas a ghabháil leo, agus ba ghearr go raibh an bóthar mór bainte amach acu. Níorbh fhada ann dóibh go bhfuaireadar gluaisteán a dhul i dtreo na cathrach agus lig an tiománaí isteach iad, mar ní raibh ach fear amháin sa ngluaisteán leis.

Ní dheachaigh Dónall thar cúpla míle nuair a tháinig sé amach ar an mbóthar le cead an tiománaí agus chroith Taidhgín lámh leis go suáilceach cairdiúil.

"Beannacht leat!" ar seisean, "agus feicfidh mé arís thú lá is faide anonn ná inniu."

"Go soirbhí Dia dhuit," arsa Dónall, "agus go dtuga sé slán go ceann cúrsa thú!"

"Go dtuga Dia toradh do ghuí dhuit," arsa an tiománaí os íseal.

"Tá aithne mhaith agat ar Dhónall?" arsa Taidhgín leis nuair a thosnaíodar ag gluaiseacht arís.

"Tá togha na haithne agam air agus ar a mhuintir. Duine geanúil é Dónall agus m'anam go raibh sé d'fhuil is de dhúchas ann a bheith go maith."

"An bhfuil aithne agat ar Bhrian Mac Diarmada agus a

mhuintir?" arsa Taidhgín. "Is fada ó chuir mé aithne orthu," ar seisean, "agus níl a shárú ann ó thaobh cneastachta de." Bhí cara liom an-mhór le hEibhlín ach níl a fhios agam go barainneach cén chaoi a bhfuil an scéal acu anois. Ní raibh sé ina diaidh i dtosach na bliana ar chaoi ar bith. Ceannaitheoir eallaigh é agus duine deisiúil."

Bhí Taidhgín ag cur i gcéill nach raibh suim dá laghad aige sa gcuid sin den scéal. Shílfeá nár chrá croí leis é pé ar bith é. Níorbh fhada go rabhadar sa gcathair, agus ag gluaiseacht go dtí an cuan. Sheas an gluaisteán agus d'fhiafraigh Taidhgín d'fhear ard a bhí cóngarach dó cá fhad go mbeadh an long ag gluaiseacht.

"Ní bheidh sí ag imeacht go ceann uair an chloig nó mar sin," arsa an fear.

Thairg Taidhgín airgead don tiománaí ansin ach pingin ní ghlacfadh sé uaidh.

"Cara liom Dónall," ar seisean, agus mhínigh sé an scéal ar bheagán focal.

"Ar mhiste leat bualadh isteach go mbeidh deoch againn mar sin?" arsa Taidhgín.

"Níor mhiste," ar seisean, "cara a thabharfadh dhom í."

Shiúladar rud beag le cois ceád slat go dtí an teach ósta ba ghaire do láthair agus isteach leo. Bhí fear ramhar beathaithe ag freastal ar a raibh istigh rompu. Rachadh sé rite le duine a ghuth féin a chloisteáil lena raibh de ghleo a bhí ar siúl ag triúr a bhí ar meisce nó ag cur i gcéill a bheith. Bhí Taidhgín ag éisteacht leo ar feadh tamaill nó gur chráigh siad go smior é, agus níor thóg sé i bhfad orthu sin a dhéanamh. Buidéal leann dubh a cheannaigh sé don tiománaí agus fuair ceann de na deochanna neamhmheisciúla dó féin.

"Coiscéim ní rachainn leat," arsa an tiománaí, "ach cheapas go mbeadh deoch níor láidre ná sin agat."

"Gheall mé go bhfanfainn glan ar dheochanna meisciúla nuair a bhíos faoi lámh Easpaig," arsa Taidhgín os íseal, "agus tá sé ceaptha agam gan deoch mheisciúil a bhlaiseadh go ceann deich mbliana. Smaoiníos ar an gcaoi a chuir an teach óil cuid de mo mhuintir féin agus na sluaite de mhuintir mo thíre ar bhealach a mbasctha, agus ní beag sin."

Ní fhéadfaidís gan éisteacht le comhrá na bhfear a bhí thart timpeall orthu. Bhí cuid acu ag cáineadh na Sasanach agus ag cur caoi ar an scrios a rinneadh leo ina gcathair le déanaí, cuid eile acu dá moladh, a chomharthaí catha féin ar scéal gach duine acu.

Amach le Taidhgín agus d'fhág slán ag an tiománaí, agus fiche nóimeád ina dhiaidh sin bhí ticéad faighte aige, a phacáiste íoctha go Londain agus é ar bord loinge.

Líon a chroí d'aoibhneas nuair a leag sé cos ar an long sin, ach ní fhéadfadh sé a mhíniú go barainneach cén fáth ar tháinig gliondar croí mar sin air. B'fhéidir gur cheap sé go raibh sé saor ó na síothmhaoir a bhí dá thóraíocht, mian na fánaíochta ba dhual don chine Gael b'fhéidir, nó arbh amhlaidh a shíolraigh sé ó dhaoine a rugadh ar bord loinge agus gur cuireadh aoibhneas ar a chroí anois mar gheall air sin?

Tháinig scata fear ar bord agus cheap Taidhgín go raibh a bhformhór níos óige ná é féin, ach bhí seanfhondúirí ina measc a d'imigh go Sasana an tráth sin den bhliain go mion agus go minic cheana. Ní bhailíonn cloch reatha caonach agus ní raibh aon chosúlacht ar na fir chéanna go rabhadar ar rothaí órga an tsaoil go fóill, ach a mhalairt ar fad de chosúlacht a bhí orthu mar bhíodar gléasta go suarach cé is moite de chorrdhuine acu. Shílfeá go raibh briseadh croí ar chuid acu, an ceol imithe as a saol, agus díomua uafásach ag goilleadh orthu ag druidim leis an uaigh dóibh.

Bhí mná agus páistí cuid mhaith ar bord agus scata de chailíní óga meidhreacha, agus ní ar laethanta saoire a bhí ceachtar acu a dhul, ach anonn go Sasana le slí bheatha a bhaint amach dóibh féin.

Bhí buachaill óg ina sheasamh cóngarach do Thaidhgín, agus cheap sé go bhfaca sé cheana é, ach ní fhéadfadh sé a rá cén áit nó cén uair. Fánadóir simplí gan fuinneamh gan spreacadh a bhí ann, agus burla de sheanéadaigh faoina ascaill aige. Ní raibh mórán suime aige ina raibh thart timpeall air agus shílfeá gur buachaill uaigneach a bhí ann gan duine ar bith ag cur chuige nó uaidh ón am a bhfuair sé an ticéad a dhul ar bord na loinge dó deich nóiméad roimhe sin.

Bheannaigh Taidhgín dó agus d'fhreagair sé go blasta i gcanúint an Iarthair agus bhí draíocht éicint sa gcanúint sin a chuir aoibhneas ar chroí an té a bheannaigh dó mar níor chuala sé a leithéid ó d'imigh Seán Ó Máille uaidh.

Is ar éigean gur airigh Taidhgín an long ag gluaiseacht lena raibh de shuim aige sa mbuachaill eile go bhfaca sé daoine ag croitheadh bratacha beaga leis an muintir a d'fhan ar an talamh ina ndiaidh.

"Cér díobh thú?" arsa Taidhgín leis, "mar feictear dom go bhfuil a fhios agam cérb as duit cheana féin."

"De na Brianaigh mé," ar seisean, "agus is as Baile an Róba dom."

"Tá gaolta cuid mhaith den ainm sin agam féin," arsa Taidhgín, "ach níl aithne agam ar a leath go fóill."

"'Bhfuil tú a dhul go Manchain?" arsa an Brianach, "nó an bhfuil gaolta agat thall?"

"Go Londain atáim a dhul agus níl gaolta ar bith agam sa gcathair sin," arsa Taidhgín.

Thosnaigh an Brianach ansin ag cur caoi ar imeachtaí an Iarthair agus bhí aithne aige ar ghaolta Thaidhgín a bhí ina gcónaí ar an taobh ó dheas den bhaile. Bhí cuid de ghaolta Thaidhgín gaolmhar leis agus cruthaíodh sa deireadh gur chol seisir le Taidhgín a bhí ann.

"Maraíodh m'athair i Sasana," ar seisean, "nuair a bhíos an-óg, agus bhí triúr againn ann. Tá Eoghan agus Séamas (an bheirt níos sine ná mise) i Sasana le cúig bliana anuas, ach níor scríobh ceachtar ag mo mháthair ó d'imíodar. Ní dheachaigh ceachtar chuig an scoil cé is moite de chúpla mí sa ngeimhreadh mar bhídís ag obair ar an talamh. Gabháltas beag portaigh atá againn, agus tá an scéal go dona againn ó cailleadh m'athair, cé go rabhamar deisiúil go leor roimhe sin. Deirtí sa gcomharsanacht go ndearna seisean an goradh agus an téamh ach gur lig na buachaillí dó fuarú."

Shiúil Taidhgín trasna an urláir le breathnú amach ar na tonntracha ansin ach bhí an fharraige ag ardú go huafásach agus thosnaigh an long ag luascadh. Rinne an Brianach iarracht é a leanacht, agus an burla dá iompar aige, ach sciorr na cosa uaidh agus fágadh sínte ar fhleasc a dhroma é. Bhí daoine cuid mhaith ag cur múisce faoin am seo agus thosnaigh an Brianach chomh maith le duine, mar ghoill an radharc air nuair a chonaic sé a raibh tinn thart timpeall air.

"Cos ní leagfaidh mé ar long arís go deo," ar seisean, "agus má éiríonn liom an talamh a bhaint amach inniu nó anocht fanfaidh mé ar an talamh."

Bhí an sáile ag tíocht isteach agus níor mhaith le Taidhgín fanacht in uachtar níos faide. Bhí sé a dhul go dtí an cábán nuair a d'airigh sé boladh míthaitneamhach bia agus bhuail tinneas farraige é ar an toirt, ach bhí an spiorad níos fearr aige ná mar a bhí ag an bhfear eile agus ba ghearr go raibh sé ag amhránaíocht agus dearmad déanta aige ar an tinneas.

Bhí a lán daoine ar an long sin nach ndearna turas farraige ariamh roimhe sin agus bhí cuid acu ag déanamh iontais den ghála uafásach a bhí ar siúl. Tharla go raibh mairnéalach mór buí-chraicneach ag éisteacht leis an gcaint a bhí ar siúl acu agus chuir sé trasnaíocht orthu ar an bpointe. B'fhéidir go raibh braon thar a cheart ólta aige, ach bhí a fhios aige go rímhaith gur minic a chonaic an fharraige níos gairbhe, agus clamhsán ní dhearna sé.

"Is iondúil," ar seisean, "go mbíonn an fharraige garbh ar an taobh seo den domhan, ach is annamh a bhíonns lá níos ciúine nó níos bréatha ná mar a bhí sí inniu."

"Is gearr go mbeidh muid a dhul i dtír anois," arsa duine eile de na mná a bhí thall go minic roimhe sin.

"Go dtuga Dia dhúinn!" arsa an bhean ba ghaire di, "mar is mé atá tuirseach den fharraige cheana féin."

"Níorbh fhada gur bhuaileadar tír agus talamh ar thalamh na Breataine Bige, agus d'fhág Taidhgín slán ag an mBrianach a bhí a dhul soir ó thuaidh. D'imigh sé féin ar thraein a bhí a dhul soir ó dheas. Is mór an lán daoine a bhí ar an traein sin agus shílfeá ag breathnú orthu go raibh gnaithe tábhachtach idir lámha ag chuile dhuine acu agus go mba mhaith leo ceann cúrsa a bhaint amach gan mórán moille. Bhí Taidhgín ag breathnú orthu go grinn is go géar agus é ina luí siar sa suíochán agus ticéad ina lámh aige.

Taidhgín i nDeoraíocht ó Éirinn

Ní móide go bhfuair Taidhgín a dhíol codlata sa scioból an oíche dheireanach a chaith sé ar thalamh a shinsir roimh imeacht go Sasana dó. Thit a chodladh air sa traein sula raibh mórán den turas go Londain déanta aige. Chuimhnigh sé gur dúisíodh é agus nuair a scrúdaíodh an ticéad a bhí aige dúradh leis go raibh sé leath bealaigh agus go bhfaigheadh sé traein eile ar ardán uimhir a cúig. Bhain sé an t-ardán sin amach agus ní fhaca sé an oiread daoine cruinnithe le chéile ó rugadh é agus a bhí ansin os a chomhair, ach ní raibh Éireannaigh ar bith le feiceáil ina measc. Ní mó ná sásta a bhí Taidhgín leis an gcaoi a raibh an scéal.

Bhí sé ar tí a dhul isteach i gcarráiste den chéad rang – dearmad den chineál a níos fear oibre ar an gcéad gheábh amach ar a shaol dó – ach cuireadh cosc leis. Dúradh leis go raibh carráistí den tríú rang níos faide siar. Ghabh se buíochas leis an té a chuir ar an eolas é agus siar leis agus d'oscail doras carráiste a raibh an figiúr trí scríofa uirthi agus bhain suíochán amach dó féin. Bhí cúigear eile istigh roimhe ach níor lig duine ar bith acu air féin go bhfaca sé an duine eile. Bhí páipéar an lae sin leagtha ar an suíochán, agus nuair a thosnaigh an traein ag gluaiseacht thóg Taidhgín aníos é agus léigh nuaíocht an lae. *An Réalta* a bhí mar ainm ar an bpáipéar sin agus bhí nuaíocht cuid mhaith a bhain le Londain ann. Chodail sé tamall eile nuair a d'éirigh sé tuirseach den léitheoireacht agus níor airigh sé an t-am ag sleamhnú chun bealaigh go bhfaca sé soilsí iontacha na cathrach is mó agus is tábhachtaí i Sasana. Stad an traein i lár na cathrach, agus amach leis ar an ardán. B'éigean dó gluaiseacht go mall i dtosach lena raibh de dhaoine thart timpeall air.

Bhí Taidhgín gar do bheith caillte leis an ocras faoin am seo mar ní raibh béile maith aige ó d'fhág sé Éire. Caithfidh sé gurbh í an fharraige a chuir faobhar mar sin ar a ghoile ach a leithéid d'ocras níor airigh sé ariamh ina shaol.

Amach leis ar an tsráid ba ghaire dó agus bhuail bleid ar fhear a bhí ina sheasamh le leataobh na sráide ag fanacht ar dhuine éicint de réir cosúlachta.

"An bhféadfá inseacht dom le do thoil," ar seisean, "cá bhfuil an tSráid Ard hArlsden?"

"D'fhéadfainn," arsa an fear. "Tá an áit sin suite tuairim is ceithre mhíle ó thuaidh ón áit ina bhfuil tú in do sheasamh. Téann bus uimhir a sé déag thar an áit sin ón áit ina bhfuil an scata daoine sin thall ag fanacht. Fan in éindí leo go dtaga an bus atá uait agus faigh ticéad cheithre phingin. Má ghlacann tú mo chomhairle beidh chuile shórt i gceart agus beag an baol go rachaidh tú thar ceithre mhíle i ngan fhios don bhuachaill atá ar an mbus sin."

"Táim thar a bheith buíoch díot," arsa Taidhgín, "agus tuigimse a bhfuil ráite agat."

D'imigh leis ansin trasna go dtí an áit a d'ainmnigh an fear agus níorbh fhada ann dó go dtáinig bus agus ceann eile i ndiaidh an chinn sin, ach ní raibh iomrá ar uimhir a sé deag go fóill. Tráthúil go maith bhíodar ag tíocht go sciobtha agus bhí an uimhir cheart ar an séú bus a tháinig. Isteach le Taidhgín ar an toirt cé go raibh an bus céanna gar do bheith lán go doras. Bhí fear a raibh culaith ceirde air ag obair go dian istigh ag bailiú airgid.

"Ticéidí le bhur dtoil!" ar seisean os ard agus tháinig go dtí an doras.

Thug Taidhgín ceithre phingin don stiúrthóir, agus fuair sé ticéad. Bhí an bus ag gluaiseacht gan mórán moille. Ní mórán le céad slat go leith níos faide ó thuaidh a bhíodar nuair a d'éirigh beirt bhan a bhí ina suí. Chuir duine acu a lámh in airde agus tharraing slabhra beag. Buaileadh cloigín agus mhaolaigh an bus sa ngluaiseacht agus ligeadh amach na mná. Fuair Taidhgín suíochán a bhí chomh bog leis an gcathaoir shócúlach a chonaic sé i dteach Mhic Dhiarmada. Bhreathnaigh sé ar an bhfuinneog agus ar na daoine a bhí ag bualadh thart taobh amuigh.

"Ní lia sméar sa bhfómhar ná iad," ar seisean ina intinn féin. Bhí sé ag iarraidh a shamhlú dó féin cá bhfaighidís obair. Ba dheacair obair a sholáthar dona leath, mar ní raibh righeachan saoil lena raibh ann díobh. Smaoinigh sé ansin ar sheanfhocal a thug Éamann Dubh dó: Ar scáth a chéile a mhaireann na daoine. Chuala sé cheana go raibh sé éasca go leor oibre a fháil san áit a mbeadh daonra mór ach go raibh a mhalairt de scéal san áit a mbeadh ganntanas daoine. Dá mhéad daoine a bhí i gcathair b'amhlaidh ab airde an caighdeán maireachtála, ach bhí an caighdeán maireachtála íseal sna bailte beaga. B'fhéidir le Dia go mbeadh obair le fáil aige tar éis a raibh ann de dhaoine.

Tháinig an stiúrthóir chuige agus d'fhiafraigh de cá raibh sé ag dul. D'inis Taidhgín dó agus thaispeáin dó an ticéad.

"Amach leat anseo," ar seisean. Siar le Taidhgín go dtí an doras, agus amach leis ar an tóchar mar a raibh scata daoine ag siúl siar agus aniar. Thug sé súilfhéachaint amháin ar na tithe ar gach taobh de agus bhí ceann amháin acu a raibh a lán fir oibre ina seasamh in aice an dorais agus isteach le cuid acu gan mórán moille. Teach tábhairne ab ea an teach sin agus an 'Choróin' a thugtaí mar ainm ar an teach céanna.

Bhí fear meánaosta a raibh cuma na maitheasa air ag siúl anonn agus anall cóngarach don teach agus chuir Taidhgín caint air. D'fhiafraigh sé de an raibh seans ar bith béile a fháil sa gcomharsanacht.

"Tá mo bhean imithe chuig na pictiúirí agus táim féin ag fanacht go dtaga sí amach, mar ní chuirimse féin mórán suime i bpictiúirí reatha," ar seisean, "ach má thagann tú in éindí linn go dtí an coirnéal sin thiar cuirfidh mé ar an eolas thú. Ní mór dhuit a bheith cúramach ó tharla gur strainséir thú, mar tá cuid acu ag ceapadh gur spíodóir Gearmánach chuile dhuine nach mbíonn aithne acu air, ach ní gá dhomsa do cheistiú, mar tá a fhios agam gur aniar ó Éirinn a tháinig tú. Tá clog ansin thiar sa gcearnóg, agus tá sráid chúng ó thuaidh ón gclog sin ina bhfuil Éireannaigh cuid mhaith ar lóistín. Buail isteach go huimhir a trí agus gheobhaidh tú béile bia sa teach sin, nó is mór atá mise meallta. Ní bheidh solas ar bith sna sráideanna i gceann cúpla nóiméid, nó ní bheifeá in ann béile a fháil i dteach ósta féin mar tá sé ina fhaitíos cráite orthu go mbeidh pléascáin ag titim. Siúil leat anois!"

"Táim thar a bheith buíoch díot," arsa Taidhgín. "Ní gá dhuit a thíocht níos faide mar tuigim go soiléir a bhfuil ráite agat."

"Tá uimhir a trí ar thaobh na láimhe deise a dhul ó thuaidh dhuit!" arsa an fear agus sheas sé mar a raibh ach choinnigh sé súil ar Thaidhgín go ndeachaigh sé isteach sa tsráid a bhí uaidh agus ba é a chuir an bóthar de go sciobtha.

Bhí fear ag tíocht aduaidh agus d'fhiafraigh Taidhgín dhe cá raibh uimhir a trí, mar ní raibh sé saor ó imní maidir leis an teach sin. B'fhéidir gurb amhlaidh a bhí an fear a chuir ansin é ag iarraidh dallamullóg a chur air? Ní ghabhfadh sé isteach gan labhairt le duine éicint eile pé ar bith é. Thaispeáin an fear an teach dó agus d'inis dó go raibh cúigear nó seisear fear oibre ag fanacht sa teach, Sasanaigh, agus Éireannaigh san áireamh agus go raibh Éireannaigh cuid mhaith thart timpeall na háite sin. Cé go raibh blas coimhthíoch ar a chuid cainte, b'fhurasta a aithint gur Éireannach a bhí ann agus creideadh chuile fhocal dá dtáinig as a bhéal. Ghabh Taidhgín buíochas leis agus ghéaraigh ar a choiscéim go dtí an teach.

Nuair a bhrúigh Taidhgín a mhéar ar chnaipe uimhir a trí cloiseadh an cloigín istigh agus tháinig Sasanach go dtí an doras. Míníodh an scéal dó agus cuireadh fios ar bhean an tí agus tháinig sí anuas staighre.

"An dteastaíonn lóistín uait," ar sise, "nó cá raibh tú ar lóistín cheana?"

"Táim tar éis tíocht ó Éirinn agus teastaíonn cupán tae uaim agus lóistín i gcomhair na hoíche mura miste leat!"

"An bhfuil aithne agat ar dhuine ar bith de na buachaillí atá ag fanacht anseo?" ar sise, "nó cé a chuir chuig an teach seo thú?"

"Sin rud nach bhféadfainn a inseacht duit," arsa Taidhgín agus é mífhoighdeach go leor faoi seo. "Más amhlaidh a cheapann tú nach n-íocfaidh mé mo lóistín d'fhéadfainn airgead na seachtaine seo chugainn a thabhairt dhuit anocht."

Ghealaigh a haghaidh agus ghlaoigh sí chuici duine de na buachaillí a bhí istigh sa gcistin, agus dúirt cúpla focal os íseal leis.

"Cén áit sa seantír a raibh cónaí ortsa?" ar seisean.

"'Bhfuil aon eolas agat ar Bhaile an Róba nó Tuar Mhic Éadaigh?" arsa Taidhgín agus gliondar croí air.

Bhí blas taitneamhach Gaelach ag an té a cheistigh é, agus ba í an Ghaeilge an teanga a labhair sé.

"M'anam nach mbeadh sé éasca mise a chur amú i mBaile an Róba!" ar seisean agus d'imigh sé go dtí an seomra suí.

"Níl aithne agat air?" arsa bean an tí.

"D'fhéadfainn a rá gurb as an áit chéanna in Éirinn dhúinn beirt," ar seisean. "Tabhair isteach é agus íocfaidh mise dhó i ndeireadh na seachtaine mura n-íocfaidh sé féin, ach sílim go n-íocfaidh sé."

Ba leasc le Taidhgín a dhul go dtí an áit a mhol Dónall Ó Cléirigh dó go bhfaigheadh sé obair i dtosach mar níor mhaith leis a bheith i dtuilleamaí duine ar bith acu le hobair a sholáthar dó. Rud eile, bhí sé cúthail go leor agus ní iarrrfadh sé ar cheachtar acu gar a dhéanamh dó mura mbeadh gá mór chun a dhéanta agus ní raibh go fóill. D'fhiafraigh bean an tí de Thaidhgín cén t-ainm a bhí air, agus nuair a d'inis sé di chuir sí in aithne do mhuintir an tí é agus mhol dó a chuid féin a dhéanamh den teach. Bean mhúinte bhéasach a bhí inti agus an tuirse a bhí uirthi de bharr obair an lae sin ní fhéadfadh sí a cheilt – cé go ndearna sí iarracht láidir.

Bhí seisear lóistéirí sa teach aici anois agus bhí cúigear acu féin seachas lóistéirí. Bhí beirt Shasanach agus ceathrar de na hÉireannaigh ansin sa seomra suí, beirt chailíní leo féin agus buachaill amháin agus níorbh fhada go dtáinig a fear anuas staighre.

Níorbh fhiú mórán troscán an tí sin agus ní raibh an teach le moladh ach oiread. Bhí muintir an tí ar bheagán airgid, agus ní mó ná go maith a d'fhéadfaidís cíos níos airde a thabhairt ar theach níos fearr.

Tamall gearr roimhe sin tháinig fear an tí abhaile ón bhFrainc mar a raibh sé ag troid in aghaidh na nGearmánach ar feadh bliana go leith agus ligeadh ar ais go Sasana é, mar bhí an fear bocht ar easpa sláinte. Bhíodh sé ag obair dhá lá sa tseachtain i monarcha ina raibh obair éadrom a bhí feiliúnach dá leithéid, ach ba shuarach an tuarastal a bhí a dhul dó. Bhí sé ar bheagán cainte agus é tugtha spíonta; ní fhaca Taidhgín ariamh fear a bhí chomh bán-aghaidheach agus a bhí sé. Ní chuireadh sé mórán suime ina mbíodh ar siúl ina thimpeall ach bhí sé múinte béasach agus duine uasal ceart críochnaithe bhí ann de réir cosúlachta. Rinne sé tagairt cúpla babhta an oíche sin d'eachtraí an chogaidh agus an saol uafásach, suarach, anróiteach a bhí aige sna trinsí. Cé nár mhaith leis mórán a rá, dearmad ní fhéadfadh sé a dhéanamh ar an anró a d'fhulaing sé, an ganntanas bia agus dí agus ar feadh i bhfad go minic gan athrú éadaí.

Rinne duine de na fir tagairt don rí agus thug Taidhgín faoi deara go raibh ómós faoi leith agus ardmheas ag muintir an tí ar an rí, agus cér mhilleán sin orthu? Sasanaigh a bhí iontu agus b'fhurasta an mórtas cine a thabhairt faoi deara ag comhrá dóibh ar chúrsaí an tsaoil nuair a bheadh muintir thíortha eile i gceist.

Taidhgín

Bhí páipéar an tráthnóna ag duine de na Sasanaigh agus d'fhág sé ar an gcathaoir é cúpla babhta le cur síos a dhéanamh ar an nuaíocht inar chuir sé féin suim faoi leith. Ní mórán airde a bhí ag ceachtar acu air agus níor thuig Taidhgín a leath dá raibh dá rá aige mar b'as tuaisceart Shasana dó, agus deirtear go bhfuil canúint ar leith ag cuid de na daoine sin agus nach dtuigeann Béarlóirí in áiteacha eile a leath dá mbíonn le rá acu. Ní raibh gaisce ar bith leis an mBéarla a bhí ag Taidhgín féin ach cheap sé go raibh Béarla an tSasanaigh sin chuile phioc chomh dona.

Bhí fear óg láidir as Corr na Móna ann, fear a raibh cúpla bliain caite i Sasana aige agus bhíodh sé ag cur trasnaíochta ar an Sasanach. Níor mhiste leis an Sasanach an tromaíocht a rinne fear Chorr na Móna ar na hoidim a bhí aige féin, ach nuair a d'imigh muintir an tí go dtí a seomraí féin, m'anam go raibh níos mó ná a gcuid paidreacha le rá ag an mbeirt acu.

Ní abródh Taidhgín mórán go fóill ach nuair a chuirtí ceist air agus nuair a d'fhiafraíodar de an mbeadh sé a dhul ag tóraíocht oibre ar maidin dúradh leis go bhfaigheadh sé greadadh oibre gan stró dá laghad. Ní gá a rá gur shásaigh an scéal sin intinn an fhir óig ó Éirinn, mar ní bheadh pingin den chúpla punt a bhí aige fágtha i gceann seachtaine mura bhfaigheadh sé obair roimhe sin.

Tháinig bean an tí ar ais don seomra mar a raibh na fir agus thug comhartha do Thaidhgín a theacht léi go dtí an chistin. Bhí tae, arán, im, agus cúpla slisne de mhairteoil fhuar a róstadh an Domhnach roimhe sin leagtha ar bhoirdín beag dó. B'fhada le Taidhgín go bhfuair sé greim le n-ithe an oíche sin, agus cé go raibh lón aige ardtráthnóna níorbh fhada go raibh faobhar ar a ghoile arís i ngeall ar an turas farraige agus níor ith sé le fada béile ba mhilse ná an béile a tugadh dó anois.

"Tig leat codladh in éindí leis an bhfear a labhair leat ag an doras nuair a tháinig tú isteach anocht," arsa bean an tí leis agus d'imigh léi go dtí a clann féin thuas staighre arís agus d'fhág slán ag a raibh thíos sa gcéad urlár.

"Go raibh maith agat, agus slán codlata agat," arsa Taidhgín agus a ithe mian a thola den bhia a bhí leagtha os a chomhair.

Bhí fear Chorr na Móna ag baint buille as an staighre suas nuair a bhí an béile críochnaithe ag Taidhgín agus lean na fir eile é, Taidhgín san áireamh. Nuair a bhaineadar amach barr an staighre d'airíodh boladh uafásach agus dúirt duine acu go raibh gás ag éalú sa gcistin agus síos leis gur chuir sé cosc leis. D'iompaigh na fir eile ar thaobh na láimhe deise agus isteach leo i seomra agus las coinneal a bhí leagtha ar chathaoir ann.

Bhí trí cinn de leapacha sa seomra sin agus ní bheadh áit ag ceann eile sa seomra céanna. Ní raibh pictiúr beannaithe ar bith le feiceáil ar na ballaí mar a d'fheicfeá i seomra codlata thiar in Éirinn.

"Beidh beirt i ngach leaba anocht," arsa duine de na Sasanaigh, "ach a dtige Peadar Rua ar ais – má thagann sé – mar tá chuile sheans go bhfuil sé ag ól arís anocht, ó tharla go ndeachaigh sé amach chomh mall sin."

"Is dócha nach n-abrann sibh an 'Paidrín Páirteach' anseo," arsa Taidhgín le fear Chorr na Móna agus iad ina suí ar an leaba.

"M'anam nach n-abrann!" ar seisean, "mar ní abraítear i dteach príobháideach ar bith anseo é agus is dócha nach n-abrófar."

An oiread agus duine acu ní dheachaigh ar a ghlúine le paidreacha ar bith a rá cé is moite de Thaidhgín, ach níor mhiste leisean a chuid paidreacha a rá dá mbeadh a dhá oiread daoine i láthair. Críostaithe a bhí iontu go léir agus Caitlicigh ba ea cuid acu.

Ní raibh ann ach go raibh sé ar a ghlúine nuair a tháinig Peadar Rua isteach, agus b'fhéidir nach raibh sé ar meisce agus dúradh nach raibh, ach bhí sé ag cur i gcéill go raibh ar chaoi ar bith.

"Fág an bealach!" ar seisean go feargach. "Cé hé an glas-stócach ó Éirinn atá ag paidreoireacht anseo? Níl boladh an tsáile imithe dhíotsa go fóill ar chuma ar bith! Cuirfidh mé geall gur inniu a tháinig tú aniar? Déan sa gCóbh agus déan sa Róimh mar a dhéantar sa Róimh. Ní in Éirinn atá tú anois, a mhic o!"

Níor chorraigh Taidhgín ach d'fhan sé mar a raibh sé mar bheadh sé ag cur i gcéill nár thuig sé focal dá raibh dá rá ag Peadar Rua, ach bhí Peadar ag ceapadh gur thuig.

Bhí Peadar níos airde ná Taidhgín, ach ní raibh sé chomh trom-dhéanta. Fear láidir ba ea é cúpla bliain roimhe sin, ach bhí sé a dhul chun deiridh faoin am seo i ngeall ar ól agus ragairne.

"Mura nglacfaidh tú comhairle, glacfaidh tú comhrac," ar seisean le Taidhgín agus rug ar ghualainn air agus rinne iarracht é a chaitheamh de leataobh.

D'éirigh Taidhgín, agus bhog sé an greim a bhí ag Peadar air, ach nuair a rinne Peadar iarracht ar bhuille a thabhairt faoin gcluais dó cheap sé go raibh sé thar am aige é féin a chosaint. Chúlaigh se beagán agus choinnigh an fear eile uaidh lena lámh chlé agus i bhfaiteadh na súl thug dorn idir an dá shúil do Pheadar leis an lámh eile a d'fhág cumhdach fola ar a aghaidh. D'éirigh Peadar i gceann tamaill agus rug sé ar an gcathaoir go sciobtha.

Phreab fear Chorr na Móna as an leaba amach agus rinne sé síocháin gan mórán moille, agus b'fhurasta iad a chosc. Ba mhinic le fána fear an réitigh, agus is éard a dúirt Peadar Rua go raibh an fear eile ag cabhrú le Taidhgín agus go ndíolfadh sé go searbh as lá éicint eile.

Amach le Peadar as an seomra agus cloiseadh ag útamáil ar fud na háite thíos staighre é, ach níorbh fhada go dtáinig sé aníos agus ceirín ar a aghaidh. Ní raibh sé ar meisce anois nó baol ar bith air.

"Tig leatsa dhul isteach sa leaba chéanna leis an Seoigheach," arsa duine de na Sasanaigh le Taidhgín agus dhírigh a mhéar i dtreo na leapa ina raibh fear Chorr na Móna.

Thosnaigh Peadar Rua ag clamhsán arís agus dúirt nach raibh an ceart ag an Seoigheach cosc a chur leis an troid.

"Cén chaint sin ort?" arsa an Seoigheach go feargach. "Ná bí ag déanamh amadáin díot féin! Bhuailfeadh an fear óg sin tuí-shrathar ar bheirt mar thusa."

Níor dúradh mórán eile gur múchadh an solas agus níorbh fhada gur thit a gcodladh ar fhormhór na bhfear sa seomra sin, an fear óg ó Éirinn san áireamh.

Cheap sé nach raibh sé i bhfad sa leaba go fóill nuair a chuala sé trup agus torann ar an tóchar taobh amuigh mar a raibh fir oibre ag baint macalla as leacracha na sráide a dhul ag obair dóibh. Bhreathnaigh Taidhgín ar an uaireadóir a bhí leagtha ar chathaoir ag duine de na fir agus bhí se go díreach leath uair tar éis a cúig. Ní raibh a dhíol codlata faighte go fóill aige agus ba mhilis leis uair an chloig eile, ach ní ligfeadh an imní dó titim ina chodladh arís an mhaidin sin.

Chuala sé bean an tí ag caint thíos staighre agus bhí a fhios aige go raibh duine éicint ag ithe, mar bhí bean an tí ag iarraidh air cupán eile tae a ól, ach ghabh sé a bhuíochas léi agus dúirt go raibh a dhíol aige.

B'fhéidir gur cheap muintir an tí go mba chóir do Thaidhgín a scíth a ligint go ceann cúpla lá tar éis tíocht ó Éirinn, ach ní bhíonn a fhios ag leath an tsaoil cá mbíonn an bhróg ag luí ar an leath eile! Bhí sé ar bheagán airgid agus bhí sé d'imní air nach bhfaigheadh sé obair go mbeadh a dheireadh caite aige. Ní raibh aithne aige ar dhuine ar bith sa gcathair, agus níor mhian leis bacadh nó baint a bheith aige leis na daoine a moladh dó go mbeadh sé ag obair.

Chorraigh sé sa leaba agus d'oscail sé na súile; baineadh

geit as, mar níor thug sé faoi deara go dtí sin go raibh an Seoigheach ar iarraidh. Bhí sé ceaptha aige a dhul amach in éindí leis agus b'fhéidir go bhfaigheadh sé obair cóngarach don áit ina raibh seisean ag obair, mar thaithnigh an fear céanna go mór leis cheana féin agus ba é sin an cineál fir a ba mhaith leis a bheith ag obair in éindí leis.

Amach leis as an leaba de léim agus níorbh fhada go raibh paidreacha na maidine ráite aige agus é gléasta – cé gur bhain moill dó ar feadh cúpla nóiméad ag tóraíocht stoca. Chuir sé a raibh d'airgead aige isteach sa stoca an oíche roimhe sin i ngan fhios do na daoine a bhí sa seomra agus chuir sé i bhfolach go cúramach faoina cheann an stoca sin, ach ní raibh sé in ann é a aimsiú chomh sciobtha agus a bhí sé ag ceapadh, cé gur éirigh leis sa deireadh.

Síos leis go dtí an chistin agus bheannaigh don triúr a bhí ansin roimhe. Bhí an Seoigheach agus fear eile ag ithe agus bean an tí ag freastal orthu agus ag comhrá leo. Bhí sí tuairim is daichead bliain d'aois agus ba aici a bhí an blas milis Gallda nuair a bhíodh sí ag caint agus b'annamh nach mbíodh.

"D'éirigh sé ina achrann eadraibh aréir sa seomra?" ar sise, "agus sílim go raibh braon thar a cheart ag Peadar. Tá airgead go flúirseach aige le caitheamh ar leann, ach is dócha nár chosnaigh sé mórán. Bíonn leithscéal de chineál éicint aige i ndeireadh na seachtaine i gcónaí agus ní maith liom a rá leis glanadh as an teach, mar b'fhéidir go n-íocfadh sé uair éicint má choinním mo bhéal ar a chéile."

"B'fhéidir, ach tá a fhios ag cuid de na seanfhondúirí go mbíonn an dá b'fhéidir ann. Níor mhór dhuit a bheith ar d'aire nuair a bhíonn tú ag déileáil leis an bhfear sin, mar cuireann seisean dallamullóg ar dhaoine cliste corruair," arsa an Seoigheach. "D'ólfadh seisean a dtuillfeadh sé agus tuilleadh dá bhfaigheadh sé é agus bíonn scéal breá le n-aithris i gcónaí aige nuair a bhíonns sé ag iarraidh airgid ar dhuine."

"Caithfidh mé an ruaig a chur air an tseachtain seo mura

n-íocfaidh sé oíche Dé hAoine," ar sise, "agus is dócha gur fearr go déanach ná go bráth."

"Thug mé leid dhuit an chéad seachtain nár íoc sé," arsa an Seoigheach, "ach ar ndóigh tugadh cluas bhodhar dhom agus is tú féin atá thíos leis anois. Ní mórán aithne a bhí agam air, ach níor thaithnigh a chuid béasa liom agus ní bheadh muinín dá laghad agam as."

Leag bean an tí anuas pláta ina raibh bagún agus uibheacha agus dúirt le Taidhgín a bheith ag ithe. Bhí cupán tae leagtha roimhe ar an bpointe agus an t-arán gearrtha, ach ní mórán a bhí ite aige nuair a bhí an Seoigheach réidh le n-imeacht agus níor mhaith leis a bheith ag coinneáil moille air. Bhí bean an tí leis an dara cupán a líonadh amach, ach dúirt sé go raibh a dhóthain aige, agus ghabh sé a bhuíochas léi.

B'iondúil go mbíodh ceapaire aráin agus mairteola déanta suas aici ón oíche roimhe do chuile fhear acu, píosa de pháipéar nuaíochta fillte air agus é ceangailte go cúramach le téad chaol.

"An dtabharfaidh tú lón leat?" ar sí le Taidhgín nuair a bhíodar ag imeacht.

"Ní bhacfaidh mé leis go bhfaighidh mé obair i dtosach," ar seisean.

"Siúil leat!" arsa an Seoigheach, "nó beidh muid mall. Fostaítear na hoibrithe go moch ar maidin sa tír seo, nó a bhformhór ar a laghad; ach is éard a bheas siad ag iarraidh tusa a sheoladh go dtí an Fhrainc roimh i bhfad is dócha."

"Tá chuile sheans go mbeidh díomua ar an té a dhéanann iarracht an mac seo a chur amach," arsa Taidhgín.

Bheannaíodar do bhean an tí agus don bheirt fhear a tháinig anuas staighre agus amach leo.

Facthas don fhear óg ó Éirinn go raibh an t-aer salach agus bhí fuath aige do shaol na cathrach cheana féin. Bhí na sluaite daoine a dhul ag obair agus fuadar an domhain fúthu go léir.

Shiúil an bheirt in éindí le scata eile a bhí a dhul i dtreo an chloig a chonaic Taidhgín an oíche roimhe agus nuair a bhíodar cóngarach don chlog bheoigh an Seoigheach ar a choiscéim, mar bhí bus ag tíocht a bhí le seasamh ar an taobh ab fhaide as láthair den tSráid Ard. Isteach leo agus sheas in aice an dorais, mar ní fhéadfaidís imeacht níos faide lena raibh istigh rompu.

Bhí daoine a dhul isteach agus daoine ag tíocht amach anseo is ansiúd agus níor airíodar an t-am ag sleamhnú chun bealaigh go rabhadar i lár na cathrach. Tháinig siad amach ar shráid cóngarach do Pháirc de hÍde. Bhreathnaigh an Seoigheach ar an uaireadóir a bhí aige agus ní raibh sé fiche nóiméad ó d'fhágadar an teach.

Bhí cineál cearnóige san áit inar tháinig siad amach agus bhí póilín ina sheasamh i lár báire a raibh miotóga bána air. Chuir sé a lámh dheas in airde, agus sheas a raibh ag tíocht. Dhírigh sé a mhéar i dtreo an bhóthair i gceann tamaill agus d'imíodar ar aghaidh.

"Tig linn a dhul trasna anois," arsa an Seoigheach, "agus ní mór dhúinn a dhul ar thraein le píosa eile den aistear a chur dínn. Ní traein ghaile atá acu i lár na cathrach seo ag rith os cionn talún, ach traein aibhléise ag rith faoin talamh. Ní fheicfidh tú deatach ar bith a dhul in airde simléar na traenach seo mar a d'fheicfeá thiar in Éirinn."

"Tá súil agam nach ag magadh fúm atá tú?" arsa Taidhgín, agus amhras cuid mhaith air.

"M'anam nach ea!" ar seisean, "mar is beag a bheadh ar m'aire a bheith ag magadh fút an chéad lá sa gcathair duit. Siúil leat go sciobtha go bhfeicfidh tú. Ní fhéadfá a bheith mall le traein a fháil anseo, a mhic ó! Tagann traein chuile dhá nóiméad. Tig linn a dhul síos anois, mar tá staighre ansin thall san áit ina bhfuil an fógra agus gheobhaidh muid ticéad an duine chúns a bheas an traein ag tíocht."

Síos leis an mbeirt acu agus fuair na ticéidí. Bhí traein

tagtha sara mbeadh in Ainm an Athar ráite agat agus isteach leo gan mórán moille a dhéanamh gur shocraíodar i suíochan sócúlach iad féin.

"Cathair iontach breá an chathair seo!" arsa an Seoigheach, "ach is iomaí tír atá scriosta agus bánaithe ag Sasanaigh leis an gcathair seo a shaibhriú!"

"Ar dtírín féin san áireamh!" arsa Taidhgín go smaointeach.

Ghluais an traein ar aghaidh arís, agus ní dhearna maolú sa ngluaiseacht go rabhadar cóngarach do stáisiún eile.

Bhreathnaigh Taidhgín amach agus léigh ainm an stáisiúin sin ar chlár a bhí ar an taobh-bhalla, ach ní raibh a fhios aige go dtí sin go raibh a leithéid d'áit sa domhan. Bhí an traein ag gluaiseacht go mall réidh faoi seo agus rinne stad go dtáinig daoine eile ar bord agus ghluais ar aghaidh arís gan mórán moille.

"Is gearr go mbeidh muid i bPicidilí anois," arsa an Seoigheach, "má chuala tú trácht ariamh ar an áit?"

"M'anam gur chuala go minic," arsa Taidhgín, "ach mo choinsias – ní raibh aon cheapadh agam go dtabharfainn cuairt ar an áit an chéad uair a chuala mé trácht air."

"Caithfimid a thíocht amach ag an gcéad stad eile," arsa an Seoigheach, "agus ticéad pingine ar rian-charr a fháil, agus bhéarfaidh an carr muid go dtí an áit ina mbímse ag obair."

"An mbeadh sé mór agam iarraidh ort mé a chur ar an eolas maidir le háit ina mbeidh seans agam obair a fháil?" arsa Taidhgín.

"Cuirfidh mé ar an eolas thú ach a mbeidh ceann cúrsa bainte amach againn," arsa an Seoigheach agus shín toitín chuige.

"Táim thar a bheith buíoch dhíot!" ar seisean, "mar táim dall ar a mbaineann le nósanna agus béasa na tíre seo go fóill!"

"Tá fáilte agus fiche romhat, a mhic ó," arsa an Seoigheach, "agus dhéanfainn a dhá oiread duit agus míle fáilte."

"Ní bheadh amhras dá laghad agam ort," arsa Taidhgín agus bhain sé bosca cipíní solais as a phóca amach, ach níor las sé an toitín go dtáinig sé amach ar an ardán ag an stáisiún ba ghaire do láthair.

"Tuigimse an saol atá i ndán dhuit anseo," arsa an Seoigheach, "agus cé nach bhfuil sé chomh dona agus a bhí sé nuair a tháinig mise go Sasana i dtosach ní fhéadfainn é a mholadh go fóill, mar bím i gcontúirt mo bhasctha go minic sa lá anseo."

Bhí Sasanach óg a raibh culaith ceirde air ina sheasamh in aice an dorais agus scairt sé amach ainm áite. D'éirigh triúr fear oibre a bhí cóngarach dóibh agus rinne iarracht an doras a bhaint amach, ach bí scata ban rompu, aoibh an gháire ar a n-aghaidh agus beirt acu ag cur síos ar an gcineál oibre a bheadh le déanamh acu féin ar feadh an lae.

Amach le Taidhgín agus an Seoigheach ar an ardán nuair a stad an traein agus thóg Sasanach meánaosta na ticéidí uathu agus lig amach iad. Chomh sciobtha agus a bhuailfeá do dhá bhois ar a chéile bhíodar amuigh sa tsráid, ach b'éigean dóibh seasamh, agus moill bheag a dhéanamh mar ní fhéadfaidís a dhul trasna go fóill gan iad féin a chur i gcontúirt lena raibh de charranna ag   gluaiseacht siar agus aniar.

"Níl a fhios ag fáidh ná file cé acu is fearr luas ná moille," arsa Taidhgín agus é ag breathnú faoi agus thairis.

Bhí torann uafásach le cloisteáil tuairim is leathchéad slat uathu mar a raibh scata fear ag obair i lár na sráide. Bhí meaisín aibhléise ag fear acu ag rómhar na sráide, agus ba é an meaisín a bhí ag déanamh an torainn a bhodhraigh Taidhgín.

Thug an Seoigheach faoi deara go raibh Taidhgín ag cur suime san obair agus rinne sé féin grinndearcadh ar a raibh ar siúl agus d'imigh cúpla slat níos gaire dóibh.

"An bhfeiceann tú an fear a bhfuil an meaisín aige?" ar seisean. "Faigheann an fear sin pingin sa mbreis in aghaidh na huaire i gcónaí agus m'anam go bhfuil sé tuillte go maith aige agus a dhá oiread dá bhfaigheadh sé é, mar scriosann an gléas sin an córas néarógach ar an té is láidre a leanann an cineál sin oibre. Táim ag ceapadh gur faide a mhairfeadh na fir atá ag obair le sluasaid ná é."

D'imíodar trasna na sráide faoin am seo, agus léim ar rian-charr a bhí ag gluaiseacht go mall.

"Suas staighre libh!" arsa an fear a thug ticéidí dóibh. "Níl folúntas ar bith thíos agus rachaidh aer na maidine chun tairbhe dhaoibh maidin bhreá mar seo." Suas leo in éindí le scata eile agus bhreathnaigh amach ar chathair álainn.

"Ní chuireann an ceo isteach ar thráchtáil na cathrach an tráth seo den bhliain," arsa an Seoigheach, "ach is minic a bhíonns a mhalairt de scéal le dúluachair na bliana idir Nollaig agus Féile Bhríde."

Bhí a lán daoine a dhul amach anois agus lean an Seoigheach iad agus Taidhgín sna sálá air. Amach leo nuair a sheas an rian-charr, agus sheas an bheirt acu ag caint go ceann tamaill bhig.

"Tuigimse go rímhaith," arsa an Seoigheach, "gurbh iomaí dris chosáin a chuirfidh na Sasanaigh i do bhealach, ach déarfainnse go mbeidh tú fadaraíonach."

"Déanfaidh mé mo dhícheall ar chuma ar bith," arsa Taidhgín, agus é ag breathnú uaidh, "agus is dócha nach bhféadfainn níos mó ná sin a dhéanamh in áit ar bith ar domhan."

"Mo choinsias go raibh saol crua anróiteach agamsa nuair a tháinig mé go Learpholl den chéad uair agus scrúdfadh sé croí cloiche an cruatan a d'fhulaing Éireannaigh sa tír seo suim achair bhlianta ó shin! Tháinig mé don tír i lár an gheimhridh," arsa an Seoigheach ag breathnú ar aghaidh an fhir eile dó, "agus bhínn fliuch ó cheann go talamh, áit a raibh dug nua á dhéanamh ag Learpholl, agus an stiúrthóir ag béiceach ar feadh an lae: 'Mura bhfuil sibh toilteanach oibriú go sciobtha' deireadh sé, 'beidh mise nó sibhse ag glanadh linn

163

as an áit seo, agus bí cinnte nach mise a imeoidh i dtosach.'
Ba mhinic a bhímis go glúine in uisce ag láimhséail adhmaid
ghairbh lá fuar geimhridh agus ní fhéadfaimis obair ar bith eile
a fháil ach oiread. Is mairg don té nach mbíonn ceird aige sa
tír seo! M'anam gur fearr lán doirn de cheird na lán doirn d'ór
i Sasana le tamall anuas."

"Táim ag coinneáil moille ort?" arsa Taidhgín agus
bhreathnaigh ar na sluaite a bhí ag deifriú chun oibre.

"Ní bheidh mé ag tosnú go ceann deich nóiméad," arsa an
Seoigheach os íseal, "agus tá drogall orm a mholadh dhuitse
obair a thóraíocht in éindí liom mar tá sé thar a bheith
contúirteach istigh ansin," agus dhírigh sé a mhéar ar
fhoirgneamh mór.

"Tá foirgneamh mór eile," ar seisean, "tuairim is
leathchéad slat níos faide ó dheas agus táthar le píosa mór eile
a chur leis agus déanfar ábhar cogaidh san áit sin leis an
aimsir. Tá cáil ar an gconraitheoir atá lena dhéanamh ar fud na
Breataine Móire agus fostaíonn sé go leor fear tar éis tíocht ó
Éirinn dhóibh, mar is iondúil go mbíonn obair throm gharbh le
déanamh aige agus tá a fhios aige go mbíonn an tíocht aniar
iontu, agus tugann sé tús áite dhóibh. Tá an bothán a bhíonns
mar oifig acu anois taobh thiar den fhoirgneamh. Buail isteach
ann agus tá chuile seans go gcuirfidh siad ag obair thú, mar bhí
sé ina scéala anseo go rabhadar ag tóraíocht fear inné."

"Táim thar a bheith buíoch dhíot," arsa Taidhgín go
díograsach, "agus beannacht leat!"

"Go soirbhí Dia dhuit," arsa an Seoigheach, "agus go
gcuire sé an t-ádh ort! Is tuar sonais an deifir atá ort ar chuma
ar bith, mar is maith leo an fear oibre a fheiceáil ag rith anseo."

D'imigh Taidhgín leis mar a bheadh Dia dá rá leis agus is
ar éigean go mbeadh In Ainm an Athar ráite agat nuair a chnag
sé ar dhoras an bhotháin.

"Buail isteach!" arsa an fear a bhí istigh i gcanúint nár
chuala Taidhgín a leithéid ó tháinig sé ar an saol.

Osclaíodh an doras agus isteach leis. Bhí fear mór ramhar deargleicneach ina shuí os comhair boirdín nua-dhéanta ina raibh léarscáil áitiúil agus páipéirí cuid mhaith leagtha aige.

Dhearc sé go dúr ar an té a tháinig isteach. Shílfeá gurb é an Gadaí Dubh a tháinig ar cuairt chuige leis an ngrinndearcadh a bhí dá dhéanamh aige.

"An bhféadá fear eile a chur ag obair inniu?" arsa Taidhgín agus bhreathnaigh idir an dá shúil air.

"Céard 'tá tú in ann a dhéanamh?" ar seisean de ghlór ard agus shílfeá gur chuir sé creathadh ar an mbothán agus a raibh ann. "An bhfuil ceird ar bith agat?"

Bhí an fear óg as Éirinn ag faire ar imeacht nuair a dúirt sé nach raibh, ach dúradh leis fanacht ar feadh nóiméid. D'éirigh an fear mór agus amach leis agus bhreathnaigh i dtreo an bhóthair. Bhí scata fear ag déanamh air ón rian-charr a bhí amuigh ar an mbóthar. Ghlaoigh sé chuige duine acu.

"Tabhair sluasaid agus piocóid don bhuachaill seo," ar seisean, "agus taispeáin dhó an obair a bheas le déanamh aige."

Tugadh dó na hoirnéisí a luadh, agus shiúil an bheirt go dtí áit ina raibh bonn an tí – nó cuid de – gearrtha amach.

"Tig leat tosnú anseo," arsa an fear leis, "agus an chréafóg a chartadh amach agus í a chaitheamh ar thaobh an bhóthair dhíot. Beidh fir anseo ar an bpointe lena ghlanadh as an mbealach."

Bhí Taidhgín ag samhlú dó féin gur Éireannach a bhí ag caint leis. Duine geanúil a bhí ann ar chuma ar bith agus ní raibh canúint aige mar a bhí ag an bhfear eile. Ní fhéadfadh sé a rá go barainneach go fóill cár rugadh é. B'fhéidir gur Éireannach a bhí ann, ach claontar dúchas le hoiliúint.

"Is é an tuarastal a bheas a dhul dhuit anseo," ar seisean, "punt sa lá agus feictear dhom gur maith an pá é. Ní bhfuair mise leath an oiread sin ariamh go dtáinig mé anseo. Ní as an gcathair seo dhom, mar rugadh agus tógadh i mbaile beag cois

165

fharraige i ndeisceart na tíre seo mé, agus oibríonn na daoine go crua ann ar thuarastal suarach. Tá an conraitheoir seo ar fheabhas. Níl a shárú ann. Tugann sé cúig phunt mar bhronntanas as a phóca féin d'fhear oibre ar bith a théann san arm agus is beag lá nach dtéann duine nó beirt acu. Bhíos féin sa Domhan Thoir agus sa bhFrainc ar feadh tréimhse. Ní bhfuaireas mórán airgid ach chonaic mé an saol – ach bhris ar mo shláinte sa deireadh. An rud is measa le duine níl a fhios aige nach chun lár a leasa é, mar chuirfidís amach arís mé dá mbeinn ar mo chóir féin."

Tháinig deichniúr eile agus thosnaíodar ag obair ar a ndícheall, chuile fhear acu ag iarraidh a chur ina luí ar an stiúrthóir gurb é féin an fear ab fhearr agus ab fheiliúnaí don chineál sin oibre. Bhí an lá níos teo ná lá ar bith a d'airigh Taidhgín ariamh ina shaol agus ní chuirfeadh sé an oiread allais ar feadh míosa i lár an tsamhraidh in Éirinn agus a chuir sé an lá sin. B'fhada leis go dtáinig an dó dhéag agus thosnaigh na fir ag ithe béile fuar a thugadar leo ar maidin agus b'fhaide ná sin leis ón a haon a chlog go dtí a sé sa tráthnóna mar ní bhfuair sé ach lón éadrom a cheannaigh sé ó fhear a tháinig chuige ag díol tae agus cácaí milse.

Ba é an tÉireannach an duine ab óige den scata fear a bhí ag obair ansin, agus ní mó ná go maith a thaithnigh sé leis na Sasanaigh. Chuala sé ag caint eatarthu féin iad cúpla babhta agus ní dá mholadh a bhíodar. Thug Taidhgín faoi deara ar maidin go raibh duine doicheallach amháin ar a laghad ina measc agus milleann caora tréad. Chuir seisean cogar i gcluasa na bhfear eile. D'fhiafraigh duine acu de cén fath nach raibh sé sa bhFrainc ag troid in aghaidh na Gearmáine. Mhínigh seisean dó go raibh a athair tinn agus gur chaill a mhuintir a lán airgid le dochtúirí, go raibh a mháthair ag súil le hairgead uaidh féin agus go raibh lán tí de pháistí le cothú aici.

Dúirt an Sasanach leis go raibh formhór na nÉireannach ar fud Shasana tugtha d'ól agus go raibh sé a dhul rite le cuid acu lóistín na seachtaine a íoc gan trácht ar chúnamh lena muintir.

"Bíonn eisceachtaí ann!" arsa Taidhgín, "mar tá corrdhuine acu nach n-ólann mórán deochanna meisciúla."

"B'fhéidir é!" ar seisean, "ach deirimse leatsa gur beag duine acu a chuireann mórán airgid i dtaisce sa tír seo. Bíonn a bheag nó a mhór le caitheamh chuile lá agus chuile oíche acu anseo agus beagán go minic a lomfas sparán. Tá a mhalairt de scéal ag muintir do thíre i Meiriceá, mar cuireann siad a lán airgid i dtaisce ansin. Thuill a lán acu clú agus cáil dóibh féin sa tír sin agus tá ardmheas ag muintir na tíre sin orthu, ach níl aon dul ar aghaidh iontu i Sasana. Is dócha gur mór an lán eolais atá agatsa maidir leis an saol Meiriceánach?" arsa Taidhgín go díograiseach. "An ndéanann tú mórán léitheoireachta?"

"Is beag é!" ar seisean go gruama, "ach d'oibrigh mé le cúpla bliain sna Stáit Aontaithe, agus ní mó ná sásta a bhíos leis an gcaoi ar chaith na hÉireannaigh liom, ach dá dhonacht iad na hÉireannaigh tá na hIodálaigh seacht n-uaire níos measa. D'fhéadfainn a rá le fírinne go bhfuil an dearg-ghráin ag lucht na tíre sin ar Shasanaigh, pé ar bith rud is ciontach leis."

Ní raibh an tÉireannach róshásta leis an gcomhluadar a bhí aige an chéad lá, ach ní raibh ceapadh ar bith aige go mbeadh chuile shórt mar ba mhian leis agus ní raibh díomua ar bith air. B'amhlaidh a bhí sé thar a bheith sásta go raibh obair faighte aige agus go raibh sé ag saothrú airgid, mar ba mhinic ag smaoineamh ar a mhuintir é agus ba mhian leis cabhrú leo. Bhíodh sé ar bheagán cainte le cúpla lá agus bhí na Sasanaigh níos geanúla i ndeireadh na seachtaine agus aithne níos fearr acu air.

Fostaíodh Éireannach eile i gceann deich lá. Saor bríce a bhí ann, agus dúirt sé go raibh a lán Éireannach ag obair don chonraitheoir sin in áiteacha eile ar fud na Breataine Móire agus go mb'fhearr leis iad ná na Sasanaigh. Mhol sé do

Taidhgín

Thaidhgín crann-ualach a fháil, agus a dhul ag freastal air féin agus saor bríce eile agus dúirt go ndéanfadh sé an stiúrthóir a cheadú ar an bpointe agus go mbeadh chuile shórt i gceart. Mhínigh sé dó go raibh chuile sheans nach gcoinneoidís ag obair níos faide é mura mbeadh sé toilteanach crann-ualach a iompar, ó tharla go raibh an bonn geartha amach.

"B'fhéidir nár mhiste an fhírinne a nochtadh dhuit," arsa Taidhgín go himníoch. "Níor leag mise crann-ualach ar mo ghualainn ariamh i mo shaol."

"Is maith í an fhírinne agus buafaidh sí!" arsa Seán Ó Raghallaigh, (ba é sin a ainm), "agus tig liomsa a mhíniú dhuit anois an chaoi lena dhéanamh sula dtige na Sasanaigh – más mian leat?"

"B'fhearr liom obair gharbh féin amuigh faoin spéir," arsa Taidhgín ag breathnú i dtreo an bhóthair, "ná a bheith ag obair istigh an tráth seo den bhliain."

"An bhunsraith a bheas dhá dhéanamh inniu againn," arsa Seán, "agus ní bheidh gá le dréimire go ceann cúpla lá. Ní mór duit a thíocht anseo go luath ar maidin nuair a bheas gá le dréimire agus cleachtadh a dhéanamh roimh ré. Tig liomsa a bheith anseo go luath an mhaidin sin, mar ní dhéanfadh sé cúis thú a bheith ag déanamh amadáin díot féin le hobair shimplí mar sin agus a bheith troigh ón mballa. Cuirfidh tú na brící eatarthu istigh agus an fhad chéanna ón mballa. Tig linn a bheith ag múineadh na ceirde dhuit ach a mbí na Sasanaigh as raon cluas agus feictear dhom nach dtógfadh sé i bhfad ar dhuine intleachtúil mar thusa an cheird chéanna a fhoghlaim."

"Táim thar a bheith buíoch díot as ucht an oiread suime a chur ionamsa," arsa Taidhgín ag labhairt go staidéarach, "agus déanfaidh mé gach atá ar mo chumas a fhoghlaim chúns a bheas mé anseo. Ní ualach í an fhoghlaim ar chuma ar bith agus an té a dhéanann dianstaidéar ar pé ar bith gnaithe nó obair a bheas idir lámha aige, déanfaidh sé i bhfad níos suimiúla dhó féin an gnaithe nó an obair sin. Ba mhaith

liomsa innealtóireacht a fhoghlaim dá bhféadfainn mar tá suim
faoi leith agam in áit áirithe sa domhan ina mbeadh folúntais
d'innealtóirí i gceann cúpla bliain – nó roimhe sin, b'fhéidir."

"Is é an riachtanas máthair an eolais," arsa Seán, "agus
réitíonn an toil an tslí. Tá scoil na gceard tuairim is trí mhíle ó
dheas uaidh seo agus ní bréag a rá gur breá an scoil í.
D'fhéadfá freastal ar an scoil sin an geimhreadh seo chugainn
nuair a bheifeá réidh le hobair an lae agus b'fhéidir go
bhféadfá an cineál eolais atá uait a sholáthar dhuit féin ansin.
Tabharfaidh an traein aibhléise ón áit seo i bhfoisceacht cúpla
nóiméad siúil don scoil sin tú. An Borough Polytechnic is
ainm di. Rinne mise freastal ar an scoil chéanna ar feadh
bliana agus is mór an lán eolais a fuaireas ansin, go mór mór
eolas a bhaineas le foirgneoireacht."

"Tá chuile sheans go dtabharfaidh mé cuairt ar an áit ach a
dtige an geimhreadh," arsa Taidhgín ar nós cuma liom. "Ní
fhéadfainn freastal ar scoil ar bith go ceann tamaill mar bím ag
obair rómhall sa tráthnóna."

Tháinig scata fear oibre agus níorbh fhada i láthair iad
nuair a cloiseadh fead agus thosnaíodar ag obair ar a ndícheall,
duine ag coimhlint leis an duine eile. Níorbh fhada go dtáinig
an stiúrthóir agus chuir Seán Ó Raghallaigh cogar i gcluasa an
fhir sin agus ghlaoigh sé chuige Taidhgín. D'ordaigh sé dó
freastal a dhéanamh ar Sheán agus an saor bríce eile agus dúirt
leis go dtabharfadh sé obair dó uair ar bith a dteastódh fear
uaidh, pé ar bith áit i Sasana a bheadh obair le déanamh aige
agus go gcoinneodh sé go dtí an duine deireanach é.

D'fhan Taidhgín ar feadh míosa sa teach lóistín céanna ina
raibh sé an chéad oíche agus bhíodh an Seoigheach in éindí
leis a dhul amach chuile lá, ach ní minic a bhídís sa traein
chéanna ag tíocht ar ais dóibh, mar bhíodh an Seoigheach
réidh lena chuid oibre níos luaithe sa tráthnóna. Níor cheap
Taidhgín go bhfanfadh sé mí sa teach sin, ach níor airigh sé an
t-am ag sleamhnú chun bealaigh, cé nach mbíodh caitheamh

169

aimsire ar bith aige, cé is moite den obair sa lá, codladh san oíche agus turas fada maidin is tráthnóna. Níor thaithnigh béasa na bhfear a bhí ar lóistín sa teach sin leis, mar ba bheag oíche nach mbíodh duine nó beirt acu ar meisce. Dúradh leis go raibh obair mhíshláintiúil dá déanamh acu sa lá agus nach raibh neart acu air. D'fhág sé slán agus beannacht acu nuair a fuair sé culaith nua éadaí agus péire nua bróg.

Na Muimhnigh

Tráthnóna Dé Sathairn i ndeireadh na míosa d'imigh Taidhgín go dtí an seoladh a mhol Dónall Ó Cléirigh dó, agus bhí an áit sin suite ruainne beag le ceithre mhíle go leith soir ó dheas ón gcéad áit ina raibh sé. Nuair a bhí an tsráid a bhí uaidh agus uimhir an tí bainte amach aige bhrúigh sé an cnaipe agus chuala sé clog ag bualadh taobh istigh. Tháinig fear go dtí an doras ar an bpointe agus d'oscail é.

"An tusa Marcas Ó Súilleabháin?" arsa Taidhgín os íseal agus scrúdaigh sé an té a bhí os a chomhair ó cheann go talamh.

"Is mé an fear céanna!" ar seisean, "ach tá súil agam nach dtógfaidh tú orm é má abraim nach bhfuil aithne agam ortsa?"

Síneadh litir chuige agus d'oscail sé agus léigh go cúramach í. Chroith sé lámh go suáilceach cairdiúil le Taidhgín ansin agus dúirt leis a thíocht isteach.

"Seo é Taidhgín Ó Domhnaill!" ar seisean lena bhean, "an fear a rabhamar ag súil leis le mí anuas. B'amhlaidh a bhíomar ag ceapadh gur i bpríosún a bhí tú faoi seo ó tharla nach dtáinig tú an chéad seachtain tar éis fágáil na hÉireann duit, ach ar ndóigh níl a fhios ag fáidh ná ag file cé acu is fearr luas ná moille."

"Céad míle fáilte romhat anois féin!" arsa bean an tí.

Mhínigh sé dóibh go raibh sé ag obair agus go raibh a fhios ag a mhuintir féin cá raibh sé ón gcéad seachtain. Bhí sé ceaptha aige i dtosach cuairt a thabhairt orthu níos luaithe ach níor airigh sé mí ag sleamhnú chun bealaigh.

"Agus cén chaoi a bhfuil an scéal agat ó tháinig tú don tír seo?" arsa Marcas.

"Táim ag déanamh go láidir," ar seisean.

"Is beag is ionann an chathair seo agus Bleá Cliath?" arsa Marcas ag síneadh toitín chuige. "Táim ag ceapadh go bhfuil an chathair a chuir aoibhneas orm chomh minic is atá méar orm imithe ó aithne anois, tar éis a rinneadh de loisceadh is de réabadh i mbliana ann?"

Ní raibh Taidhgín saor ó chúthaileacht go fóill agus bhí sé ag déanamh iontais d'áilneacht na háite ina raibh sé anois agus ag samhlú dó féin gur beag cosúlacht a bhí idir an teach seo agus an teach a d'fhág sé. Bhí sé ina shuí ar chathaoir uillinneach, bean an tí agus fear an tí ar gach aon taobh de agus cheap sé go raibh chuile shórt ba bhreátha ná a chéile sa seomra suí sin. Thosnaigh sé ag smaoineamh ar chomhrá Mharcais.

"Is mór an chaill don tír," ar seisean, "na tithe breátha a loisceadh agus a scriosadh le Gaill agus ar cailleadh de shaibhreas. Faraor ní hamhlaidh atá an scéal maidir leis na taoisigh uaisle a cuireadh chun báis le Gaill, mar is ag Dia amhain atá a fhios cén uair a bheas taoisigh inchurtha leo in Éirinn arís! Ach ídeofar ar na creachadóirí Gallda é lá is faide anonn ná inniu agus is gearr go mbeidh bladhaire croíúil ar thine na Saoirse ar bhánta Fáil arís, le cúnamh Dé.

"Go dtuga Dia dhúinn!" arsa Marcas go díograiseach agus tharraing a chathaoir níos gaire don té a bhí ag caint.

"An mbeidh sibh a dhul chuig an chéad Aifreann ar maidin?" arsa bean an tí.

"B'fhearr liomsa a dhul don chéad Aifreann," arsa Taidhgín ag breathnú ar fhear an tí, "mar bhíos ag faoistin anocht agus ní fheileann Aifreann mall don té a bhíonn ag troscadh – agus bealach fada le dhul againn b'fhéidir – nó an bhfuil séipéal cóngarach?"

"Téimid chuig an Ardeaglais as seo agus is beag Domhnach nach mbímid ag an gcéad Aifreann ansin. Is mór an lán daoine a thoillfeadh istigh san áit sin. Bíonn an chrannóg i lár báire agus dá mbeifeá i do shuí cois balla in áit

172

ar bith ann is ar éigean go bhféadfá glór an tsagairt a
chloisteáil, cé gur deas uaidh seanmóir a thabhairt."

"Ní mórán de mhuintir na cathrach seo a théann go séipéal
ar bith," arsa bean an tí (Sinéad a bhí mar ainm uirthi), "agus
bíonn go leor díobh beagnach folamh chuile Dhomhnach, go
mór mór sa séipéal Protastúnach, ach is beag teach óil nach
mbeidh lán go doras ar a dó dhéag amáireach."

"Tá an fhírinne agat," arsa Taidhgín, "agus lomchlár na
fírinne ina bhfuilir a rá, mar tá sé tugtha faoi deara agam ó
tháinig mé anseo go bhfuil an scéal amhlaidh."

D'imíodar ina gcodladh go luath an oíche sin nuair a d'ól
gach aon duine acu gloine bhainne agus a ithe cúpla briosca.
Bhí fear an tí ag obair sa státseirbhís i Londain le suim achair
bhlianta agus ní raibh an goile róláidir aige cé go raibh sé ag
breathnú go maith agus bhí an tsláinte ar fheabhas aige.

Chodail siad go sámh an oíche sin, agus cloiseadh clog ag
bualadh ar a seacht ar maidin. D'imíodar go dtí an Ardeaglais
go díreach mar a bhí leagtha amach acu agus casadh a lán
Éireannach orthu nuair a bhí an tAifreann thart. Cuireadh
Taidhgín in aithne dóibh seo a raibh baint acu le Conradh na
Gaeilge agus an Ghluaiseacht Náisiúnta.

Bhí cluichí le bheith ar siúl acu an tráthnóna sin i bpáirc
éicint sna fo-bhailte, agus socraíodh go dtiocfaidís le chéile ar
mhachaire an bháire ar a trí. Bhí eolas ag Marcas ar an áit
agus dúirt sé go mbeadh sé i láthair agus go dtabharfadh sé
daoine eile leis.

D'imíodar abhaile ansin gan mórán moille a dhéanamh,
ach níorbh fhada go raibh sé in am acu a bheith ag gluaiseacht
arís le bheith i láthair ag na cluichí Gaelacha.

Bhí daoine óga ó chuile chontae in Éirinn i bpáirc an
bháire an tráthnóna sin. Bhíodar ag bualadh báire ar feadh
tamaill agus ag imirt peile ansin nuair a bhí an cluiche sin
thart. Bhí Taidhgín ag imirt mar chúltaca leis na Muimhnigh
agus ba dheas uaidh a dhéanamh. Bhí na mílte cailíní agus

buachaillí óga ag breathnú ar an mbáire ansin agus má rinne sé leas dá sláinte theastaigh sin uathu seo a bhí istigh ag obair in áiteacha míshláintiúla ar feadh na seachtaine.

D'imigh an scéal ó bhéal go béal go raibh céilí le bheith acu i mBóthar na Banríona an oíche sin agus bhí a bhformhór le dul ann, Marcas agus a chara san áireamh.

Nuair a bhí an tae ólta acu tar éis a dhul ar ais don teach dóibh rinne Marcas tagairt don chéilí agus d'iarr ar a bhean a thíocht leo, agus dúirt sise nár mhiste léi mar bhí sí tuirseach de bheith istigh.

"Tá sé in am againn a bheith ag baint coiscéim as," arsa Marcas nuair a bhí a scíth ligthe acu agus cuid de pháipéirí nuaíochta an Domhnaigh léite acu.

D'imigh leis an triúr acu i dtreo na háite ina raibh an céilí le bheith agus níorbh fhada go rabhadar i bPáirc de hÍde. Ní raibh an céilí le tosnú go ceann uair an chloig agus d'fhéadfaidís tamall a chaitheamh ag spaisteoireacht thart ag éisteacht le cainteoirí poiblí de chineálacha éagsúla. Bhí an-tóir ag Taidhgín ar na cainteoirí céanna a chloisteáil ach bhí sé a dhul rite leis i dtosach na canúintí a bhí ag cuid acu a thuiscint agus meabhair a bhaint as an mBéarla a bhí dá stealladh acu.

Bhí fear amháin ar ardán cóngarach do gheata na páirce agus slua mór millteach cruinnithe thart air. Fear mór láidir buí-chraicneach a bhí ann agus culaith oibrithe air agus a chuid gruaige ag fás trína chaipín stróicthe. Chuirfeadh sé mairnéalach i gcuimhne duit le breathnú air, ach déarfá gur céimí ollscoile a bhí ann lena chloisteáil ag déanamh óráide. Bhí cúr lena bhéal agus é ag cur de go sciobtha.

"Tá an tír an-tite siar," ar seisean. "Cén mhaith tuarastal ard má tá an caighdeán maireachtála íseal? An té nach mbíonn ach cloigeann éin aige is deacair aon cheo a chur isteach ina chloigeann agus is é a fhearacht sin ag cuid den lucht oibre é. Is mór an lán a d'fhéadfaidís a dhéanamh dá dtéidís féin ag cúnamh dá chéile. Dá ndéantaí sin bheadh greadadh airgid agus greadadh le n-ithe acu, an dá chuid in aice a chéile, agus bheadh saoire acu thar mar a bhí, ach mo léan ní dhearna agus is iad féin atá thíos leis."

Rinne sé tagairt do chuile chineál rialtais a bhí ar an domhan ariamh, agus dúirt go raibh chuile cheann acu lochtach agus go raibh sé féin agus a lucht leanúna le rialtas den togha a chur ar bun dá leantaí iad. Dúirt sé go raibh éagóir uafásach dá déanamh ar nócha agus a seacht faoin gcéad sa gcathair sin le triúr faoin gcéad a shaibhriú, cé go raibh siadsan róshaibhir cheana agus gur mó a bhí an saibhreas sin ag déanamh dochair ná leas dóibh.

Bhí fear dea-ghléasta glan-bhearrtha cóngarach dó ar ardán eile agus slua mór thart air sin chomh maith. Bhí seisean ag moladh an rialtais agus a rá nár bunaíodh ó thosach staire aon rialtas nó córas rialtais inchurtha leis an gcóras daonlathach rialtais a bhí acu féin i Sasana. Mhol sé dóibh a bheith mórálach as a dtír féin agus a bheith réidh i gcónaí le bás a fháil ar a son, mar b'fhearr dóibh bás a fháil ar son cúise gur fiú troid ar a son ná bás a fháil san otharlann b'fhéidir de bharr aicíd uafásach éicint, nó de bharr timpiste in obair mhíthábhachtach éicint. Mhínigh sé dóibh go bhfaigheadh na péistí an duine ab óige acu taobh istigh de chéad bliain, nó b'fhéidir bliain amháin, agus gur gearr céad bliain féin i saol an domhain. Shéan sé go ndéanfadh rialtas Shasana lomadh ar lagar nó éagóir ar an té a bhí thíos.

Níor fhan Marcas agus a chara rófhada ag éisteacht le ceachtar acusan, ach d'imigh níos faide go dtí ardán eile mar a raibh fear bán-aghaidheach, dea-labhartha ag iarraidh a chur ina luí ar a lucht éisteachta nach raibh cothrom na Féinne á fháil ag madaí na tíre agus go rabhthas ag caitheamh go suarach le hainmhithe eile in áiteacha nach raibh rófhada as láthair agus go raibh sé thar am casaoid a chur chuig an rialtas.

Bhí cainteoir eile cóngarach dóibh a raibh aghaidh naoimh

air agus ba bheag creideamh a bunaíodh ariamh as sin go dtí an áit ab fhaide as láthair sa Domhan Thoir nach ndearna sé tagairt dóibh agus rinne léirmheas orthu. Ba é a thuairim láidir go raibh a bheag nó a mhór de mhaitheas le chuile cheann acu ach nach raibh sa gceann ab fhearr díobh ach sop in ionad scuaibe i gcomórtas leis an gCríostaíocht.

"Tá chuile dhuine acu ag tarraingt ar a cheirtlín féin!" arsa Marcas agus é ag déanamh ar an ngeata arís. Dá mbeadh cuid acu thiar in Éirinn is dócha gur maith an chluas a thabharfaí dóibh – nó b'fhéidir go gcuirfidís an ruaig ar chorrdhuine acu?"

"Ní fhéadfainn a rá go barainneach céard a tharlódh dá leithéidí in Éirinn!" arsa Taidhgín ach níorbh orthu a bhí sé ag smaoineamh.

Bhí sé ag samhlú dó féin go mbeadh an céilí ag tosnú nóiméad ar bith feasta. Ní fhéadfadh sé céilí eile a ligint chun dearmaid, nó Eibhlín Nic Dhiarmada a ruaigeadh as a intinn. Cé go ndearna sé iarracht é a dhéanamh bhí sé fánach aige. Ba mhaith leis go mór í a fheiceáil arís, ach is dócha go mbeadh sí pósta leis an gceannaitheoir eallaigh an chéad uair eile a d'fheicfeadh sé í.

"Mo léan!" ar seisean ina intinn féin, "go bhfuil a muintir chomh deisiúil agus atá siad. Ní ligfidís di fear bocht de mo leithéidse a phósadh!"

Rinne sé iarracht ansin an taobh ba ghile den scéal a fheiceáil agus chuimnigh ar an seanfhocal: An rud is measa le duine níl a fhios aige nach é lár a leasa é.

Níorbh fhada go rabhadar beirt ina seasamh ag doras an tí ina raibh an céilí le bheith. Ní mórán daoine a bhí i láthair go fóill ach bhí an fhoireann cheoil ar an ardán. Líonadh an halla le ceol Gaelach gan mórán moille agus níor bhinne le Taidhgín na ceolta sí ná an ceol sin. B'fhearr é na ceol ar bith a chuala sé ariamh in Éirinn. Ba bhreá leis a bheith ag éisteacht leis agus tharraing sé níos gaire don ardán lena chloisteáil níos fearr.

Bhí na daoine ag brú isteach go tiubh anois agus d'íocadar dhá scilling an duine ag an doras ag tíocht isteach dóibh. Bhí a bhformhór ar an urlár ar an bpointe nuair a chualadar fear óg a bhí i lár báire ag bualadh bos agus ag glaoch amach an Cor Seisear Déag. Chuir an ceol draíocht ar chuile dhuine acu a raibh an tsláinte go maith aige agus fuil Ghaelach ag rith ina chuisleacha aige. Bhí Marcas ag rince lena bhean féin, ach bhí Taidhgín ina shuí mar a bheadh sé greamaithe don suíochán ag éisteacht leis an gceol. Ní dhearna sé rince ar bith an oíche sin ach d'fhan ag comhrá le buachaillí a chuir Marcas in aithne dó.

Ní mórán den oíche a bhí caite nuair a thug Marcas comhartha dó, agus dúirt go raibh sé féin agus a bhean a dhul abhaile.

"Is furasta greann a sholáthar don óige, ach níl muidne óg feasta," ar seisean, agus thosnaigh ag gáirí.

D'imigh an triúr acu abhaile ansin agus d'fhéadfá a rá go raibh an-mheas ag Taidhgín ar an mbeirt acu agus an meas céanna acusan air.

D'fhan sé i Londain ar feadh cúpla bliain agus ba bheag seachtain nár chuir sé airgead abhaile, mar ní raibh leigheas i ndán dá athair tar éis ar cailleadh d'airgead leis. Ba bheag scéal nua a raibh tábhacht ar bith leis nach bhfaigheadh sé ó Éirinn. Scríobhadh sé corruair ag Peadar Ó Donnchadha agus Brian Mac Diarmada agus Eibhlín.

Ní raibh seachtain ar bith ó chuir sé an chéad litir abhaile nach mbíodh scéal chuige ó dhuine éicint in Éirinn acu, go mór mór Eibhlín. Ba aicise a bhíodh na scéalta ba shuimiúla. De réir chuile chosúlachta bhí an Ghluaiseacht Náisiúnta a dhul ar aghaidh go seolta sa deireadh agus a lán fear óg ag stócáil chun cogaidh.

Lá dá raibh Taidhgín amuigh ag siopadóireacht tar éis tíocht óna chuid oibre dó, casadh Marcas leis agus d'inis dó go raibh fear ó Éirinn dá thóraíocht ag an teach ach nár mhaith leis fanacht rófhada ar fhaitíos go mbeadh na síothmhaoir sna sála air.

"Ordaíodh dhuit," ar seisean, "bosca atá i ndeisceart na cathrach i láthair na huaire a chur ar thraein faoi leith ar a hocht a chlog. Tá nóta anseo agam uaidh ina bhfaighidh tú chuile eolas a bheas riachtanach. Cuir ort an chulaith oibre is measa atá agat agus abair le hEoghan Mac Lochlainn (an fear a bhfuil an gluaisteán aige) an cleas céanna a dhéanamh. Gheobhaidh mise an bosca dhuit, ach ní rachaidh mé go dtí an stáisiún. Tá seoladh na háite a bheas uait sa nóta agus eolas ar an áit ag Eoghan, mar bhí seisean ag bualadh thart ansin aréir ar a hocht a chlog. Tá an fear sin chomh géarchúiseach leis an mbleachtaire is fearr agus tá chuile shórt ar deil aige. Beifear ag súil go bhfanfaidh tusa ar an ardán go dté an traein isteach agus go ndéanfaidh tú an chuid is mó den obair. Tá tusa níos óige ná Eoghan agus seans nach mbeadh drochamhras ag bleachtairí ort."

Is leor nod don eolach agus thuig mo dhuine an scéal ar an toirt. Mhínigh sé go raibh chuile sheans go mbeadh sé contúirteach go leor agus dúirt go raibh a fhios aige nach mbíonn bua mór gan chontúirt. Chuimhnigh sé ar Sheachtain na Cásca agus na fir óga uaisle nach raibh suim chnaipe sa saol acu.

Bhí sé ar an ardán ag an stáisiún a luadh sa nóta cúpla nóiméad roimh a hocht, é ag siúl anonn agus anall go bhfaca sé an traein ag tíocht. Bhí Eoghan amuigh sa tsráid, ach níor thóg sé i bhfad air a thíocht ar ais agus lámh chúnta a thabhairt leis an mbosca nach raibh rómhór, ach a bhí trom go leor. D'fhan Taidhgín ar feadh nóiméid sa traein earraí tar éis an bosca a chur isteach dóibh. Nuair a bhí Taidhgín ar an ardán arís, agus an traein ag gluaiseacht, chuir Éireannach óg géarchúiseach dea-ghléasta a cheann amach ar an bhfuinneog, agus bheannaigh dó. Bhí Taidhgín agus Eoghan ag comhrá le chéile sa tsráid go ceann nóiméid. Isteach leo sa ngluaisteán agus d'imigh ar ais don áit a d'fhágadar ar a seacht a chlog.

"Táim ag ceapadh," a deir Eoghan, agus iad ag scaradh le chéile an oíche sin, "go mbeidh an bosca sin i gContae Chorcaí i gceann cúpla lá. Is é an múnla céanna atá ar an gceann seo agus na cinn atá sa mbosca."

Tharraing sé amach gunna glaice agus nuair a thaispeáin sé do Thaidhgín é chuir sé ar ais ina phóca arís é. Ní bhíodh obair ar bith eile ar siúl ag Eoghan ach ag tóraíocht gunnaí agus dá seoladh go Cúige Mumhan.

Moladh do Thaidhgín leanacht lena chuid oibre ó tharla go raibh a athair tinn agus a mhuintir ina thuilleamaí air, ach ní raibh aon luí aige leis an gcineál oibre a bhí dhá dhéanamh aige i Sasana, cé go bhfuair sé ardú pá agus postanna níos fearr ná mar a bhí aige. I dtosach bhí mian na fánaíochta ann.

Rinne sé freastal ar an scoil a moladh dó, mar ba mhian leis a bheith éifeachtach dá mbeadh baint aige le cogadh na saoirse arís, ach bhí díomua air i dtosach mar ní raibh a dhíol eolais ar ríomhaireacht aige leis na léachtaí a thuiscint go maith. Bhí daoine cliste ag freastal na scoile sin agus facthas dó nár mhór dó brostú má bhí sé le coimhlint a dhéanamh le daoine mar iad siúd. Bhí an múinteoir ar fheabhas agus thaithnigh na mic léinn go mór leis. Níorbh ionann béasa dóibh féin agus na Sasanaigh lena mbíodh sé ag obair. Bhíodh sé an-tuirseach de bharr a chuid oibre ar feadh an lae, áfach, agus ní fhéadfadh sé tairbhe iomlán a bhaint as an gcúrsa. Bhí ionadh agus díomua air nuair a dúradh leis nár mhór dó sé bliana ar a laghad a chaitheamh ag foghlaim sula mbeadh eolas cruinn beacht aige ar an gcineál innealtóireachta lena raibh sé ag plé; ach chuir sé fearas ar a intleacht ar chuma ar bith agus ba mhór an gar sin dó.

Tráthnóna amháin tháinig fear dá thóraíocht go díreach nuair bhí a bhéile ite aige tar éis tíocht óna chuid oibre dó.

"Tá fear anseo le tú a fheiceáil!" arsa Marcas leis, "agus deir sé go ndearna sé freastal ar an scoil chéanna leat in Éirinn."

D'imigh Taidhgín go dtí an doras agus rinne sé grinndearcadh ar an té a bhí os a chomhair, ach ní raibh a fhios aige i dtosach cé a bhí aige ann.

Fear óg a bhí ann a raibh croiméal air agus é ag caitheamh spéacláirí. Bhí sé gléasta go galánta agus de réir chuile chosúlachta bhí sé ar rothaí órga an tsaoil. Níor aithníodh é gur labhair sé sa deireadh agus é ag pléascadh gáirí.

"Céad míle fáite romhat!" arsa Taidhgín, ag croitheadh láimhe leis. "Is tusa Séamas Ó Néill má tá sé beo ar dhroim na talún."

"Is fada ó d'éalaigh mé uathu!" arsa Séamas, "agus rachaidh mé i mbannaí dhuit nach mbeadh bacadh nó baint agam le harm Shasana feasta. Is fada ar mo sheachnadh mé, ach bím ag obair. Rinne fear lena raibh mé ag obair cur síos ort agus thuigeas gur tú a bhí ann tar éis é a cheistiú go healaíonta."

"Buail isteach," arsa Marcas leis, "agus tig libh a bheith ag caint istigh."

"Táim buíoch díot!" arsa Séamas, "ach b'fhearr liom a dhul ag siúl tamall."

D'imigh an bheirt acu amach, agus ba acu a bhí an comhrá fada, mar b'iomaí scéal a bhí le n-aithris acu beirt sular scaradar an oíche sin.

An Saol Meiriceánach

Bhí Taidhgín ag caint ar dhul go Meiriceá le tamall anuas, agus an rud a bhíonn dhá shíor-lua tarlaíonn sé sa deireadh. Bhí deis chun imeachta á fáil aige anois agus ní dhéanfadh sé cúis dó lúb ar lár a ligint le buntáiste. D'fhéadfadh sé a bhealach a oibriú anois.

Tugadh leid dó go raibh bheirt fhear a bhí ag troid seachtain na Cásca lena mbealach a oibriú ó Learpholl, agus d'fhéadfadh sé imeacht ar an long chéanna, ach a dtige sé ar ais go Sasana arís. Tharla gur deartháir do dhuine den bheirt a bhí mar chaptaen ar an long sin agus bhí scata fear ag obair ar bord na loinge sin a bhí toilteanach a n-anamacha a imirt ar son na hÉireann.

Mhínigh Taidhgín do na daoine lena raibh sé ag fanacht go mba mhian leis an saol Meiriceánach a fheiceáil. Dúradh leis nár mhór dó riar maith airgid a dhul i dtír dhó thall agus ní raibh airgead ar bith dá chur abhaile aige le déanaí, ach ina dhiaidh sin is uile bhí an t-airgead ag sleamhnú uaidh ar chaoi éicint agus ní mórán a bhí sábháilte aige, cé nach raibh sé chomh caifeach leis an ngnáthÉireannach.

Níor tháinig an long ar ais i ngan fhios dó agus bhí sé ar an duga ag Learpholl nuair a bhí sí réidh chun seolta arís, chuile thimireacht a bhí riachtanach déanta aige agus chuile shórt ar deil aige. Bhí litir faighte aige ó chara don chaptaen, agus nuair a tugadh an litir aitheantais don chaptaen léigh sé í agus chuir fios ar Thaidhgín. Tar éis tíocht i láthair an chaptaein dó bhí agallamh acu le chéile agus cuireadh ag obair é ag cuidiú le fear a bhí ag stócáil.

Níorbh ionann í agus an long inar sheol sé ó Bhleá Cliath a dhul go Sasana dó, mar thoillfeadh dhá long den chineál sin istigh inti seo, nó trí cinn acu b'fhéidir. Agus maidir le hobair níor chreid sé ariamh go dtí sin go mbíodh leath an oiread oibre ar siúl ar bord loinge. Bhí formhór na bhfear déanta ar an gcinéal oibre a bhí le déanamh acu agus ba dheas uathu a gcuid oibre a dhéanamh. Déarfá le breathnú ar dhuine acusan ag obair nach raibh cnámh leisciúil ina cholainn.

Cé gur mí na Lúnasa a bhí ann, bhí an fharraige garbh go leor go ndeachaigh siad cúig céad míle ó Éirinn agus ba mhinic leathmhaing ar an long cé gur beag long ar dhroim na bóchna a bhí chomh mór nó chomh trom léi. Tar éis míle bealaigh a chur díobh níor ghoill an mhuirghalar ar mhórán de na paisinéirí, cé go raibh na céadta buailte síos le cúpla lá tar éis a dhul ar bord dóibh. Thosnaíodar ag imirt cluichí nuair a bhíodar leath bealaigh agus ba mhinic Taidhgín ar chláracha na loinge ag imirt nuair nach mbíodh sé cruógach agus cé nár thuig sé na cluichí i dtosach ba ghearr an mhoill air iad a fhoghlaim. Bhí babhta dornálaíochta ag cuid de na mairnéalaigh chuile mhaidin ar a seacht a chlog agus scata daoine óga ag breathú orthu. Léití Aifreann chuile mhaidin, mar bhí beirt shagart mar phaisinéirí a dhul go Nua-Eabhrac, ach is beag duine cé is moite de na hÉireannaigh a bhíodh ag éisteacht Aifrinn agus b'iomaí duine díobh sin a chodlaíodh rófhada ar maidin.

D'oibrigh Taidhgín go crua agus chaill sé go leor allais ar feadh na seachtaine sin, ach bhí sé láidir agus sláintiúil agus níor mhiste leis ó tharla go raibh sé ar a bhealach go Meiriceá mar a raibh saoirse agus saibhreas as an gcoitiantacht. Nuair a bhíodar ag tarraingt cóngarach do na Stáit Aontaithe d'airigh sé an aimsir níos teo ná mar a d'airigh sé ariamh roimhe í agus bhí dó gréine ag goilleadh ar a lán de na paisinéirí; bhí an fharraige ina plata airgeadta chomh mín réidh sin gur cheap cuid acu gur in áit éicint neamhshaolta a bhíodar. Uaireanta níor airíodar an long ag gluaiseacht, cé go raibh sí ag gluaiseacht siar ar nós na gaoithe, agus ba mhinic a cheap cuid acu gur i dteach ósta mór galánta a bhíodar agus rinne dearmad go sealadach go raibh long nó farraige cóngarach dóibh; go mór mór nuair a bhídís ag ithe.

Cuireadh aoibhneas ar chroí Thaidhgín nuair a chonaic sé 'Dealbh na Saoirse' sa deireadh. Bhí aithne aige ar a lán de na paisinéirí faoin am seo agus daoine geanúla ba ea a bhformhór; agus níorbh fhada anois go mbeadh sé ag scaradh leo, agus ní fheicfeadh sé go deo arís iad tar éis dhul i dtír dó. D'éist sé go foighdeach le gíoscán an tsoithigh a dhul isteach chuig an dug di, agus ba ghearr go raibh sé ag siúl ar thalamh Mheiriceá, Talamh na Saoirse! Ghabh sé buíochas leis an Athair Síoraí.

B'fhada ag samhlú dó féin cén cineál tíre a bhí ag na Meiriceánaigh agus cén cineál daoine a bhí iontu féin, ach anois d'fhéadfadh sé staidéar a dhéanamh orthu. Cheap cuid acu go raibh sé le dul ar ais ar an long arís, ach bhí dul amú orthu. Ní raibh bagáiste ar bith aige, ach bhí airgead ina phóca le chuile rud a bheadh riachtanach a cheannach agus ní thógfadh sé i bhfad air an seoladh a thug Marcas dó a bhaint amach agus bheadh leis ansin.

Bhí sé le ceist a chur ar fhear a bhí ag siúl ar an tóchar in aice leis, agus cúpla slat roimhe amach, ach bhí an fear ag sleamhnú uaidh go sciobtha agus ní fhéadfadh sé a thíocht suas leis gan rith, ach ní dhéanfadh sé cúis rith ina dhiaidh, mar b'fhéidir go gceapfadh an Poncán gur gadaí a bhí ann agus go ndéanfadh sé gunna glaice a dhíriú air, agus é a scaoileadh b'fhéidir? Sheas sé nóiméad agus thug súilfhéachaint ar na daoine a bhí ag gluaiseacht siar agus aniar. Ní daoine dubha a bhí iontu uile, cé go raibh go leor daoine gorma ina measc. Cá raibh na daoine gealchraicneacha – nó an amhlaidh gur buí ón ngréin a bhí chuile dhuine acu? Bhí gléas iompair de chineál éicint ag fanacht ar chuile dhuine a tháinig as an long, ach d'imigh seisean leis de shiúl cos.

Ní ainmneacha atá ar na sráideanna i Nua Eabhrac ach uimhreacha agus níorbh fhada go raibh sé sa seachtú sráid, ach ní mórán le seacht gcéad slat a bhí siúlta go fóill aige. Bhí firín buí-chraicneach ag díol uachtar reoite cóngarach do dhoras tí ina raibh siopa beag agus sheas Taidhgín agus fuair luach chúig cheint uaidh. Ba é sin an chéad uair a thug sé faoi deara airde uafásach na dtithe a bhí ar gach aon taobh de. Bhí céad urlár ar chuid acu, má bhí ceann amháin. Rinne sé iarracht na fuinneoga a chomhaireamh ar chuid acu, ach bheadh sé chomh maith aige a bheith ag caitheamh cloch leis an ngealach, agus theip air a dhéanamh, ach cuireadh ag machtnamh é ar an saothar a bhí ar siúl nuair a tógadh na tithe iontacha sin.

Nuair a d'fhiafraigh sé den fhirín cá raibh a leithéid seo de shráid mhór tuigeadh go soiléir é agus cuireadh in iúl dó go raibh an chathair roinnte ina dhá leath. Mhínigh sé gur iarthar na cathrach a bhí uaidh agus rinne tagairt d'ainm na sráide arís. Mhol an firín dó imeacht ar an gcéad rian-charr a d'fheicfeadh sé ag dul siar.

Bhí rian-charr (carr sráide a thugtar orthu ansin) ag tíocht cheana féin, agus mhaolaigh sé sa ghluaiseacht a dhul thairis amach. Bhí sé le dul ar bord mar rinne sé go minic i Sasana nuair a bheadh rian-charr ag gluaiseacht go mall, ach ní fhéadfadh sé a dhéanamh anseo, mar bhí an doras dúnta. Tráthúil go maith bhí an stad cóngarach dó, agus nuair a tháinig sé go dtí é, osclaíodh an doras le gléas aibhléise éicint, agus ligeadh isteach é. Fuair sé airgead Meiriceánach ar bord na loinge agus bhí sé freagrach dó anois. Níorbh fhada go raibh sé sa tsráid a bhí uaidh, ach b'éigean dó imeacht míle go leith ó dheas ar thraein aibhléise sula raibh sé cóngarach don uimhir a bhí uaidh.

Rinne sé staidéar ar an gcaoi a raibh na sráideanna leagtha amach agus chuir an toradh ríméad air. Bhí na sráideanna ag rith soir siar agus na bóithre ba thábhachtaí ag rith trasna orthu ó thuaidh agus ó dheas, an oiread seo slat idir gach sráid agus an oiread seo sráideanna don mhíle, i riocht is go bhféadfá a dhéanamh amach cé mhéad míle uait seoladh áite ar bith sa chathair agus a dhul ann gan tuairisc a chur le duine ar bith; bhí an costas taistil níos saoire ná mar a bhí sé i Sasana agus gluaiseacht na dtraenacha aibhléise mar a bheadh Dia dá rá leo.

Fuair sé culaith nua Mheiriceánach an tráthnóna sin agus d'imigh isteach don bhearbóir sula ndeachaigh sé go dtí an teach ina raibh cónaí ar Dhonnchadh Ó Flannghaile agus a bhean. Ba é sin an fear a mhol Marcas dó agus scríobhadh chuige roimh ré a rá leis go raibh Taidhgín ag tíocht agus ag moladh dó pé ar bith cabhair a bheadh riachtanach a thabhairt dó mar go raibh sé tuillte aige.

Shílfeá gur mac rí a bhí ann leis an bhfáilte a cuireadh roimhe i dteach Uí Fhlannghaile an tráthnóna sin. Bhí Donnchadh Ó Flannghaile ina chónaí sa dara hurlár ag an seoladh a fuair sé ó Mharcas Ó Súilleabháin agus ní raibh gá le gléas tógála, ach d'fhan Taidhgín cúpla nóiméad ag breathnú ar an ngléas tógála ag obair sula ndeachaigh sé go dtí an staighre.

Bhí muintir an tí ag súil leis agus bhí seisear fear óg ón gcomharsanacht istigh lena fheiceáil. Ní fáilte go dtí an fháilte a fearadh roimhe agus tugadh cuireadh dó go tithe na bhfear eile, agus tithe nach iad. Bhí cailín óg tar éis tíocht isteach ón Ardscoil, a bhí gaolmhar le bean an tí – agus rinne sise chuile sheoladh a fuair sé a bhreacadh síos dó, na háiteacha ina raibh obair a bheadh feiliúnach dó san áireamh. Leagadh díol rí de bhéile roimhe, ach bhí an teas millteach ag goilleadh chomh mór sin air nach bhféadfadh sé mórán a ithe. Bhí buidéal uisce beatha leagtha roimhe agus líon fear an tí gloine dó nuair a bhí a bhéile ite aige, ach ní ólfadh sé braon de, mar bhí tuairim láidir aige gur fearr an seans buachana a bheadh ag Gaeil i gcogadh na Saoirse dá ndéantaí deochanna meisciúla a sheachaint agus b'ábhar imní agus bróin dó go minic an riocht ina raibh Éireannaigh Shasana de bharr a bheith tugtha d'ól.

Tháinig scata cailíní agus triúr fear eile isteach an oíche sin; gaolta le muintir an tí ba ea cuid acu agus bhí ceol, rince, amhránaíocht agus scéalaíocht ar siúl ó leathuair tar éis a deich go dtí a haon a chlog. Bhí a bhformhór le bheith ina suí ar a sé a chlog ar maidin agus bhí sé thar am acu imeacht abhaile nuair a d'imíodar.

Ní dheachaigh Taidhgín ag tóraíocht oibre go ceann cúpla lá, ach thug sé cuairt ar a lán daoine óna chomharsanacht féin i dTuar Mhic Éadaigh. B'iondúil go dtabharfadh duine acu seoladh an duine eile dó agus fuair sé a lán eolais a bhí freagrach dó ina dhiaidh sin. Thug sé cuairt ar chuid de na hallaí ina mbíodh Éireannaigh ag tíocht le chéile sa tráthnóna agus léigh sé cóip de chuile pháipéar nuaíochta a bhí fabhrach do chúis na Saoirse in Éirinn agus ba mhór an chúis mhisnigh dhó cuid acu a léamh. Chráigh sé go smior é an neamhsuim a bhí dhá dhéanamh i gcúis a dtíre ag cuid de na daoine a rugadh in Éirinn, ach bhí na Gaeil-Mheiriceánaigh ag obair go díograiseach agus is mór an lán airgid a bhí bailithe do chúis na hÉireann ag cuid acu. Thuig Taidhgín an scéal, mar bhí a fhios aige nár mhaith leo seo a raibh ardléann agus postanna tábhachtacha acu agus tabhairt suas maith orthu, é a bheith le rá ag muintir Mheiriceá, nó muintir aon tíre eile gur shíolraigh siad ó sclábhaithe agus bhí sé ceaptha acu deireadh a chur leis an sclábhaíocht in Éirinn dá mb'fhéidir é.

D'imigh Taidhgín ar fud na cathrach ag tóraíocht oibre i ndeireadh na seachtaine sin agus níorbh fhada gur fostaíodh é le comhlacht mór gluaisteán. Tugadh os comhair an dochtúra é agus rinneadh géarscrúdú air mar a dhéantar le chuile fhear a fhostaítear ina léithéid d'áit. Bhí an dochtúir thar a bheith crosta agus bhí fear ar shínteán in aice an dorais agus b'uafásach an phian a bhí dá fulaingt aige de réir gach cosúlachta, ach nuair a thosnaigh sé ag clamhsán bhreathnaigh an dochtúir go tarcaisneach air, ach focal níor labhair sé leis. Tugadh sínteán eile isteach agus míníodh don dochtúir gur thit roth ar dhroim an fhir a bhí sa síynteán sin agus go raibh sé gortaithe go dona. D'aithnigh Taidhgín ar a aghaidh gur Éireannach a bhí ann agus bhí an fear bocht chomh bán-aghaidheach le cailc, ach ní fhéadfadh sé labhairt.

"Cén chaoi ar tharla sé?" arsa an dochtúir, "nó an bhfuil na hÉireannaigh chomh maolintinneach leis na hIodálaigh anseo?"

"Bhí sé cromtha síos ag obair," arsa duine de na fir a thug isteach é, "nuair a thit an roth air gan súil ar bith aige le tada. Bhí meall mór acu os cionn a chéile agus gan iad déanta suas i gceart. Níorbh eisean ba chiontach ach an té a rinne suas iad."

Bhreathnaigh an dochtúir go crosta arís ar an mbeirt fhear a bhí gortaithe agus cheapfeá go raibh sé le tuí-shrathar a bhualadh orthu, ach ní dhearna. Thosnaigh sé ag freastal ar an bhfear deireanach a tugadh isteach agus dúirt leis an bhfear eile go rabhthas lena thabhairt don ospidéal ar an bpointe.

Bhí fear taobh amuigh ag fanacht ar Thaidhgín, mar theastaigh uaidh a mhíniú dó céard a bheadh le déanamh aige. Fiafraíodh de an mbeadh sé toilteanach oibriú san oíche dá mbeadh gá leis agus dúirt sé go mbeadh.

Bhí na mílte fear ag obair sa mhonarcha sin agus b'uafásach an gleo a bhí le cloisteáil ar chuile thaobh le meaisíní aibhléise ag obair. Is ar éigean go bhféadfá do ghlór féin a chloisteáil acu, gan trácht ar scéal an té a bheadh ag caint leat a chloisteáil nó a thuiscint go maith.

Tugadh suaitheantas do Thaidhgín ina raibh uimhir, agus moladh dó é a chaitheamh ar a chasóg, nó ar a léine, nuair a bheadh sé ag obair ansin ag pacáil píosaí d'ábhar gluaisteáin a bhí le honnhairiú. Bhí scata fear ag coimhlint le scata eile agus iad ag obair ar a ndícheall. Bhí na píosaí de chruach a bhí dhá láimhseáil acu chomh híleach sin go raibh éadach na bhfear scriosta acu agus fiú amháin a n-éadain, bhíodar smeartha leis an íle. Bhí obair níos glaine ag na daoine a bhí ag folmhú carranna agus acu sin a bhí ag déanamh boscaí.

187

Taidhgín

Dúirt duine de na fir gur thit seisear i bhfanntais de bharr teasa, cúpla lá roimhe sin agus gur beag fear a leanfadh rófhada leis an obair sin, cé go raibh tuarastal maith a dhul dóibh agus ardú pá leis an aimsir don té a shásódh an comhlacht, ach gur beag a bhí in ann sin a dhéanamh.

"Bíonn an bua ag an té is righne!" arsa Taidhgín ina intinn féin, "agus leanfaidh mé leis go ceann tamaill ar chaoi ar bith. Fear geanúil atá sa stiúrthóir, ach níl an córas atá acu anseo le moladh."

Thug Donnchadha Ó Flannghaile geallúint dó go bhfaigheadh sé post maith dó, ach níor mhór dó ardoideachas leis an obair a bhí i gceist ag Donnchadha a dhéanamh go héifeachtach agus bhí sé ag ceapadh nach raibh a dhóthain oideachais aige chun é a dhéanamh, agus ní bhacfadh sé leis.

"Tá sé tugtha faoi deara agam," ar seisean le Donnchadha tráthnóna amháin tar éis tíocht isteach dó, "go bhfuil meas agus ómós ar Ghaeil sa tír seo thar mar atá i Sasana."

"Níl ort ach féachaint siar ar an stair leis sin a thuiscint," arsa Donnchadha. "Chuir na hÉireannaigh an Phoblacht is fearr a bhí sa domhan ariamh ar bun anseo nuair a theip orthu saoirse a dtíre féin a bhaint amach. Is beag nach raibh leathchéad faoin gcéad de na saighdiúirí a rinne troid ar son na saoirse anseo ag labhairt na Gaeilge."

"Bhí Gaeil-Mheiriceánaigh ag fostú na bhfear in go leor áiteacha ina rabhas ag cuartú oibre," arsa Taidhgín. "Rinneadar mo sheoladh a bhreacadh síos agus dúradar go gcuirfidís fios orm ach a mbeadh folúntas. D'fhiafraíodar dhíom cén áit in Éirinn a raibh cónaí orm agus d'inis dom ainm na háite inar rugadh a muintir féin."

Mhol Donnchadha freastal a dhéanamh ar Choláiste sa chathair ina mbíodh léachtaí dá dtabhairt do dhaoine óga sa tráthnóna agus mhínigh dó nach mbeadh sé róchostasach agus go rachadh sé chun tairbhe dó.

"Tá daoine ag imeacht le haer an tsaoil anseo," ar seisean.

"Tá chuile shórt ar fheabhas sa tír seo ag an té a bhfuil an t-airgead go fairsing aige. Tá chuile phléisiúr saolta sa tír seo ag daoine, ach ní théann sé chun tairbhe dá lán acu. Mholfainnse dhuit oideachas a sholáthar dhuit féin ó tharla deis agat, é a dhéanamh agus gan bacadh leis an dream a bhfuil tóir ar phléisiúr acu. Tig leat do rogha féin a bheith agat, ach ní rogha an dá dhíogha atá molta agamsa dhuit agus ní thig leis an ngobadán an dá thrá a fhreastal."

Tharla gur chuir Donnchadha in aithne é do dhuine de na hOllúna a bhí ag múineadh sa gColáiste. Brian Ó Laoire a bhí mar ainm air agus bhí caidreamh aige le Gaeil ó rugadh é agus chuir sé suim faoi leith i dTaidhgín. Thuig sé na deacrachtaí a bhain le fear a bhí ag obair ar feadh an lae agus thug sé cuireadh do Thaidhgín chun a thí féin sna fo-bhailte agus thug léacht phríobháideach dó sa seomra suí tráthnóna amháin gan leabhar nó peann ag ceachtar acu.

"Is deacair sainmhíniú a dhéanamh ar chóras oideachais na tíre seo," ar seisean, "i ngeall ar a bhfuil de Stáit Aontaithe againn agus a chóras féin ag gach ceann acu, ach feictear dhomsa go bhfuil an fhealsúnacht atá taobh thiar den oideachas níos tábhachtaí ná an modh múinte. Tá coláistí sa tír seo ina dtugtar léachtaí ar nósanna agus ar bhéasa na ndaoine saibhre agus is beag eile a mhúintear iontu. Bíonn go leor bláthanna ach go mbíonn an toradh gann. Ní chuirtear forás ar an spiorad sna háiteacha sin."

"Gabh mo leithscéal," arsa Taidhgín, "ní gá tagairt a dhéanmh dóibh, mar ní bheidh mo dhóthain airgid agamsa le freastal orthu dá mbeidís ar fheabhas."

"Coinnigh smacht ort féin sa tír seo ar chuma ar bith," arsa Brian, "agus is tábhachtaí é ná saibhreas saolta. Beidh smaointe suaracha ag iarraidh barr a fháil ar oidim uaisle. Díbir na smaointe suaracha mar a dhéanfadh feilméara leis na fiailí a bhíos ag scriosadh na mbarraí. Tarraingíonn sé ó na fréamhacha iad agus is maith an tseift í. Tá sé níos éasca ag fear maith snámh a dhéanamh in aghaidh an tsrutha ná imeacht le sruth, ach ní le do bhrí ach le do phlean a dhéanfas tú gnaithe anseo. Rialaíonn béasa muid agus bí cúramach faoi na béasa a chuirfeas tú ar fáil dhuit féin. Déan léirmheas ort féin go minic ach ná déan an iomarca léirmheasa nó cáinte ar dhaoine eile, mar tá an oiread den mhaith sa duine is measa againn agus an oiread den olc sa duine is fearr againn nach bhfeilfeadh sé dhúinn tromaíocht a dhéanamh ar a chéile pé ar bith é."

Ghabh Taidhgín a bhuíochas leis agus dúirt sé go ndéanfadh sé freastal ar na léachtaí a bhíodh ar siúl sa gColáiste aige uair ar bith a mbeadh deis chun a dhéanta aige. Rinne sé amhlaidh, agus níorbh fhada go raibh sé a dhul ar aghaidh go seolta sa monarcha, agus leabhar cuntais ina láimh aige, agus é réidh leis an obair gharbh chontúirteach a bhí aige nuair a thosnaigh sé ag obair ansin i dtosach. D'oibrigh sé ansin ar feadh bliana agus cuireadh stailc ar bun ansin. Níor tháinig seisean ar ais nuair a socraíodh an stailc sin mar bhí obair faighte aige sna Stórais Náisiúnta agus níorbh fhada go raibh sé ina stiúrthóir i siopa mór.

Tháinig Eoghan Óg Ó Dálaigh, fear óg as Tuar Mhic Éadaigh ar cuairt chuige tráthnóna amháin agus ní raibh sé ach seachtain amháin sa tír go fóill. B'uafásach iad na scéalta a bhí le n-aithris aige. Bhí sléacht dá dhéanamh ag na Dúchrónaigh in Éirinn, agus ár gan áireamh déanta cheana acu. Bhí Seán Ó Máille ar a sheachnadh le fada, ach rugadh air sa deireadh. Bhí gunna aige nuair a gabhadh é agus cuireadh ina leith go raibh baint aige le luíochán sa dúiche. Fuarthas ciontach é agus crochadh é. Dúradh gurbh é Dáithí Crosach a rinne spiadóireacht air agus frítheadh marbh Dáithí bocht tamall gearr ina dhiaidh sin cóngarach do Chill Bhríde agus piléar ina chroí.

Bhí Taidhgín corraithe go mór ar chloisteáil na scéalta uafásacha sin dó agus le barr a chur ar an mí-ádh fuair sé litir ó

Eibhlín cúpla seachtain ina dhiaidh sin inar dúradh gur dódh an teach os a gcionn. Ba iad na Dúchrónaigh a rinne an scrios nuair nach bhféadfaidís Brian a fháil beo nó marbh.

Smaoinigh Taidhgín ar an riocht ina raibh Éamann Dubh Ó Máille agus a bhean, mar ní raibh de chlann acu ach Seán agus ba gheanúil an duine Seán, go ndéana Dia grásta air! B'fhéidir go raibh sé ceaptha dó, ach ba bheag an ceapadh a bheadh ag duine nuair a bhíodh an bheirt acu ag obair le chéile gurbh é sin an bás a bhí i ndán dó.

Nuair a d'imigh sé don seomra suí an tráthnóna sin tháinig fear an tí isteach, ach bhí a bhean amuigh ag siopadóireacht go fóill. Bhí Taidhgín ina shuí cóngarach don raidió, ach ní raibh ceol ar siúl aige mar a bhíodh. Dhearc fear an tí go ceisteach air nuair a thug sé faoi deara go raibh sé tromchroíoch agus d'inis sé dó nach bhféadfadh sé a sheasamh níos faide agus i ngeall ar na rudaí a bhí ag titim amach sa seantír go raibh sé le dhul ar ais. Bheadh sé ag fágáil slán ag na Meiriceánaigh a thaithnigh go mór leis i gceann cúpla lá.

"Rachaidh mé ar ais go tír na hÉireann," ar seisean, "mar feictear dhom gur tír í gur fiú troid ar a son. Is í Éire an talamh is glaise bláth, agus cé nach bhfuil siad gan a lochtanna féin, tá muintir na hÉireann ar na daoine is geanúla ar dhroim talún."

191

In Éirinn Arís

Ní mórán le trí seachtaine a bhí Eoghan Óg Ó Dálaigh imithe go Meiriceá nuair a bhí scata de na comharsana ar cuairt ag Éamann Dubh agus tharla go raibh duine u tar éis tíocht ó Bhaile an Róba.

"'Bhfuil aon bharr nuaíochta agat?" arsa Séamas Bhriain le Seán Mac Giolla a luaithe agus a chuir sé a cheann thar an leathdhoras. "Chuala mé go raibh tú i mBaile an Róba inniu ach ní fheicimse rian óil ar bith ort, bail ó Dhia ort, ach ní dhéanfadh sé cúis na laethanta seo."

"Tá nuaíocht níos gaire do láthair ná Baile an Róba!" arsa Seán.

"Tá súil le Dia agam nach drochscéal eile é?"arsa Séamas go himníoch.

"M'anam nach ea," arsa Seán, "ach dea-scéal an babhta seo, míle moladh do Dhia! Is maith an rud go bhfuil dea-scéal corruair féin againn."

"Cén scéal é?" arsa duine de na fir a bhí sa lúb chuideachta sin.

"Tá Taidhgín Ó Domhnaill tagtha abhaile ó aréir, agus bhí na saighdiúirí agus na Dúchrónaigh dá thóraíocht an tráthnóna seo, agus bhagair siad bás ar Aodh nuair nach n-inseodh sé dóibh cá raibh sé. Bhíos féin a chaint le Taidhgín anocht cúpla míle uaidh seo agus m'anam nach ndearna an obair a bhí ar siúl aige thall pioc dochair dó. Tá cuma na maitheasa air, ag breathnú go breá agus gléasta go galánta. Duine tofa foghlamtha atá ann anois, a mhic ó, ach níor thug sé an chanúint Mheiriceánach abhaile leis."

"Ní ionadh ar bith é sin," arsa Séamas Bhriain, "mar ní fada a bhí sé sa tír."

Bhí na súile ar bior ag cuid acu le teann iontais agus bís orthu go bhfaighidís tuilleadh eolais. Chuirfidís suim i bponcán ar bith a thiocfadh abhaile sa mbaile sin, ach go mór mór Taidhgín tar éis a raibh cloiste acu ina thaobh le cúpla bliain anuas. Ní fhéadfaidís gan suim a chur ann.

"Is mór m'fhaitíos," arsa duine acu, "go bhfuil dul amú air a thíocht abhaile anois agus an saol corraithe atá againn anseo. Tá súil agam nach bhfuil sé á chur féin ar bhealach a bhasctha."

Thosnaigh Éamann Dubh agus a bhean ag caoineadh nuair a chualadar a ainm dá lua agus rinne Éamann tagairt i nglór lag don lá a d'fhág Taidhgín agus a mhac féin stáisiún Bhaile an Róba. Lean an bheirt den chaoineadh ar feadh tamaill agus rinne na fir iarracht foighde a chur iontu, ach ní raibh brí ina nglór. Rinne Éamann cur síos ar an litir dheireanach a scríobh Seán nuair a daoradh chun na croiche é. Dúradh sa litir sin nár mhiste leis a dhul os comhair Dé agus nach mbeadh mórán uaignis air ag fágáil an tsaoil seo dó, ach gur chráigh sé go smior é nuair a smaoinigh sé ar an riocht ina raibh a athair agus a mháthair agus an cumha a bheadh orthu ina dhiaidh.

Bhí buachaill óg de chuid na gcomharsan ag fanacht leis an sean-lánúin ó cuireadh Seán chun báis, agus b'iondúil go mbeadh cuid de na comharsana istigh chuile oíche, ach théidís abhaile go luath agus rinneadar amhlaidh an oíche seo. Níor mhaith leo an tsean-lánúin a choinneáil ina suí rómhall, nuair a bhíodar lag go leor cheana, agus gan iad a dhéanamh níos laige.

Ní dhearna Taidhgín ach cuairt ghearr ar a mhuintir féin, agus ní raibh súil ar bith acu leis. Ní mórán d'athrú a bhí tagtha ar a athair nó a mháthair, ach is ar éigean gur aithnigh sé Aodh ná Úna bhíodar chomh mór sin. Bhí an mháthair a dhul isteach chuig an teach le gabháil móna nuair a chuir sé caint uirthi.

"Ar mhiste leat a inseacht dom le do thoil," ar seisean, "cé

193

mhéad míle as seo go Baile an Róba?"

Níor aithnigh sise i dtosach é agus bhí sí ag míniú dó go raibh aicearra ann nuair a scairt sé ag gáirí. D'aithnigh sí ansin é agus phóg go dil é, agus chuir fáilte abhaile roimhe. Ní fada a d'fhan sé sa teach, mar bhí sé ag ceapadh go mbeadh na Dúchrónaigh dá thóraíocht dá mbeadh a fhios acu go raibh sé tagtha. Bhíodh Aodh nó duine éicint ag faire ar bharr an chnoic a bhí in aice an tí chúns bhí sé istigh. Bhí imní cuid mhaith ar a mhuintir, go mór mór a mháthair tar éis tíocht abhaile dó, agus b'iomaí oíche nár dhún súil léi ach ag smaoineamh air agus ar an mbail a chuaigh ar dhaoine eile sa gcomharsanacht.

Cúpla lá tar éis tíocht abhaile dó bhí Éamann Dubh ag obair ar fud an tí sa tráthnóna nuair a chuir Taidhgín a cheann thar an leathdhoras isteach agus bheannaigh dó. D'oscail Éamann an doras dó, ach ní raibh a fhios aige cé a bhí aige ann gur labhair Taidhgín leis. Rith sé leis ansin gurbh é a bhí ann, mar bhí a fhios aige go raibh sé sa mbaile le cúpla lá, agus bhí sé ag súil leis agus chuir sé fáilte abhaile roimhe.

"Ní maith liom do bhris!" arsa Taidhgín, agus bhuail faoi ar chathaoir.

"Níl amhras dá laghad agam ort!" arsa Éamann, agus glór an chaoineacháin aige.

Bhí Taidhgín ag machtnamh go dian, ní raibh ann ach go raibh sé tagtha ag an doras nuair a chonaic sé an chasóg chéanna a bhí ag Seán nuair a scaradar le chéile agus í crochta ar an mballa in aice an dorais, casóg liath a rinne táilliúir áitiúil dó. Bhí fideog adhmaid a bhíodh aige leagtha ar an matal os cionn na tine. Tháinig bean an tí isteach agus d'éagaoin Taidhgín a lear léi, agus bhí scata de mhuintir na háite sna sála uirthi, Seán Mac Giolla agus Séamas Bhriain san áireamh. Bhí Éamann Dubh ar bheagán cainte chúns bhí na comharsana ag cur fáilte abhaile roimh Thaidhgín. Bhí brón agus ríméad ag troid le chéile ina gcroíthe; brón i ndiaidh Sheáin, agus ríméad go raibh Taidhgín tagtha abhaile slán.

"An bhfaca tú mórán de na comharsana i Nua-Eabhrac," arsa Séamas Bhriain leis, "nó cén chaoi a bhfuil siad?"

"Tá cuid acu ag déanamh go láidir ann," arsa Taidhgín, "agus cuid acu a bhfuil a mhalairt de scéal ina dtaobh. Tá cuid acu a d'fhág an baile seo le casóg stróicthe a bhfuil na mílte punt acu anois agus tá cuid de na huaisle a bhain leis an aicme uachtair abhus ag iarraidh na déirce thall cé go bhfuil cuid acu ag dul ar aghaidh go seolta. D'fheicféa cuid acu ag iarraidh airgid le cupán tae a fháil ar dhuine thall, agus bhíodar chomh postúil abhus nach ndéanfaidís beannú sa gcosán don duine céanna, ach d'imigh sin agus tháinig seo. Is iomaí cor sa saol."

"Is mór an lán airgid a fhaightear ó Mheiriceá ar chuma ar bith," arsa Seán Mac Giolla, "pé ar bith caoi a saothraítear é."

"Saothraítear go crua é," arsa Taidhgín, "agus dá mbeidís toilteanach oibriú chomh crua in Éirinn agus a oibríonn siad ansin, ní bheadh gá ag a leath a bheith i ndeoraíocht."

"Is mór an deireadh ar an tír seo an ganntanas airgid," arsa Seán.

"Feictear dhom gur ganntanas daoine an ganntanas is mó atá anseo in Éirinn," arsa Taidhgín. "Sán áit is líonmhaire daoine sin an áit is airde caighdeán maireachtála i ngach tír, mar ar scáth a chéile a mhaireann na daoine."

"Tá daoine ó chuile ríocht i Meiriceá," arsa Seán.

"Tá siad ansin ón Domhan Thoir agus ón Domhan Thiar," arsa Taidhgín, "agus dá mhéad a fheicfeas tú de chuid acu is móide do mheas ar mhuintir do thíre féin. Ní thuigfeá suáilcí na nGael i gceart go mbeadh caidreamh agat le Dia-shéantóirí agus Págánaigh i dtír phágánach, ach tá a lán Críostaithe agus Caitlicigh i Meiriceá. Bhíos ag mórshiúl Caitliceach a raibh fiche míle duine ann cúpla seachtain ó shin. Tá bean ón gContae seo a d'oibrigh mar chailín aimsire lá den saol ina cónaí sa tsráid ina rabhas ar lóistín, agus tá mac léi ina easpag.

Tá bean eile a raibh cónaí uirthi cóngarach dhúinn, b'as Contae na Gaillimhe í, agus tá mac léi ar dhuine de na daoine is airde agus is cliste i rialtas Mheiriceá. Is mór an íobairt a níos cuid de na cailíní sa gcathair sin dá muintir in Éirinn."

Bhí titim na hoíche ann cheana agus níorbh fhada go dtáinig scata fear óg isteach. Dúirt Taidhgín go raibh sé in am acu a bheith ag imeacht. Ní dhearna na fir óga mórán eile moille, ach d'imigh leo. Tháinig Éamann Dubh go dtí an doras agus bhreathnaigh ina ndiaidh.

"Is trua linn," arsa Taidhgín, "nach bhfuil Seán in éindí linn anocht! Ach díolfaidh cuid de na Sasanaigh go searbh as a bhfuil déanta acu, agus ní rófhada uathu ach oiread é."

"Go n-éirí an t-ádh libh!" arsa Éamann.

Oíche bhreá a bhí ann agus bhí an ghealach lán. Tháinig scata fear le chéile i bpáirc cóngarach don bhaile. Bhíodar ag tíocht go raibh leathchéad ar fad i láthair, agus ba é Donnchadh Ó Máille a bhí mar cheannaire ar an mbuíon sin. Bhí strainséirí ina measc, agus cuireadh Taidhgín in aithne do chuid acu. Iarradh air cúpla focal a rá leo agus pé ar bith nuaíocht a bhí aige a inseacht dóibh.

"A Óglaigh," ar seisean, "fuarthas scéal ó Chlár Chlainne Mhuiris tráthnóna go bhfuil na Dúchrónaigh le bheith ag cuartú sa taobh seo tíre amáireach, agus deir siad go mbeidh mise gafa beo nó marbh a dhul ar ais dhóibh. Deir páipéirí nuaíochta Shasana go mbeadh deireadh le Sinn Féin agus na hÓglaigh i gceann míosa, agus go bhfuil a bhformhór i bpríosún cheana acu. Deirimse libhse go bhfuil a lán acu i bpríosún a dhéanfadh troid dá mbeidís amuigh arís, agus caithfimid a chruthú do Shasanaigh nár ghéill muid go fóill, agus nach bhfuil muid chun géilleadh ach oiread. Má tá toil agus tuiscint agus tréithe an aingil ar chuid de na buanna a bhronn Dia orainn, ba chóir dhúinn leas a bhaint astu, agus oibriú ar son Creidimh agus Tíre.

"Ní mór dhúinn bheith ar na sléibhte le breacadh an lae,

agus urchar – nó cúpla ceann a scaoileadh lena   mealladh inár ndiaidh, agus ionsaí a dhéanamh orthu nuair a thiocfas siad ar learg an tsléibhe. Ruaigfidh muid uainn faitíos ar bith a thiocfas. B'fhéidir go bhfuil an cholainn lag, ach tig linn an spiorad a ardú go dtí na hardáin soilsí Diaga. Bíodh na gunnaí réidh agaibh gan mhoill. Níl muid le géilleadh an fhad is a bheas daoine croíúla ina gcónaí ar bhánta Fáil."

Ní dheachaigh na fir isteach chuig teach ar bith an oíche sin. Luigh cuid acu ar an bhféar amuigh ach níor thit a gcodladh orthu. Ní bheidís ag fanacht chomh fada agus a bhíodar ag ceapadh ach oiread, mar ní raibh   breacadh an lae ann go fóill nuair a chonaic siad chucu bladhairí tóirse agus spréacharnach lann. Shílfeá go raibh an spéir fré lasadh ag na soilsí a bhí le feiceáil ó thuaidh uathu. Cloiseadh torann ar na bóithre mar a bheadh trucail ann agus bhí na buachaillí ar a gcosa i bhfaiteadh na súl agus ag déanamh ar an áit a bhí tofa ag Donnchadh Ó Máille agus Taidhgín. Ní raibh na Dúchrónaigh ag tíocht chomh sciobtha anois; bhain moill dóibh in áit éicint. Caithfidh sé go raibh tithe dá gcuartú acu – nó daoine dá marú acu b'fhéidir. D'fhan na buachaillí go foighdeach mar a raibh foscadh acu agus iad ag caint le chéile os íseal.

Bhí breacadh an lae ann sa deireadh agus chonaic siad mar a bheadh rabharta daoine ar an mbóthar thíos uathu. Scaoileadh urchar agus d'éalaigh na fir go dtí áit eile níos faide ó dheas, iad ag gluaiseacht ina mbeirteanna go rabhadar slán san áit a moladh dóibh. Bhí gunnaí na nGall ag búireach go toll faoi seo. Bhí fadradharcán ag Taidhgín, agus chonaic sé saighdiúirí ag gluaiseacht go mall ar an taobh ó thuaidh de chlaí a bhí ag rith i dtreo an tsléibhe. Ní raibh an claí ag síneadh mórán níos faide ná bun an tsléibhe agus níorbh fhada go mbeidís ar learg an tsléibhe. Ba iad na saighdiúirí ar an mbóthar a bhí ag scaoileadh. Bhí na fir ar bharr an tsléibhe ar bís. Nochtaigh Dúchrónach é féin agus lean go leor eile é.

197

Bhíodar thar an gclaí sa deireadh agus ní mórán foscaidh a bhí acu. D'fhan na fir go foighdeach ar bharr an tsléibhe go raibh na Dúchrónaigh i bhfoisceacht dhá chéad slat dóibh. Cloiseadh fuaim na ngunnaí ón sliabh anois agus rinneadh bearnaí sa líne ar learg an tsléibhe. Lean na hÓglaigh an scaoileadh go raibh gunna gach fir acu te le tréan lámhaigh agus cé go raibh gunnaí na ngall ag búireach go fóill ní raibh leath an oiread fuaime agus a bhí i dtosach ann, go mór mór ar learg an tsléibhe. Bhí na Dúchrónaigh ag teitheadh – nó a raibh beo díobh a raibh tarraingt na gcos fós acu. Fágadh leathchéad acu marbh agus a dhá oiread sin gonta. Maraíodh beirt fhear leis na hÓglaigh agus goineadh triúr eile.

Níorbh fhada ina dhiaidh sin Taidhgín ag fanacht i dteach carad i gCorr na Móna. Tháinig páiste isteach le páipéar nuaíochta agus thug dó é. Bhreathnaigh sé go grinn is go géar ar litreacha móra sa gcéad leathanach; **SOS COGAIDH.**

Chuala Taidhgín ón té a raibh eolas ar an scéal aige go raibh leath an airgid a chuir sé abhaile ó Mheiriceá agus Sasana curtha i dtaisce ag a mháthair dó, ach ní dheachaigh sé abhaile arís gur thug sé cuairt ar Pheadar Ó Donnchadha i gContae Bhleá Cliath. Cuireadh na múrtha fáilte roimhe sa teach ina mbíodh sé ag obair tar éis fágáil an Iarthair den chéad uair dó. Ní raibh Máire ná Peadar pósta go fóill agus bhí Máire dhá cheistiú go dian i dtaobh Eibhlín Nic Dhiarmada.

"An bhfaca tú go fóill í ó tháinig tú abhaile?" ar sise. "Tá sí chomh dathúil agus a bhí sí ariamh. Ní thagann an ceannaitheoir eallaigh lena feiceáil le fada. Deirtear gur meisceoir uafásach anois é . . ."